회귀자 사용설명서

WISHBOOKS FANTASY STORY

회귀자 사용설명서 31

흙수저 판타지 장편소설

초판 1쇄 찍은 날 | 2021년 1월 14일
초판 1쇄 펴낸 날 | 2021년 1월 21일

지은이 | 흙수저
펴낸이 | 예경원

기획 | 위시북스
편집책임 | 이은송
편집 | 위시북스

펴낸곳 | 예원북스
등록번호 | 제396-2012-000132호
등록일자 | 2012. 7. 25
KFN | 제1-584호

주소 | 경기도 고양시 일산동구 호수로 646-24 위너스21 II빌딩 206A호 (우)10401
전화 | 031-819-9431 팩스 | 031-817-9432
E-mail | yewonbooks@naver.com

ISBN 979-11-365-4956-3 04810
979-11-6098-877-2 (set)

※ 이 도서의 국립중앙도서관 출판시도서목록(CIP)은 서지정보유통지원시스템 홈페이지(http://seoji.go.kr)와 국가자료공동목록시스템(http://www.nl.go.kr/kolisnet)에서 이용하실 수 있습니다.

31
회귀자
사용설명서
흙수저 판타지 장편소설
WISHBOOKS FANTASY STORY
Wish Books

회귀자
사용설명서

CONTENTS

225장
마지막(7)

“즐겁지 않은가.”

“안 즐거울 리가 있겠습니까.”

“생은 너무나도 길다. 그렇기 때문에 이런 이야깃거리가 필요한 것이지. 언제나 하는 말이지만 그대의 작품은 너무나도 뛰어나구나. 요 며칠간 나를 즐겁게 한 것에 대한 감사의 인사를 표현하고 싶을 정도야. 어떤가? 와인이라도 한잔하는 것이.”

“감사히 들겠습니다. 벨리알 님.”

“아주 완벽하게 타락시킨 것 같더군.”

“원래부터 문제가 있는 놈이었으니까요.”

“그것을 끌어올리는 것이 재능이다. 어둠을 완벽하게 등질 수 있는 인간은 세상에 존재하지 않는다. 인간의 마음속에 있는 어둠을 끄집어내는 일, 속 안에 숨겨둔 어두운 욕망을 자극하는 일, 우리 악마들이 나아가야 할 방향이라 할 수 있지 않은가. 별것 아닌 것처럼 느낄 수도 있겠지만 그대의 간교하고 역겨운 혓바닥은 어둠을 간질이는 재주가 있어. 아주 조그마한 틈을 좀 쑤시고 들어가 그것을 자극하는 재능이 있다 이 말이다."

"본래 밝으면 밝을수록 어둠을 잘 간질이는 법입니다."

"……지금껏……."

"……."

"지금껏 많은 쓰레기들을 봐왔지만 정말로 놀랍군. 그대는 놀라운 사람이야. 할 말을 잃을 정도이지 않은가. 하핫."

'벨 이사. 그거 칭찬이야. 욕이야.'

"진정 빛나기 때문에 가장 어두운 부분을 끄집어낼 수 있는 거겠지요. 푸하헤헤헤헷!"

"역겨운 인간! 아니, 역겨운 악마로군! 하하하하핫!"

그 많고 많은 악마 중에 내 영혼과 마력에 반응한 게 벨리알인 이유가 있는 모양이다.

"그래서, 다음은 어떻게 할 텐가."

"글쎄요. 아직 확실하게 정하지는 않았습니다. 기왕 이렇게 된 거 멋진 무대를 준비해 주고 싶은데. 사실 여러 가지로 변수가 많아서요."

"으흠…… 그런가. 변수라…… 그래. 변수……."

벨리알에게 적의를 보이는 은색의 빛을 손바닥으로 쳐낸 이후에 다시금 와인을 홀짝였다.

"뒤를 생각하고 있군."

"네. 뭐 완벽하진 않지만 비슷합니다."

알아들었다는 듯 고개를 끄덕이는 모습이 시야에 비친다. 설명을 하지는 않았지만 대충 수긍하고 있는 듯한 느낌.

기왕 사용하기 시작한 거 제대로 쓰는 게 맞다는 생각을 하고 있지 않을까. 뭐, 엄청난 노력을 기울인 것은 아니었지만 그래도 제법 손이 가기는 했으니 퍼즐로서 가치가 있는지 알아보는 게 맞다고 생각하고 있겠지. 제법 쓸 만한 패가 만들어졌다는 건 부정할 수 없었으니까.

감정적으로는 퍼즐이고 뭐고 녀석을 단매에 쳐 죽이고 싶었지만 이성적으로 생각해 보면 역할을 부여하는 게 맞다.

생각보다 많이 뜯어먹을 수 있을 것 같은데…….

'악마 계약자.'

아니, 아니, 악마 그 자체.

조금 무리수일 수도 있다는 생각이 들기는 하지만. 머릿속에 떠오르는 이미지를 마냥 무시하기가 어렵다.

'진짜 엄청 당겨올 수 있을 것 같자너.'

지혜 누나가 이쪽과의 접촉을 최소화하면서 일을 벌이고 있는 이유는 루시퍼의 눈을 피함이기도 하지만 성과를 모으기 위해서이기도 하다.

루시퍼와의 계약이 무엇인지 알고 있다고 가정한다면 그녀 행동의 당위성이 더욱더 두드러진다.

'신성이 필요하다고 생각하고 있는 거지.'

물론 그녀가 모으고 있는 것은 믿음이 아니라 공포와 두려움이라는 양분이지만 그것 역시 포인트로 환산할 수 있다는 것을 생각해 보면 간단한 답을 도출해 낼 수도 있다. 나도 그녀와 같은 결론을 내렸기 때문에 신성을 모으고 있지 않은가.

'보험.'

신성은 보험이다. 혹시 모를 상황을 원점으로 되돌려 줄 수 있는 보험. 송수경이 보여준 빌런으로서의 가능성이 괜스레 눈에 밟힌다.

"그래서 말입니다만."

"……."

"혹시 현세에 있는 제 시신에 문제가 발생한다면 제게도 문제가 생길 수도 있는 겁니까?"

"그대에게 다른 문제는 일어나지 않을 것이다. 다시금 현세로 돌아갔을 때 역시. 커다란 문제는 없겠지. 심장 같은 경우에는…… 글쎄…… 너무 오래 떼어놓는다면 변수가 생길 수도 있지만 어차피 다시 가져올 것이 아닌가. 보잘것없는 필멸자의 육체로 되돌아간다고 한들, 그대의 격은 변하지 않아. 조금 다르기는 하지만…… 적절한 예가 있지 않은가. 저 반짝이는 벌레들만 봐도……."

슬그머니 시선을 돌리자 눈에 보이는 것은 튕겨 나간 은색 빛을 위로하고 있는 파란색과 갈색. 다시금 이를 악물고 몸을 일으키려고 하는 은색 벌레를 말리는 것이 시야에 비친다.

당연히 벨리알이 무슨 말을 하는지 알 수 있을 것 같았다.

"무슨 말씀을 하시는지 알 것 같습니다. 육체는……."

"육신은 육신일 뿐이지. 그대가 현세로 내려가기 위해 필요한 것은 육신의 소생이 아니라 지불해야 할 값이다."

"그건 알고 있습니다."

"한데……."

"네?"

"아니…… 아니다. 그대가 무슨 생각을 하고 있는지 알 것 같군. 하…… 하하하핫!"

'벨 이사 눈치 너무 빨라.'

지금까지로도 충분히 재미있었지만 앞으로 더 재미있어질 것 같다고 기대하고 있는 듯한 눈빛, 녀석은 제발 내가 계획을 진행했으면 하는 눈치였다.

"멋지군. 멋져. 너무나도 멋지지 않은가!"

'나도 멋진 계획 같기는 해. 재미있을 것 같기도 하고.'

머릿속에 스토리텔링이 딱딱 그려지자너?

대륙 곳곳에서 벌어지고 있는 이상 현상을 주도한 악마. 대륙의 모든 인간을 기만하고 기존의 빛을 부정한 기만자, 빛을 타락시키기 위해 자신마저 속인 악당.

송수경. 악마마저 한 수 접어줄 정도의 대악마가 빛의 아들의 눈을 빼앗고 대륙을 공포에 떨게 하는 장면을 상상하는 것만으로 오금이 저린다.

그 정도는 돼야 대륙인들이 개연성을 느끼고 공포에 떨어주지. 우리 지혜 누나도 그 틈에 슬그머니 합류해 주면 좋고 말이다.

이 누나가 만약 지금 생떼를 부리고 있는 거라면 자기 대신 모든 걸 떠안고 죽어줄 희생양을 하나 만들어놓고 있을 수도 있겠지만 그렇지 않을 확률도 있으니까.

어쩌면 송 빌런에 대해서 알고 있을지도 모르겠다. 누구보다 정보에 민감한 사람이니 내가 작업 치고 있다는 것도…….

'예상하고 있을 수도 있어.'

결과적으로 꽤나 많은 양의 포인트를 모을 수 있다는 게 가장 마음에 든다. 어쩌면 27군단 사태 때와 비슷할 정도로 신성이 벌릴 수도 있지 않을까. 김현성과 빛의 아들들이 놈에게 돌을 집어 던지는 것도 당연한 이야기고…….

"무엇을 준비하면 되는 것인가. 하하하핫!"

'벨 이사 너무 신났자너.'

"리무르아를 불러오지."

"아니, 굳이 지금은 부르지 않으셔도 됩니다."

"고민하는 것인가. 멋진 복수인 것은 물론이거니와 멋진 이야기가 아닌가. 성과가 필요한 그대에게 주어진 최선의 선택지를 어째서 주저하고 있는 것인지 이해가 되지 않는군. 27군단 소환 사태 당시에 나와 베니고어가 얻었던 신성을 상회할 수도 있다. 아니, 그 이상이라 할 수 있지 않은가. 많은 것을 투자했던 것과는 다르게 지금은 우리 쪽에서 투자할 것이 없어. 숫자 놀음을 좋아하지는 않지만 굳이 환산해 보면……."

'벨 이사 너무 신났어.'

솔직히 얼마를 얻을 수 있는지, 어느 정도의 이득을 가져올 수 있는지에 대해서는 관심이 없어 보인다. 굳이 저렇게 자료를 꺼내는 이유는 이쪽을 설득시키기 위함이겠지.

오랜만에 찾아온 유희거리를 놓치고 싶지 않은 모양, 저렇게 흥분하는 모습을 보는 것도 처음이다. 빛의 아들을 타락시켰을 때도 저런 표정이었을까. 그때는 인간형이 아니었기 때문에 제대로 표정을 읽을 수 없었지만 아마 저런 얼굴을 하고 있었을 것 같다.

"지금의 그대라면 어느 정도일지 감이 오겠지."

'감은 와요.'

"주저하고 있는 이유가. 현세의 육신에 문제가 생길 가능성 때문인가."

글쎄.

"아니요. 그렇지는 않습니다. 생리적으로 꺼림칙하다는 게 문제가 있기는 하지만 별문제가 없다고 말씀하셨으니…… 그 정도의 이익을 얻을 수 있을 정도라면 눈이 문제겠습니까. 지금 문제가 되고 있는 예산을 전부 채울 수 있는 건 물론이거니와…… 베니고어 님이나 저에게도 떨어지는 게 어마어마할 테니…… 노을빛의 신도 수지맞겠네요."

'그거 다 내 거자너. 사실상 전부 다 내 거자너.'

여러 가지 할 수 있는 일이 맞다. 결정적인 상황에 쓸 수 있는 보험도 물론이거니와 대륙의 복구, 업데이트까지 끝마칠 수 있지 않을까.

"기다리는 것을 즐거워하지 않는 것인가. 지금 당장 처리하는 것을 원하고 있군."

"그렇지도 않습니다. 자그마치 그 정도인데 조금 기다리는 게 문제겠습니까."

슬그머니 와인을 들이켜며 목을 축인다. 기분이라도 내고 싶었는지 아까부터 벨리알이 틀어놓은 고풍스러운 음악이 들려온다.

슬그머니 고개를 돌리자 벨리알 역시 나를 따라 고개를 돌리는 모습이 눈에 보이는 중, 화면 속에 들어선 것은 레인저들이었다. 대륙 최상위권이라는 생각이 드는 암살자가 한 명, 나머지도 모조리 상위에 랭크되어 있는 레인저. 그림자에 녹아들다시피 해서 움직이고 있는 모습은 내가 봐도 빠르다는 생각이 든다.

오직 침투 임무만을 위해 전문적으로 훈련된 이들이었으니 무슨 말이 더 필요할까. 이미 몇 번이나 시뮬레이션을 거쳤을 것이다. 수신호마저 최소화하며 파란 길드의 안쪽에 들어서고 있는 놈들, 나 역시 이 새끼들이 뭔가 해낼 거라고 믿고 싶기는 했지만 당연히 아무 일도 벌어지지 않을 것이다.

이미 길드에서는 녀석들이 침입한 사실을 알고 있을 테니까.

'파란 길드가 호구로 보여?'

사랑스러운 회귀자와 김미영 팀장, 조혜진은 회의를 진행하는 도중, 밤새도록 이어지는 회의에 피곤해하는 모습들이 시야에 비친다. 일반 길드 직원으로 녀석들을 막을 수 있으리라고는 생각하지 않지만…….

'오늘 당직 누구야?'

하늘에서부터 레인저들 사이로 떨어진 인형이 쌍검을 뽑아 드는 것을 보고서는 고개를 끄덕일 수밖에 없었다.

'박리안이구나.'

갑작스럽게 일어난 상황에 적 레인저들은 순식간에 흩어지는 중. 앗 하는 사이에 두 명의 목이 순식간에 날아간다.

나름 괜찮은 실력을 가지고 있는 것처럼 보이는 녀석이 단검을 찔러 넣었지만 허리를 뒤로 젖히며 공격을 피해낸다. 비명도 지르지 못한 채로 녀석도 두 팔과 다리가 잘려 나가며 아웃. 자결하지 못하게 조치를 한 것 같았지만 순식간에 몸이 녹아내리는 녀석을 보며 표정을 구기는 박리안의 얼굴이 눈에 들어온다.

'저주.'

전투 불능이 되었을 시에 몸이 녹아내리는 저주를 임무 시작 전 걸어놓은 모양이다.

같은 걸 생각하고 있는지 다른 방법을 찾아야 한다고 판단한 모양, 곧바로 다시 한번 검을 꺼내 든 채로 그림자 속에 몸을 숨기는 모습이 보였다.

사실 박리안 혼자서도 정리가 가능하지 않을까 싶기도 했지만 침입자들의 목적은 전투를 진행하거나 길드원들을 암살하는 것이 아니다. 어디까지나 시신을 운반하는 것, 첫 트라이 이외에는 기회가 거의 없을 거라고 판단한 것인지, 다른 입구에서도 끊임없이 레인저들이 안으로 침입하는 것이 보인다.

길드하우스 하나를 점거하기 위해 파견한 것치고는 지나치게 많은 전력, 파란 길드라는 이유 하나만으로도 놈들이 이 정도의 인원을 투입할 이유가 되긴 하지만…… 그걸 감안하고서라도…….

'많기는 많아. 준비도 잘했고.'

얼마 떨어지지 않은 곳에서는 콰앙 하는 소리와 함께 몇 놈이 나가떨어지는 중, 방에서 모습을 드러내는 유아영은 갑옷도 걸칠 시간이 없었는지 망치만 든 채로 전투에 참가했지만…….

'쟤는 못 잡지.'

레인저들은 유아영과 싸우려고 하지 않을 것이다. 숫자가 조금 많다고 한들, 높은 내구를 지닌 탱커와 드잡이질을 하고 싶어 하는 암살자는 없다.

벌써 이곳저곳에서 크고 작은 전투가 벌어지는 도중, 사실 전투 자체는 너무 일방적이라 코멘트를 할 수 없지만 대륙 최정상으로 구성된 레인저답게 시신이 안치되어 있는 곳에 도착하는 것을 시야에 담을 수 있었다.

그래. 문제는 여기서부터지.

-당, 당, 당…… 당신들 누, 누구야…….

-…….

-누, 누, 누, 누군데? 누구…… 냐고.

정하얀이 손톱을 깨물고 있는 모습이 눈에 들어왔다.

왠지 던전 마스터가 된 것 같은 기분이 든다.

'시바…….'

지금 침입한 레인저들이 던전을 공략하러 온 모험가들이라고 상상해 보자 정말로 이곳이 던전이 아닐까 하는 생각이 들어와 꽂힌다.

'아마 신화 등급 정도는 됐겠지.'

파란 길드하우스를 던전으로 규정한다면 당연히 신화 등급으로 분류할 수 있을 것이다. 아니, 솔직히 그 이상의 등급을 받아도 별 무리가 없을 거라고 여겨졌다. 길드원들 모두가 대륙에 내로라하는 모험가였으니까.

파란의 원년 멤버들이 워낙 비현실적인 무력을 가지고 있기 때문에 그 이후에 들어온 이들이 저평가받는 경우가 있기는 했지만, 김창렬이나 유아영 역시 대륙 최상위권 모험가라고 해도 무리가 없을 정도다. 심지어 생 신입인 알프스 역시 어디 내놓아도 부끄럽지 않을 모험가로 성장했다. 지금 암살자들을 쥐 잡듯이 잡고 있는 것만 봐도 답이 나온다.

물론 진짜는 신입 길드원들이 아니다. 신화 등급의 던전으로 규정을 내리려면 네임드 역시 그에 걸맞은 힘을 가지고 있어야 했으니까.

그런 의미에서…… 1층 보스는 박덕구가 적당하지 않을까.

'시간 내에 쓰러뜨리지 못하면 동료를 불러오는 기믹이 잘 어울릴 것 같자니.'

김예리와 안기모가 함께 등장하는 거지.

아니나 다를까 셋이 몰려다니며 상황을 정리하고 있는 것이 보인다. 안 그래도 쓰러뜨리기 힘든 박덕구의 체력을 회복시켜 주는 안기모와 아예 없다시피 한 대미지를 책임지는 김예리. 웬만한 파티, 아니, 클랜이나 길드 단위로 몰려와도 저 셋을 뚫을 수 있을 거라는 생각은 들지 않는다.

사적으로 친해 몰려다니는 것과는 별개로 재네들이 뭉쳤을 때의 시너지 효과는 결코 무시할 수 없다. 서로가 서로의 약점이 되는 부분을 보완해 주는 것은 물론이거니와 수없이 맞춰 본 호흡의 퀄리티 자체가 남다르다는 거다.

'2층 보스는…….'

자리에는 없지만 2층의 보스는 역시 조혜진이 아닐까 싶다. 규격 외라고 부르기에는 보여준 업적이나 임팩트가 아쉽기는 했지만 조혜진 역시 벽을 넘은 인간 중 하나. 틀림없이 초월자라고 불러도 될 정도의 수준을 가지고 있었고…….

영물과 템빨까지 갖춰진 조혜진을 붙잡을 수 있는 이들은 대륙 안에서도 손가락에 안에 꼽을 거라고 장담할 수 있다.

'생각보다 상대하기 까다로울 거야.'

괜히 기마병이라는 병과가 존재했던 것이 아니다. 달릴 수 있는 환경만 마련된다면 갑옷이고 방패고 나발이고 모조리 말발굽과 몸통 박치기에 부서져 나가게 될 것이다.

최종 보스는 말이 필요 없는 사랑스러운 회귀자 김현성이고……. 사실 얘는…… 애초에 설명 자체가 필요 없으니 논외…….

이처럼 파란 던전이 실존한다면 이런저런 이유로 명성을 날렸을 것이다. 공략 불가 판정은 물론이거니와 국가, 아니, 대륙 단위로 공략에 부딪히기 위해 돈과 인력 좀 쑤셔 넣었겠지. 지금 놈들이 하는 짓이 그렇다.

하지만 이 던전이 정말로 악명을 날리게 된 계기는 히든 보스의 등장 존재 때문이지 않을까. 지금 내가 보고 있는 광경처럼 말이다.

'너무 무섭자너.'

연금 공방에 침입하거나 페이크 네임드 한소라를 마주쳤을 때, 혹은 빛의 아들의 시신 안치실을 침입했을 때만 만날 수 있는 히든 보스.

'진짜 무섭자너…….'

내가 모험가의 입장이었어도 절대로 마주치고 싶지 않았을 히든 보스. 정하얀이라는 던전 보스에 대해 침입자들이 알고 있었다면 애초에 파란 길드하우스 던전에 발을 들이려고 하지 않았을 것이다.

'정말로 공략이 가능할 거라고 생각한 거 아니지?'

과장하지 않고 말하건대 정하얀의 존재는 모든 침입자에게 재앙이나 다름이 없다.

고개를 반쯤 숙인 채로 던전의 보물을 털러 온 녀석들을 바라보는 우리 히든 보스의 얼굴이 오늘따라 심상치 않게 느껴진다.

잠시 후 본인들에게 닥쳐올 불운을 인지하고 있는 것인지는 모르겠지만 놈들의 표정에서 뜻밖의 여유가 보이기 시작했다.

'이 새끼들 제정신 아니네…….'

히든 보스를 만난 것치고는 여유 있는 얼굴, 물론 어째서 놈들이 저딴 생각을 하고 있는지에 대해서는 이해할 수 있다. 정하얀은…… 그녀는 마법사였으니까.

'병신들.'

아무리 초월적인 마력이나 뭐라고 설명할 수 있는 마법을 가지고 있다고 한들, 그녀의 근본은 마법사였으니까.

일반적인 마법사가 암살자 집단과 마주쳤을 때 자생으로 살아갈 수 있는 방법은 존재하지 않으니 놈들 역시 비슷한 판단을 내리고 있는 거겠지. 수준 높은 암살자들 사이에서 한낱 마법사가 뭘 할 수 없을 거라고, 쉽게 제압할 수 있을 거라고 생각하고 있을 게 뻔했다.

아니나 다를까. 정하얀의 물음에 시선을 교환하는 꼴은 가관, 죽이지 않고 제압하자는 사인을 보내는 놈들이 잘못된 선택지에 발을 들이는 순간이 시야에 비쳤다. 기어코 그녀에게 도전장을 내민 것이다.

정하얀의 뒤를 잡은 암살자의 표정에 의심 따위는 없다. 정하얀을 그대로 제압하고 파란 던전의 공략을 완수할 수 있다고 생각하고 있겠지.

물론 놈의 그런 표정에 의문이 들어서기까지는 그리 오랜 시간이 걸리지 않았다. 녀석의 단검이 더 이상 움직이지 못하고 있었기 때문이다. 보이지 않는 무언가에 붙들린 듯 움직이지 못하고 있다.

자신을 속박하고 있는 무언가에 저항하려 하고 있었지만, 저항할 수 있을 리 만무, 단검을 든 손을 시작으로 몸이 천천히 녹아내리는 것이 시야에 비쳤다.

'시바…….'

-아…… 아아아…….

'으아아…….'

-아아아아아아아아아아!! 아아아아아아악! 아아아아아아악!!!

애초에 비명을 지르지 않게 훈련되어 있는 놈들이 저런 비명을 지른다는 것부터가 이해가 되지 않는다.

-아아아아악! 아아아아아아악!!!

길드하우스가 떠나갈 정도로 소리를 지른다.

이해할 수 없는 상황에 침입자분들의 얼굴이 긴장이 감돌기 시작, 내가 다 공포를 느낄 정도로 처절하게 들리는 울음소리였으니 재네들이 느낄 감정이야 오죽할까.

-누, 누, 누구냐고…… 말했, 했잖아.

앞에서 뛰어들던 한 놈은 역시 땅바닥으로 처박힌다.

-아아아아아아악! 아아악!

어떻게 한 건지는 알 수 없지만 몸이 기괴하게 비틀리고 있다. 뼈가 이상한 방향으로 꺾이는 것은 물론 자꾸만 빠직 빠드득 하는 기분 나쁜 소리가 몸에서 흘러나온다. 인간이 작은 공으로 변신하고 있는 걸 어떻게 설명해야 할지 모르겠다.

-아, 죽, 죽이면 안 되는구나…… 살, 살, 살려서 머리를 열어

봐야지.

심지어 작은 공으로 변신한 놈이 어떻게 살아 있는지도 이해할 수 없다. 단언하건대 저 머리를 열어본다는 표현은 허투루 한 표현이 아닐 것이다.

다른 놈들도 마찬가지. 뭔가 잘못됐다는 걸 인지한 침입자들이 정하얀을 죽일 작정으로 달려들고 있었지만 애초에 그녀에게 해를 끼칠 수 있을 리가 없지 않은가.

우리 던전의 히든 보스는, 시바, 절대로 쓰러지지 않는다. 어떻게 묘사할 수조차 없을 정도로 저 안에서 보여지고 있는 광경이 비현실적이다. 웬만한 공포 영화나 고어 영화는 엄두도 내지 못할 정도의 참상이 안쪽에서 벌어지고 있는 중.

나름 비위가 좋다고 생각했었지만 저걸 계속 보고 있을 엄두가 나지 않는다. 핏물이 튀는 것은 물론이거니와 여기저기서 들려오는 비명 소리는 마치 지옥도를 실시간으로 지켜보고 있는 것만 같다.

-아아아아아악!

-아…… 으아아아! 아아아아아아!!!

-살, 살려줘! 살…… 살려줘! 살려줘어!

-아아아아아아아악!

-우웨에엑…… 우웨에에에엑…… 제발…… 제바알…….

'시바…….'

-아아아악! 살려…… 살려…….

-당, 당신들 오빠를 노리고 온 사람들이지. 그, 그렇지.

-아으아아…… 아아아…….

-오, 오빠를 가, 가져가려고 온, 온, 온 거잖아. 그, 그렇잖아. 그렇잖아!

-아으윽…… 아아악!!

-내, 내가 뺏, 뺏길 것 같아? 뺏…… 뺏길 것 같냐구우…… 절, 절대로 안 뺏길 건데. 절대로 안 뺏길 건데?

-아아아아아악! 아아아아아악!

생각한 것보다 쌓인 게 많았던 모양. 열이 점점 오르고 있는 건지는 모르겠지만 지나치게 흥분하고 있다는 느낌을 지울 수가 없었다.

마침 명분이 필요했단 것일지도 모른다. 안 그래도 여러 가지 일로 스트레스를 받는 상황이었을 테고 개인적으로도 궁지에 몰리고 있다는 생각을 지울 수가 없었겠지.

마법의 신이 돼 하늘로 올라간다는 귀여운 계획은 계속해서 진행되고 있는 도중이었지만, 진행 자체가 더디기도 했고, 무엇보다 직접적으로 이쪽과 만날 수 없다는 게 커다란 압박으로 다가왔을 것이다.

'이 새끼들 잘못 걸린 것 같은데…….'

아무리 그래도 손속이 너무 잔인하다. 정하얀도 점점 이성을 잃어가고 있는 듯한 느낌, 언제나 그렇듯 계속해서 과대망상을 하는 것처럼 느껴진다. 머리에 열이 오르기 시작하니 정상적인 판단을 하기 힘들어진 것이다.

-절대로…… 안 뺏길 건데…… 내 건데…… 내 거야. 정, 정

체가 뭐지? 왜, 왜 뺏으려고 하는 거야? 도대체 왜? 왜 그러는 거냐구. 왜. 자꾸 나를 괴롭히는 거야. 왜! 왜!

손맛을 느끼고 싶었는지 단검을 빼 드는 모습, 애초 얘가 왜 단검을 가지고 있는지 모르겠다.

-위, 위험해. 위험하다구우…… 위험한 상황이라구…….

'뭐가 위험해. 하나도 안 위험해. 네가 제일 위험해.'

-누, 누, 누가 노리고 있는 거야! 누구냐고! 누가…… 왜 가만히 내버려 두질 않는 거냐구…… 왜 자꾸 빼앗아 가려고 하는 거야…… 끄윽…… 불안하단 말이야. 너무 불안해. 안 그래도 힘든데…… 너무 불안하단 말이야.

'뭐가 그렇게 불안해. 하지 마. 불안해하지 마. 한소라 어디서 뭐 하고 있는 거야. 빨리 안 달려와?'

24시간 감시 체제를 유지하고 있었던 한소라는 도대체 어디서 뭘 하고 있는지 궁금해진다.

'이거 태업이자너. 그 연봉 받고 태업하면 안 되지. 이러라고 고연봉 준 게 아닌데.'

자신의 본분을 잊지 않았는지 허겁지겁 달려오고 있는 모습이 보인다.

함께 작업하는 도중 갑자기 정하얀이 모습을 감췄을 때 얼마나 당황했을까. 큰일이 나도 제대로 큰일이 났다고 생각한 모양이다.

-제발…… 제발…… 신이시여. 신이시여.

흑마법사이면서도 신을 찾는 모습이 이해가 안 되기는 했지만 그만큼 그녀가 절박하다는 걸 말해주고 있지 않을까.

아마 타임 어택이 다가오고 있다고 느끼고 있을 것이다. 어느 정도야 자신이 막아줄 수 있지만 완전히 정신을 놓게 될 정하얀은 감당할 자신이 없다고 생각할지도 모르겠다.

-왜, 나, 나, 나를 괴롭히는 거냐구!

그 와중에도 정하얀의 정신이 실시간으로 갈려 나가는 중, 타이밍 좋게 한소라가 달려오고 있는 게 보인다.

-정하얀 님! 정하얀 님! 어디 계세요!

-…….

-정하얀 님!

-소, 소라야? 흐으윽…….

-정하얀 님!

-소라야아…….

-어디 다치신 곳은 없으세요?

주변 풍경을 보고 꺼림칙한 표정을 보내오기는 했지만 일단은 정하얀을 발견했다는 게 기쁜 것만 같다.

-소라야아…….

-네. 저 여기 있어요. 여기 있어요.

피투성이가 된 몸으로 한소라를 꽉 껴안는 모습이 눈에 들어온다.

-오, 오빠를 빼앗아 가려고 하나 봐. 어, 어떻게 하지? 어떻게 해?

-아직…… 그대로 계시잖아요? 괜찮을 거예요. 진정하셔야

죠. 아직 무슨 일이 일어난 건 아니니까. 정하얀 님 혼자 계신 것도 아니고…… 저도 있고 다른 길드원들도 있으니까요. 일단 무슨 일이 일어났는지 파악해 볼게요. 여기 그대로 계세요. 제가 다른 길드원들이랑 연락해 볼 테니까요.

-으응…….

-지금 거의 정리됐다는 것 같아요. 길…… 길드마스터에게도 연락이 간 것 같네요.

-현, 현, 현성이 오빠도?

-네. 길드마스터도 급하게 이쪽으로 오고 계시는 것 같아요. 그러니까. 안심하셔도 돼요. 박덕구 님도 오시나 봐요. 아무도 일도 안 일어날 거예요. 지금 거의 다 정리된 것 같아요. 리안이가…….

-리안이?

-아…… 네. 리안이가 아니라…… 박리안 씨가 지금 생포한 암살자들을 심문하고 있다고 연락이 왔네요. 어디에서 부길드마스터님을 노린 건지, 어째서 파란 길드에 침입한 건지 결과가 나올 거예요. 그러니까. 정하얀 님은 부길드마스터한테 인사드리고 조금 쉬는 게 좋을 것 같아요. 샤워도 하시고요…… 네? 따뜻한 탕 안에 들어가서 몸 좀 녹이시고…….

-여, 여, 여기 있을래.

-아. 네. 그럼 길드마스터가 올 때까지만 여기 있을까요?

-으응…….

-갑자기 사라지서서 깜짝 놀랐어요. 괜찮으신 거 맞으시죠?

-으…… 응…… 괜찮아. 이, 이 이제 괜찮아졌어. 아…… 걔네들 머리 열어봐야 하는데.

-조금만 쉬고 해요. 내일 해도 되고요. 시간이 많이 늦었으니까. 오늘은 쉬는 게 좋을 것 같아요.

-응. 그럼 소, 소라도 내일 같이 열어볼까?

-아…… 네…….

'이거 아마 불가능할 것 같아.'

말 그대로.

기왕이면 벨리알의 장단에 맞춰주고 싶고, 나도 크게 한탕 해보고 싶었지만…….

'가능한 계획이 아닌 것 같은데…….'

아무리 머리를 굴려도 이 던전을 공략할 수 있을 거라는 생각이 들지 않았다.

"가능할 것 같지가 않은데요?"

"무언가…… 방법이 있을 것이다."

김현성이 길드하우스로 돌아오고 있었다.

"불가능할 것 같은데요……."

마치 세상에게 배신당한 듯한 얼굴로 말이다.

-지금 도착하신 것 같아요. 정하얀 님. 현장은 길드마스터에게 맡기시고 쉬시는 게 어떨까요? 며칠째 잠도 제대로 못 주무셨으니까…….

-아…… 으응…….

-부길드마스터한테도 인사드리셔야죠.

-응. 마, 마법도 리필해야 되니까. 잠, 잠깐만 기다려. 소라야.

-네. 천천히 오세요. 저도 잠깐…….

차라리 정하얀 쪽이 상황이 더 좋은 건 아닌가 하는 생각이 들어와 꽂힌다.

'현성이 얘는 어떻게 해?'

안치실로 들어간 이후에 이쪽을 내려다보는 정하얀이 시야에 비쳤다.

당연하지만 시신에 이상 따위는 없다. 애초에 부패하지 않게 처리를 하기도 했고, 사실 그런 마법적인 처리 없이도 육체가 쉽게 부패하지 않았으니 말이다. 온기가 돌지는 않았지만 경직되어 있거나 딱딱해 보이지 않는다. 피부도 말랑말랑해 보이기도 했고…… 여러 가지 마법이 계속 유지되고 있었기 때문에, 언뜻 보면 살아 있는 것처럼 느껴지기도 했다.

김현성과 박덕구가 온다는 소리를 들었음에도 불구하고 불안했는지 몇 차례 마법을 덧씌우는 모습. 여러 가지 저주와 마법을 캐스팅한 이후에는 조용히 내 뺨을 쓰다듬는 모습이 눈에 들어왔다.

주변을 살짝 둘러본 이후에는 은근슬쩍 입을 맞추는 중, 괜스레 히죽거리고 있는 얼굴이 눈에 띄었다.

'평소처럼 조금 이상하기는 하지만…….'

아무튼 건강하자너…….

이걸 건강하다고 표현하는 게 맞나 싶기도 했지만 긴급하게 투여한 진정제가 효과가 있는 것 같았다. 예전이었다면 상상도 할 수 없을 정도로 안정적인 모습을 보고 있자니 방금 전에 내가 불안해하던 게 이상하게 느껴질 정도였다.

-네. 소라 언니. 길드마스터께서는 지금 상황을 전달받고 계신 중입니다.

-그래?

-네. 피해 상황을 집계하고 있는 중이지만 사실상 피해 자체는 없던 거나 마찬가지라…… 길드 창고나 다른 곳에 피해가 없는 것을 보면 적들이 부길드마스터를 노리고 있다 판단해도 될 것 같습니다.

-최악이네…… 아마 곧 정하얀 님이 나오실 거야. 길드마스터께 안치실 상황 보고드리고 집계가 끝나면 따로 연락해 줘.

-네. 소라 언니.

-소, 소라야? 나, 나왔어.

-그럼…… 부탁드리겠습니다. 박리안 씨.

-네?

-수고해 주셔서 감사합니다. 박리안 씨.

-아…… 네…… 네…… 소라 씨…….

-볼일은 전부 끝나셨나요? 정하얀 님?

-으…… 으응…… 방금…… 걔였어?

-아. 아무것도 아니에요. 잠깐 박리안 씨에게 피해 상황에 대해 전해 들어서요. 그럼 갈까요?

확실한 진정제가 있으니 멘탈적으로 건강해진 게 맞다. 마치 살얼음판을 건너가거나 외줄 타기를 하는 듯한 느낌이 들기는 하지만 한소라가 단단히 붙들어주고 있는 중, 정하얀이 이전과 같은 사고를 칠 가능성은 거의 없다고 봐도 상관없으리라.

물론 일이 어떻게 꼬일지 모르고, 정하얀의 존재 자체만으로 위험 요소가 있다는 걸 생각해 보면 방심하는 건 시기상조지만…….

'의미가 있자너.'

애초 내가 죽었을 때도 커다란 사고가 없었다는 걸 떠올려 보면 정하얀이 극단적인 선택을 할 확률을 희박하다고 판단할 수밖에 없었다.

오히려 문제가 되는 쪽은 김현성 쪽이 맞다.

'…….'

연결되어 있는 회귀자 사용설명서에서 계속해서 위험 신호를 보내는 중, 김현성의 멘탈이 무너지기 일보 직전이라는 경고를 울리고 있는 것이다. 조혜진이 한소라 룰을 수행해 줄 수 있다면 땡큐겠지만 그것마저 여의치 않은 상황이었다.

슬그머니 시선을 돌리자 굳어 있는 김현성의 얼굴이 시야에 들어왔다. 박덕구, 황정연과 함께 이야기를 나누고 있는 모습, 표정이 심각했다는 것은 굳이 설명할 필요가 없으리라.

-거, 아무래도 형님을 노리고 있는 게 확실한 모양이요.

-그렇습니까.

-나야 왜 형님을 노리는 건지 알 수 없지만…… 다른 시설에 피해가 없다는 게 수상하기도 하고…… 거 정연 씨가……

그러는데 지금 형님이 가치가 있을 거라고 합디다. 커다란 신성력을 담았던 몸이니 그게 이상하게 느껴지지도 않지만 정말로 이런 미친 상황이…… 이런 일이 벌어질 거라고는 상상도 못 했다니까. 어떤 미친놈들이 이딴 짓거리를…… 할 생각을 한 건지 이해가 안 된다는 거 아니요.

-…….

-심문을 해봐도 도통 드러나는 게 없고 아마 건너 건너 의뢰를 받은 것 같은데…….

황정연이 조심스럽게 입을 여는 것이 시야에 들어온다.

-블랙마켓 쪽일 가능성도 있어요.

-블랙마켓 말입니까?

-네. 길드마스터. 침입한 이들 중 하나를 본 적 있는 것 같거든요. 제 기억력이 확실하다면 아마 공화국 쪽에 있었던 블랙마켓이었을 거예요. 제대로 한번 조사를 해봐야 하겠지만…….

-블랙마켓에서 굳이 형님 몸을 노릴 이유가 있는 거요?

-그게…… 말씀드리기 조심스럽지만 아마 이들이 노리는 게 금전적인 이득이나 부길드마스터 안에 깃들어 있는 힘이라면 암…… 암…… 암시장 말고는 거래할 수 있는…… 수단이 없을 테니까요.

김현성의 눈치를 보고 있다. 당연히 김현성의 표정이 한층 더 어두워지는 것이 눈에 들어왔다. 속에서 끓어오르는 화를 억지로 억누르고 있는 듯한 느낌. 사실 애가 세상에 배신당했다고 느끼는 것도 이해가 가기도 했다.

'진짜 인간 불신 생기겠다. 진짜로. 이러면 우리 현성이가, 시바, 누굴 믿을 수 있겠냐고. 세상이 너무했네. 세상이 너무 했어.'

단언하건대 이런 상황이 조금만 더 지속된다면 그 누구도 믿지 못하게 되지 않을까. 어쩌면 구할 가치 따위는 없었다고 생각하게 될지도 모르겠다.

지기 싫은 짐을 억지로 들어가며 대륙을 구한 영웅, 애초 자신의 의지로 대륙을 구원한 것도 아니지 않은가. 그것은 책임감 때문이기도 했고, 가장 소중한 사람의 부탁과 염원 때문이기도 했다.

자신이 구한 대륙이, 자신이 구한 인류가 그 소중한 사람의 시신을 아이템 따위의 성과로 취급하거나, 암시장에서 거래할 생각을 하고 있으니……. 놈이 느낄 배신감이 얼마나 클지 상상이 되지 않는다. 허탈함에 웃음이 나올지도 모르지. 고작 이런 사람들을 지키려고 빛의 아들이 희생되어야 했던 건가. 이런 사람들을 지키기 위해 기영 씨가 죽어야 했던 건가. 고작 이런 놈들을 살리기 위해 자신이 그 고통스러운 시간을 버텨야 했던 건지, 정말로 이게 맞는 건지 끊임없이 의심을 품고 있을 거라고 장담할 수 있다.

아니나 다를까 힘이 빠져 있는 것이 눈에 보인다. 참을 수 없는 분노를 억누르면서도 대륙의 악의와 인간들에 대해 지독한 환멸감을 느끼고 있는 것처럼 보였다.

-지금 대륙에서 일어나고 있는 이상 현상과 관련이 있는 거

아니요?

-그것도 한번 조사를 해봐야겠지만…… 아무래도 확률은 희박하다고 봐야 할 것 같아요. 대륙의 사정을 잘 알고 있는 이들이라고 보는 게 맞지 않을까요. 길드마스터가 자리를 비웠을 때 이런 일이 벌어졌다는 건…….

-…….

-블랙마켓이나 암시장 쪽의 단독 행동이라고 하기에는 너무나도 조직적으로 훈련되어 있는 이들이기도 하고…… 대형 길드가 대도시 차원으로 개입되어 있을 가능성도 무시할 수는 없겠네요. 아마 내일 하얀 씨가 제대로 된 조사를 하면 성과가 있을지도 모르겠지만…… 지금으로서는 빠르게 결론을 내리기 힘들어요. 아무래도 조심스러워져야겠죠. 대륙이 혼란스러운 상황이니까요. 저도 내일 하얀 씨와 함께 조사에 들어가는 게 좋을 것 같은데…… 괜찮을까요?

-오히려…… 제가 부탁드리고 싶은 심정입니다. 네.

-형씨…….

-현 시간부로 길드의 보안 등급을 조정하는 것으로 하겠습니다.

-그럴 줄 알고 있었다니까. 그럼…….

-네. 전시 상태나 다름이 없다고 판단해 주시면 됩니다. 허가를 받지 않는 이들은 모두 침입자로 가정하겠습니다. 누가 됐든 간에 즉시 사살할 수 있도록 길드원들에게 이야기를 전해주셨으면 합니다. 블랙마켓에 대한 조사는…… 창렬 씨에

게…… 네…… 더 자세한 이야기는 내일 있을 회의실에서 전해 드리도록 하겠습니다.

-거, 알겠소.

-그리고…… 감사합니다.

-……거, 감사할 게 뭐가 있겠소. 형님을 지키고 싶은 건 형씨뿐만이 아닌데…… 결정적으로 안치실 앞쪽을 막은 건 누님이었으니까. 사실 나는 한 게 없다고 봐야지. 아무튼 기운 내라니까. 괜히 자책할 필요도 없는 거 아니요. 형씨가 항상 형님을 지킬 수는 없으니까 우리라도 힘을 내야지.

-네.

-아무튼 간에 먼 길 오느라 고생 많았다니까. 나도 오늘은 뒤처리를 해야 하니까. 거, 형씨 말처럼 자세한 이야기는 내일 하는 거로…….

-네.

김현성이 정신이 없다는 사실을 눈치챘는지 덕구 녀석이 김현성의 어깨를 툭툭 두드려 주는 것이 눈에 보였다.

차라리 시원하게 화를 냈다면 저런 위로를 보내지 않았을지도 모른다. 그만큼 현재 김현성이 보여주고 있는 반응 자체가 위험해 보인다.

-하…… 하하…….

박덕구와 황정연이 사라진 이후에는 땅바닥을 바라보며 자조적인 웃음을 흘리는 중.

-하…… 하…….

눈에 눈물조차 고이지 않는다. 멍한 동공이 두드러진다.

길드 직원과 길드원들이 사태를 수습하는 있는 와중에도 녀석은 자조적인 웃음을 흘리고 있었다.

'시한폭탄 터지기 직전이잖아…….'

둠현성처럼 다혈질적으로 분노하는 것이 아니라 차근차근히 분노를 쌓고 있는 것만 같다. 원래 대놓고 화를 내는 것보다 저런 종류가 더 무섭다는 걸 떠올려 보니 송 빌런이 쏘아올린 작은 공이 어디까지 갈지 예상이 되지 않았다.

'차라리 첫 시도 때 확실하게 했어야 했는데.'

물론 녀석들이 허투루 준비하고 온 것은 아니라는 생각도 든다. 꽤나 중요 자원을 투자한 느낌이기도 했고 규모 자체가 크기도 했으니까. 일반적인 대형 길드를 상대로 한 작전이었다면 충분히 들어 먹힐 만한 여지가 있는 작전이었다. 길드 내 이인자라고 할 수 있는 조혜진도 없었고, 최종 보스 김현성 마저 자리를 비운 상태가 아니었던가.

송 빌런이 파악하지 못한 요인은 파란 길드가 일반적인 대형 길드가 아니었다는 것, 이미 벽을 뛰어넘은 마법사에게 직군의 상성 자체가 무의미하다는 걸 상정하지 못했다는 것뿐이다.

'최소한 하얀이가 희라 누나랑 맞짱 뜰 수 있다는 것만 알았어도 이런 무리수를 던지지는 않았을 거야.'

안전한 곳에서 보호받으며 대형 마법을 난사하던 모습만 머릿속에 각인되어 있었던 거지 뭐.

애초 대륙에서 벽을 넘은 마법사가 정하얀 하나뿐이니 놈들의 정보가 부족했던 것도 이해가 가기도 했지만 이 새끼들이 찔러보자는 느낌으로 던진 공 때문에 파란 던전의 공략이 한층 더 어려워졌다. 아마 내일부터 많은 부분이 변하지 않을까. 내 시신에 걸려 있는 정하얀의 마법도 마법이지만 전시 상태나 다름없는 보안 등급을 발령했다는 것 하나만으로도 많은 것이 달라질 것이다.

김현성이 어떤 선택을 할지 걱정되는 거야. 굳이 말할 필요도 없고……. 아마 녀석이 정말로 인류에 대한 불신이 팽배해져 요상한 선택지에 발을 들인다면 이기영의 시신 탈취 계획은 미국으로 떠나게 될 것이다.

'너무 아까운데.'

아직 완전히 잡은 주식은 아니었지만 그래도 올라갈 희망이 보이는 주식인 만큼 손에서 놓아버리기가 쉽지가 않다. 라파엘 때와 비슷한 것 같은 느낌. 옆에서 벨리알이 약을 팔고 있으니 나도 이 판단이 틀린 것처럼 느껴지지 않는다.

'응원 좀 해줘야 할 것 같자너.'

-기영 씨…… 제가 어떻게 해야 하는 겁니까. 제가…… 도대체…… 뭘 어떻게 해야…… 하는 겁니까.

시신의 앞에서 주저앉은 모습을 보니 내가 다 가슴이 아프다.

'우리 현성이 많이 힘들자너. 빨리 행복해져야 되는데…… 세상이 현성이를 힘들게 한다. 진짜…… 세상이 힘들게 해.'

-기영 씨가 뭘 지키고 싶어 하는 건지, 도대체 어떤 걸 원하는 건지 모르겠습니다. 이런 상황에서 제가…… 하…… 하

하…… 의미가 없는 행동이라는 건 이미 알고 있었지만…… 기영 씨…… 기영 씨가 생각하는 것처럼 대륙은…… 인간은 깨끗하지 않습니다. 지킬 가치가…… 없는 것일지도 몰라요. 그게 기영 씨의 희생을 부정하는 말이라는 것은 알고 있어요. 하지만…… 하지만…… 이런 상황에서 제가 뭘 해야 할지 모르겠습니다. 제가 어떤 것에 기대해야 할지 모르겠습니다.

'정신 차려야 되자너. 영웅이 이러고 있으면 안 되자너.'

김현성이 내 목소리를 기대하고 있는 거라면.

내가 할 수 있는 말이야 뻔했다.

"모든 인간이 악한 것은 아닙니다. 노을빛의 검사여."

본래 진정한 빛이라는 건……. 아무리 힘들고 의심이 차오르는 순간에도. 인간 찬가를 부르짖게 마련이었으니까.

"모든 인간은 마음 한편에 작은 선함을 가꾸고, 아끼며 살아가고 있습니다. 가끔 잘못된 선택지에 발을 들이기도 하지만 그 잘못이 그들의 삶과 영혼을 대변해 주는 것은 아닙니다."

-기영 씨?

내 목소리가 들려올 거라고는 예상하지 못한 것 같았다.

-기영 씨…….

머릿속에서 들리는 목소리임에도 불구하고 내 시신을 바라보는 녀석의 얼굴이 시야에 비쳤다.

마주 보고 대화라도 하려는 심산인지는 모르겠지만 아마 저게 자연스러운 반응일 것이다.

혹시라도 연결이 끊기지는 않을까 급해 보이는 표정, 이쪽의 말에 반박할 거라고 생각했지만 내용보다는 목소리 자체에 집중하고 있다는 느낌이 강했다.

물론 녀석이 정신을 차리기까지는 그리 오랜 시간이 걸리지 않았다. 어째서 내가 이렇게 나타나 자신에게 말을 걸었는지, 도대체 뭘 말하고 싶은 건지 김현성이 눈치채지 못할 리가 없었으니까.

하고 싶은 말이 많아 보이는 얼굴이었다. 방금 전까지만 해도 자신의 불만과 의문을 토로하고 있었으니 오죽할까.

계속해서 머리를 굴리고 있는 것 같았지만 녀석의 첫 마디는 역시나…….

-죄송합니다. 기영 씨. 죄송합니다.

미안함과 죄송함을 등에 지고 살아가는 현성이를 보니 마음이 마냥 편하지는 않다.

'뭐 그렇게 미안한 게 많아.'

많은 의미를 담고 있는 것만 같은 대사. 내 기대에 부응하기 힘들다고 말하는 것인지, 아니면 아직까지 나를 살려내지 못하고 있는 것 때문인지, 그것도 아니라면 이번에 터진 일 때문인지는 모르겠지만 녀석이 죄스러운 감정을 느끼고 있다는 것은 확실하게 전해지고 있었다.

'전자는 아니지? 아직 시작도 안 했는데 벌써 내 말 끊고 들어가는 건 아니지?'

"노을빛의 검사가 사과할 만한 행동을 했다고는 생각하지 않습니다. 저는 언제나, 항상, 노을빛의 검사에게 감사한 마음을 가지고 있습니다."

-저는…….

"저야말로…… 저야말로 사과드리고 싶습니다."

-기영 씨가 사과하실 필요는 없습니다.

"노을빛의 검사. 하지만……."

김현성의 표정이 조금 변한 것은 바로 그때였다.

'뭐야. 얘 왜 이래.'

무척이나 슬퍼 보이는 것 같은 표정, 일그러진 얼굴.

왜 갑자기 녀석이 이런 얼굴을 하게 됐는지 모르겠다. 방금 전과는 확연하게 분위기가 달라진 것 같은 느낌이 든다.

이 대화가 꽤 오래 지속될 거라는 걸 알게 된 모양인지, 슬슬 다른 생각이 머릿속에 번진 것만 같다. 그것은 의심이 아니라 확신이었고, 내가 처음 내뱉은 말에 대한 대답이기도 했다.

허탈해 보이는 눈. 김현성답지 않게 분노하고 있기까지 하다. 둠하지 않은 김현성이 나한테 분노를 보내는 건 또 색다르다.

-알고 계셨군요.

"……."

-알고 계셨어요.

"……."

-분명히 알고 계셨을 겁니다. 분명히!

'너 지금 나한테 소리친 거야?'

-이런 일이 벌어질 거라는 걸, 기영 씨의 몸이 위험에 처하게 될 거라는 걸 알고 계셨잖습니까! 어째서! 어째서! 알리지 않

으신 겁니까! 어째서 이걸 두고만 보고 계신 겁니까! 어째서 제게 전하지 않은 겁니까! 어째서 혜진 씨에게 도움을 청하지 않으셨던 겁니까!

'너 이 새끼 정신 나갔어? 이 새끼. 이렇게 막 성질 내고 그래도 돼?'

-어째서 가만히 두고 보신 겁니까! 어째서 이런 일을 겪고도 그렇게…… 그렇게…… 태연하실 수가 있냔 말입니다…… 제기랄!

'제기랄? 제기랄? 너 이 새끼…….'

"저 역시 노을빛의 검사가 느끼는 좌절감을 이해할 수 있습니다."

-아니요! 기영 씨는 아무것도 이해하지 못하고 있습니다! 기영 씨는 이해할 수 없어요. 제가 무슨 생각을 하고 있는지. 제가 어떤 좌절감을 느끼고 있는지 이해하실 수 있을 리가 없습니다. 저는 영웅이 아니에요. 기영 씨가 생각하는 것처럼 대단한 사람이 아닙니다. 저는 그렇게 쉽게 용서하고 모든 걸 받아들일 수 있는 사람이 아닙니다. 인간의 본성은 본래 선하다느니 그들의 마음속에 빛을 소중히 해야 한다느니 같은 말은 관심도 없단 말입니다.

"노을빛……."

-어째서! 보고만…… 있었냐고요. 어째서!! 언제까지 자신을 버려야 속이 시원할 것 같습니까? 도대체 언제까지! 자신을 희생해야 만족하실 수 있겠습니까! 기영 씨의 몸이란 말입니

다! 제길! 제기랄! 이제는 지긋지긋하단 말입니다. 매번! 매번! 잠드신 이후에도…… 인간을, 대륙을 위하실 필요는 없잖아요…… 조금은 이기적이어도 되잖습니까. 제길!

'너 정신 나갔어? 진짜?'

어느 정도는 반발할 거라고 생각했지만 이렇게까지 흥분한 모습은 무척이나 오랜만에 본다. 특히 다혈질 둠 버전이 아니라 일반 버전임에도 불구하고 이러고 있으니 기가 차서 말이 제대로 나오지 않는다.

'와, 진짜 내려가고 싶다.'

내가 배때기 상처 까고 있어도 저런 식으로 말할 수 있나 보자고. 시바. 단언하건대 한 마디도 내뱉지 못할 거라고 장담할 수 있다. 이렇게 멀리 떨어져 있어서 아픈 척도 못 하고 겁먹은 척도 못 하니 무기를 빼앗긴 것 같은 느낌.

예상했던 것보다 김현성이 느끼는 충격이 더 커다란 것 같았다.

-대답하세요! 대답해 주세요!

'말 안 해.'

-왜 보고만 계셨습니까!

'말 안 한다. 나.'

-기영 씨? 기영 씨!

조금 졸렬하게 느껴지기는 했지만 일단 흥분이 가라앉기 전까지 가만히 내버려 두는 게 좋을 것 같다.

아니나 다를까 얼마 지나지 않아 당황하고 있는 얼굴이 보인다.

-기영 씨…… 기영 씨?

'네가 자초한 거자너. 대화할 환경을 마련해 줘야 대화를 할 수 있는 거지.'

-죄송합니다. 기영 씨…….

이번에는 죄송할 짓 한 거 맞다. 진짜. 솔로몬이 판결을 내려도 내 손을 들어줄 거라고 장담할 수 있다.

-죄송합니다. 제가, 제가 너무 흥분한 것 같습니다. 진심이…… 진심이 아니었습니다. 관심 없다는 말은 거짓말이었어요. 인간의 안에 있는 빛을 소중히 여기지 않는다고 생각한 것도 진심이 아니었습니다. 그러니…….

"……."

-기영 씨? 정말로 진심이 아니었습니다. 네. 기영 씨가 뭘 말하려고 하시는 건지 알고 있습니다. 다만 너무 화가 나서…… 순간적으로 화가 나서 제가 실언을 했던 것 같습니다. 해서는 안 되는 생각을 한 것 같습니다. 실망하셨다면 정말로 죄송합니다. 실망시켜 드려서 죄송합니다. 정말로 진심이 아니었습니다.

'얘 아무래도 다른 생각하고 있는 것 같은데.'

본인이 순간적으로 품고 있었던 악의와 인간에 대한 환멸감 때문에 연결이 끊긴 거라고 생각하고 있는 것 같다.

'그럴듯하긴 하네.'

빛의 성자와 연결될 수 있는 통로가 선한 마음이라고 생각하고 있다면 저렇게 느낄 만도 하다.

필사적으로 스스로 품었던 생각을 부정하고 있는 것이 눈에 보인다. 김현성에게 자기 세뇌를 할 수 있는 능력이 없으니 밑 빠진 독에 물 붓기였지만 그럼에도 불구하고 인간의 선한 마음을 존중해야 한다고 여기고 있는 것만 같다.

뭔가 잘 돌아가는 것 같기는 했지만 이런 상황에서 김현성에게 억지 도덕성까지 강요하는 건 내가 생각해도 조금 아닌 것 같은 느낌이 든다.

얼마나 힘들면 얘가 이래. 그간 많은 일이 있었고 여러 가지 압박감에 시달리고 있었으니까. 언론에서도 자꾸 지 찾는 것도 거슬릴 테고…… 갑자기 들이닥친 대륙의 위기도 반갑지 않을 것이다. 혼자서 짐을 드는 걸 병적으로 두려워했으니 유일하게 짐을 들어줄 수 있는 형제와의 연결이 끊기는 걸 무서워할 만도 하지.

내 입으로 이런 말 하기는 조금 부끄럽기는 하지만 사실 외신과의 결전을 버틸 수 있었던 이유 역시…… 가장 밝게 빛나는, 언제나 묵묵히 회귀자의 어둠을 밝혀준 그 녀석의 존재 때문이 아니었던가. 언제나 바보같이 자신을 희생했던 그 녀석 말이다.

이런 관점에서 보니 시신을 지키고 싶었기 때문에 화를 낸 것도 약간은 용인해 줄 만도 하다.

"노을빛의 검사."

-네! 네…… 기영 씨! 네! 다행이다. 하…… 하하…… 다행이야…… 진심이 아니었습니다. 제가 아까 한 말은 전부 다 잊어

주세요.

"노을빛의 검사의 탓이 아닙니다."

-네. 네.

정말로 네 탓 아니야.

"어째서 노을빛의 검사가 분노했는지 이해할 수 있습니다. 환멸감을 느끼는 이유도, 인간에 대한 믿음의 빛을 저버리고 싶은 심정 역시 충분히 이해할 수 있습니다. 저는 그들을 용서하라고 말하는 것이 아닙니다. 그것이 오롯이 노을빛의 검사의 선택이며 의지라는 것을 알고 있기 때문입니다. 다만……."

-네.

"저는 노을빛의 검사가 인간성을 상실하는 모습을 보고 싶지 않을 뿐입니다. 제 자그마한 욕심이며 바람입니다. 노을빛의 검사가 행복해졌으면 합니다. 모든 굴레와 고통을 잊고 자신의 삶을 살아갔으면 합니다. 죄책감을 벗어던지고 건강하게 지내는 모습을 보고 싶습니다. 그렇게 살아가셨으면 합니다."

-…….

"짐을 들어달라고 강요하고 싶지도 않습니다. 하지만 노을빛의 검사가 인간에 대한 믿음을 버리지 않으셨으면 합니다. 노을빛의 검사를 응원하는 이들이 많다는 것을 알아주셨으면 합니다. 노을빛의 검사를 위하고 믿음을 보내는 이들이 많다는 걸, 다시 한번 깨달으셨으면 합니다. 잘못된 길에 발을 들인 인간들보다 그렇지 않은 이들이 더 많다는 것을 기억해 주셨으면 합니다. 인간이 아름답고 따뜻하고 숭고하다는 사실을 기억해 주셨으면 합니다."

-네…… 네…….

"힘든 일이라는 것은 이해할 수 있습니다. 하지만 만약 노을빛의 검사가 빛에 대한 믿음을 저버리지 않는다 하신다면……."

-콰아아아아아아아아아아아아아아아아아아아아.

웅장한 소리와 함께 찬란한 빛이 뿜어져 나온다.

'그동안 너무 힘들었어. 진짜 내가 생각해도 현성이 너무 고통스러웠어. 한 번 더 고통스러울 수도 있으니까. 잠깐 포션 정도는 먹여줘야 돼.'

"제가 함께하겠습니다."

잔잔해진 빛 사이로 보이는 것은 찬란하게 비치고 있는 성검. 붉은 노을을 연상케 하는 검신을 가지고 있는 성검이었다.

조혜진 때와 마찬가지로 약간의 커스터마이징을 거친 모습, 내가 봐도 멋진 검이다. 기능 자체는 듀렌달보다 많이 부족할지는 모르겠지만 서브로 들고 다니기에는 충분히 훌륭하다고 말할 수 있는 검이었다. 문제는 가격이 비싸다는 것 하나.

'이건 어디서 메우냐. 진짜…….'

사실상 노을빛의 신이 벌어다 준 신성으로 구입하기는 했지만 굳이 그런 사실을 김현성이 알아야 할 필요는 없다. 지상으로 검을 내리는 행위 자체에도 신성이 들어가니 조금은 생색내도 되지 않을까.

-기영 씨? 이건…….

'알기 쉽자너.'

그리폰뿐만이 아니라 장비 자체에도 관심이 많았으니까. 좋은 검이라는 것 정도는 한눈에 알아볼 수 있겠지.

긴장한 것 같은 얼굴이 눈에 띈다. 하지만 이걸 받아야 되나 말아야 되나 망설이는 표정은 보이지 않는다.

혹시나 사라질까 검을 곧바로 잡는 모습은 가관, 어차피 회귀자 사용설명서 이상 가는 연결 시스템이 없으니 강한 영적 연결을 느끼지는 못한 것 같았지만 기분은 좋은 것 같았다.

'오랜만에 신난 것 같네…….'

"믿어주셨으면 합니다."

-네.

"인간을, 그들 안에 남아 있는 빛을 믿어주셨으면 합니다. 도움을 받고 도움을 주셨으면 합니다. 함께할 수 있는 이들을 찾고 모두가 힘을 모아 앞으로 나아가셨으면 합니다. 괴로운 일이 있으면 함께 고민하셨으면 합니다. 힘든 일이 있으면, 어려운 일이 있으면 모두가 머리를 맞댔으면 합니다. 노을빛의 검사에게는 익숙하지 않은 일이 될 거라는 것은 알고 있습니다."

-…….

"하지만 제가 함께하고 있다는 사실을 기억해 주세요."

-…….

"믿음을……."

-네…… 반드시…… 반드시…… 실망시켜 드리지 않겠습니다.

반드시 내가 한 말을 지키겠다는 표정이 괜스레 시야에 비친다. 자신 안에 있는 두려움을 이겨낸 모습.

나름대로 굳은 다짐을 한 것 같았지만…….

대륙의 어둠이 타락한 암흑의 손길을 뻗치고 있다는 걸. 아직까지 눈치채지 못한 것 같았다.

■

'몸이 세 개였으면 좋겠네.'

송수경, 김현성, 그리고 조혜진까지 계속해서 이쪽을 부르고 있다 보니 일에 집중하기가 쉽지가 않았다. 사실 어제 일이 터진 순간부터 머릿속 한편에 울려 퍼지고 있는 목소리에는 정신을 차리기가 힘들 지경.

김현성 같은 경우에는 성검을 내준 이후 조금은 진정시킬 수 있었지만 일이 틀어진 송수경과 이 상황을 알 리가 없는 조혜진은 그렇지 않았다. 아마 조혜진 역시 김현성만큼 당황하지 않았을까.

아니나 다를까 지금도 계속해서 조혜진의 목소리가 들려오는 중. 조금이나마 설명을 해야 했다고 생각했기 때문에 일단은 하던 일을 멈출 수밖에 없었다.

-부길드마스터. 부길드마스터?

"……."

-부길드마스터?

"아……."

-기영아 내 목소리 들려?

"아. 들려. 혜진아. 무슨 일이야."

-왜…… 왜! 지금까지 아무 말도 안 하고 있었습니까? 어제부터 계속 불렀는데!

"……."

-아니, 설마 억지로 연결 끊어놓고 있었던 겁니까?

"그런 거 아니야. 그냥 바빴습니다."

-도대체 이게 어떻게 된 일인지 말씀을 해주셔야죠. 길드 안에서 무슨 일이 벌어진 건지는 알고 있는 겁니까? 아니, 모르실 리가 없겠군요.

"진짜로 바빴어요."

-길드마스터에게 검을 내린 것도 부길드마스터가 맞습니까?

"말하지 말라고 했는데."

-저한테 직접 와서 말씀하셨습니다. 기영 씨가 내린 검이라고…… 잘 부탁한다고, 앞으로 잘 보조해 줬으면 한다고 하셨습니다.

"혜진 씨도 피차 선택받은 입장이니 말해도 상관없다고 판단한 모양이네요. 다른 사람들한테는 숨기고 있는 거 맞아요?"

-표면상으로는 그렇게 하고 있지만 깨끗한 흰 천에 감싸 신줏단지 모시듯 모시고 있으니 말이 나오는 상황이기는 합니다. 간혹 마력을 집어넣는지는 모르겠지만 붉은빛이 천을 뚫고 나오기도 하고요.

"길드 상황은 어때요?"

-분위기가 좋지는 않습니다. 하얀 씨와 정연 씨, 소라 씨가 함께 조사하고 있지만…… 머리를 열어봐도 나오는 게 없다고만 전해 들었습니다. 어떤 방식으로 머리를 연다는 건지는 모르겠지만 길드 내의 마법사들이 방법을 찾지 못한다고 하면……. 마탑에 의뢰를 맡긴다고 해도 달라질 게 없을 겁니다. 아무튼 어제까지만 해도 보안 등급을 최상으로 조정했었는데 오늘 아침에는 또 한 단계 내린다고 하시더군요. 아니, 부길드마스터가 질문을 하는 게 아니라 제 질문에 먼저 답변해 주셔야죠. 지금 제가 모르고 있는 일이 벌어지고 있는 거 맞습니까?

"뭐…… 크게 신경 안 쓰셔도 됩니다. 혜진 씨가 신경 쓰실 일은 아니에요."

-어떻게 신경을 안 쓰겠습니까. 부길드마스터의 시신을 노리고 암살자와 레인저들이 길드 안에 침입했는데. 이러려고 창을 내린 게 아니잖습니까.

"혜진 씨는 다른 쪽에 집중해 주시면 돼요. 이지혜 꼬리 밟아야죠. 뭐 시신에 큰 의미를 가지고 그래요?"

-그렇게 말하면 안 됩니다. 지금 그게 말이 되는 소리라고 생각하시는 겁니까?

"내가 이래서 말 안 하려고 했던 거라니까. 여기도 상황이 급하다고 말씀드리지 않았어요?"

-누가 이딴 짓을 벌인 건지는 알고 있는 겁니까? 도대체 어떤 미친놈이 이런 짓을 벌인 건지…….

"그걸 알아도 혜진 씨한테는 말씀 못 드려요. 현세에 함부로 영향력을 끼칠 수 없다는 조항이 걸려 있어서. 그리고 기왕 이렇게 된 거 말씀을 드리는 건데 시신에는 신경 쓰지 마세요. 아무래도 넘겨줘야 할 것 같으니까."

-…….

"……."

-너 미쳤어!

"놀리려고 말하는 게 아니라 그렇게 해야 할 것 같습니다. 자세한 건 묻지 마세요. 그냥 신의 뜻이라고 생각하시면 됩니다. 원래 신들이 신탁을 내릴 때 아리송하고 해석할 여지가 있게 내리잖아요. 자세히 말씀 못 드리니까 그냥 그렇게 알고 계시면 돼요. 긍정적인 효과로 돌아온다는 것만 기억해 주시면 됩니다."

-시신을 넘겨주는 게 어떻게 긍정적인 방향이 될 수 있다는 겁니까?

"말 못 한다니까요. 일단 그렇게만 알고 계세요."

-너 진짜로 미쳤냐고!

'뭐야 너 나한테 지금 소리친 거야?'

-이 미친 새끼 진짜!

김현성을 교훈 삼아 일단 침묵으로 일관하려고 해봤지만 조혜진이 보여주는 기세가 심상치 않다.

-이럴 거면 왜 창을 내린 거야?

'나 말 안 해.'

-이 미친 새끼! 이기영 이 미친 새끼 진짜!

신창에 감겨 있던 천을 풀어 헤친 이후에 발로 콱콱 밟고 있는 모습이 무섭게 보인다. 어차피 부러지지 않을 거라는 건 알고 있었지만 분이 풀리지 않는지 다른 창을 가져와 창을 내려치는 것이 시야에 비치기 시작했다.

'너 왜 그래. 답지 않게.'

-이럴 거면! 왜 창을 내린 거냐고! 혼자서 다 할 거면! 왜 그 지랄을 떤 거냐고! 나도 안 해. 나도 안 해!

'그긍더 혜진이 어디 갔어. 너 왜 그래. 안 어울리게 왜 그래.'

-미친 새끼! 미친 새끼! 혼자 해! 안 할 거니까. 혼자 하라고!

"아니……."

-그게 어제 온종일 기다리던 사람한테 할 소리야? 뭐라도 좀 이야기를 해줘야 할 거 아니야? 이 미친 새끼! 쓰레기 새끼!

단순히 떠보려고 그러는 것이 아니라 정말로 화가 난 것만 같은 느낌, 그럴 수도 있다는 생각이 들어와 꽂히기는 했다. 일은 벌어졌는데 창은 온종일 응답이 없지, 이미 상황이 터지기는 했지만 다른 일이 더 벌어진 것은 아닌지 불안했을 것이다. 제대로 잠도 자지 못했을 테니 화가 나는 상황이기도 하다.

계속해서 입 닫고 있으면 부러지지 않는 저 창이 꺾이지는 않을까 걱정이 된다. 그동안 쌓여 있던 게 폭발한 건지도 모르겠지만 얘도 갑작스럽게 변하고 있는 상황에 조금 지쳐 있는 것만 같았다.

'내가 정보를 너무 많이 줬나 봐.'

기억을 잃었을 때처럼 적당히 연기해도 상관없었는데……

조혜진을 너무 지혜 누나처럼 생각했는지도 모르겠다.

긴밀히 협력할 대상이 필요해 조혜진에게 창을 내렸지만 그녀의 사고방식은 이쪽 부류와는 다르다. 민감할 수도 있는 사안을 잘못 던졌다는 것을 깨닫는 것은 순식간, 일단을 말을 이어볼 수밖에 없었다.

“아니, 그만해요.”

-뭘 그만해요? 뭘 그만합니까?

“진정하라니까요. 제가 진짜로 숨기려고 이러는 것 같아요? 일단 이야기는 들어주셔야죠.”

-이야기할 생각도 없었다는 거 잘 알고 있습니다.

“설마 그럴 리가 있겠습니까?”

-그리고 이야기를 듣는다고 한들, 제가 그 미친 일에 손을 얹을 것 같습니까? 확실하게 말씀드리건대 저는 협력하지 않을 겁니다.

“시신은 어차피 되돌아올 겁니다. 잠깐 넘겨주는 것뿐이고요. 저라고 안 꺼림칙하겠습니까? 그래도 제가 들어갈 몸인데. 누구보다 자기 몸 아끼는 사람이 저라는 거 알고 계시잖아요.”

-부길드마스터가 정말로 자기 몸을 아끼는 사람이었다면 애초에 상황이 이렇게 꼬이지는 않았을 겁니다.

“아니라니까. 이 모든 게 계획의 일부라니까.”

-미친 소리 하지 마.

“모든 건 연결되어 있습니다.”

-연결?

“정말로 자세한 건 말씀을 못 드리지만, 아니, 다시 한번 말하건대 안 드리는 게 아니라 못 드리는 겁니다. 자칫 잘못하면 페널티를 받아서 정말 이런 대화조차 하지 못하게 되는 상황이 올 수도 있어요. 아무튼 말씀드릴 수 있는 것 하나는 모든 게 연결되어 있고 의미가 있다는 것뿐입니다. 저도 여기까지 오게 된 경위를 잘은 모르겠지만 이 과정이 결론으로 도달하는 데 도움이 될 겁니다.”

-그걸 부길드마스터가 알고 있는 겁니까?

“이지혜가 알고 있을지도 몰라요. 그래서 부탁드렸던 겁니다.”

-솔직히 부길드마스터가 무슨 말을 하는 건지 이해가 되지 않습니다.

“아무튼 그렇게 알고 계시면 돼요. 제 희생으로 외신을 몰아낼 수 있을 거라는 것도 이미 확인한 사항 아니에요? 이번에도 같습니다. 의문스럽다는 건 알지만 이 행동이 좋은 결과로 도출될 겁니다. 저도 빨리 내려가고 싶어요.”

-…….

“정말로 거짓말 하나도 보태지 않고 말씀드리건대, 나도 빨리 내려가고 싶다니까. 솔직히 조금 더 천천히 하면 이런 식으로 일을 벌일 필요도 없겠지만 제 욕심 때문이라고 생각하시면 됩니다.”

‘빨리 현성이 하얀이 덕구, 우리 애들 멘탈 케어해 줘야 되자너.’

“조금 더 확실하게 하고 싶어서 패를 하나 더 만든 겁니다.

제 몸은 쓰일 데가 있을 겁니다. 제가 계획한 일이니 혜진 씨는 동요하실 필요도 없고, 불안해하실 필요도 없어요. 자세한 건 내려간 이후에 말씀드릴 테니까."

-내가 두고 볼 거라고 생각하지 마.

"대화가 안 되는 것 같은데 일단 이 문제는 여기서 잠깐 마무리하기로 하죠."

'2층 보스가 작정하고 틀어막으면 더 탈취하기 힘들어지는데…….'

물론 그런 일은 일어나지 않을 것이다. 조혜진도 자기 역할을 수행해야 했고, 만일의 사태에 대비해 보험도 들어놨으니까.

'애초에 공략이 불가능해.'

파란 던전을 정말로 던전으로써 공략하는 것은 불가능하다. 만약 다시 한번 비슷한 일이 생긴다면 던전 안의 마물들과 보스 몬스터들이 던전 밖으로 뛰쳐나오게 될 것이다.

당연히 송수경도 비슷한 생각을 하고 있다. 첫 번째 시도가 실패한 이상 두 번째는 조금 더 신중해질 수밖에 없다고.

아마 기회를 노리고 있지 않을까. 전쟁을 기다리는 것은 지혜 누나뿐만이 아니라는 거다.

'그래도 빈틈이 없는 건 아니지.'

-파란 길드를 우습게 보지 않는 게 좋을 겁니다. 부길드마스터. 애초에 시신을 가져갈 수 있을 거라고는 생각하지…….

"아니 좀……."

-길드가 아니라 린델 모두가, 교황청과 교국에서도 부길드

마스터의 시신을 지키기 위해 협정을 내렸습니다. 길드마스터가 직접 주도하고 추진하신 계획입니다. 도움을 받는다고 하시더군요. 파란 길드의 힘만으로는 부족할지도 모른다고 상황이 터졌을 때 도움을 받을 수 있는 이들이 필요하다고 말씀하셨습니다.

'이렇게 빨리?'

-단언하건대 시신을 가져간다는 건 불가능할 겁니다. 침입자가 누군지, 목적이 뭔지, 부길드마스터가 어떤 그림을 그리고 있는지는 모르겠지만…… 다른 방법을 찾는 게 좋을 겁니다.

이미 예상을 하고 던진 말이기는 했지만…….

"훌륭하군."

벨리알의 말에 고개를 끄덕일 수밖에 없었다.

슬그머니 시선을 돌리자 우리 사랑스러운 회귀자가 오스칼, 바젤 교황, 교국의 주요 인사들과 함께 이야기를 나누고 있는 모습이 시야에 비쳐온다.

어째서 녀석이 저들과 이야기를 나누고 있는지는 뻔할 뻔자. 성검을 내린 이후에 말했던 신탁을 따르고 있는 거라고밖에는 볼 수 없다.

아니나 다를까 김현성의 얼굴에는 언뜻언뜻 불안감이 드러나고 있었다. 정말로 믿는 게 좋을지, 파란 길드 외의 인간들을 믿는 게 옳은 행동일지에 대해 반신반의하고 있었지만 녀석은 그 불안감을 성검을 부여잡는 행위로 해소시키고 있었다.

-모두가 힘을 모아야 된다고 말씀하셨습니다.

-명예추기경…… 아니, 빛의 아들께서 말인가.

-예. 교황님. 인간을 믿어달라고 하셨습니다. 그들 안에 남아 있는 빛을 믿어달라고 하셨습니다. 도움을 주고 도움을 받으라고 하셨습니다. 함께할 수 있는 이들을 찾고 모두가 힘을 모아 앞으로 나아가라고 하셨습니다.

-네.

-괴로운 일이 있으면 함께 고민하라고…… 힘든 일이 있으면, 어려운 일이 있으면 모두가 머리를 맞대라고…… 제게는 익숙하지 않은 일이지만 함께해 주신다고 하셨습니다. 저는 이런 자리에 어울리지도 않고 심지어 불편하기까지 하지만 여러분들에게 부탁드리고 싶습니다. 제가, 파란이, 교국이 기영 씨를 지킬 수 있게 힘을 빌려주셨으면 합니다.

-교국은 힘을 보탤 것입니다. 파란 길드마스터.

-교황청 역시 마찬가지일세.

'이러면 이야기가 달라지지.'

말 그대로였다. 파란 던전을 공략하는 것은 불가능하지만, 교국 던전을 공략하는 것은 가능할지도 모른다.

본래 어떤 집단이든 규모가 커지고 인간이 모일수록…….

'틈이 벌어지게 마련이자너.'

송 빌런이 병신이 아니라면 이 사실을 깨닫고 있을 것이다.

'그 정도로 병신은 아니었네. 그렇지?'

나름대로 길을 잘 찾았다고 판단할 수밖에 없었다.

송 빌런이 무능력하기는 하지만 결코 멍청하지는 않다. 애초 녀석이 아무것도 모르는 멍청이였다면 지금처럼 신 대륙 보호 관리 위원회의 핵심 인사로 내정되지도 않았겠지.

대륙이 모험가에게 우호적이기는 하지만, 맨몸으로 시작해 저 정도까지 올라가는 게 결코 쉬운 일은 아니다. 정치적인 감각은 물론이거니와 녀석 나름대로의 세력을 형성했다는 걸 생각해 보면…….

'인정할 건 인정해야지.'

오히려 유능하다고 판단하는 게 맞다는 거다. 녀석이 만약 김현성 이슈에 말려들지만 않았더라도 한 번쯤은 써볼 만하다고 판단하지 않았을까. 길드 직원으로 고용하거나, 운이 좋으면 제법 괜찮은 자리에 내정했을지도 모른다.

내가 이런 생각을 해볼 만큼 녀석은 인재라고 부를 수 있는 종류의 인간이었다. 물론 이쪽을 대신하거나 전술 김현성을 부리는 것은 전혀 다른 종류의 영역이지만 지금 대륙에서 벌어지고 있는 변화에 대한 대응은 결코 나쁘지 않았다는 생각이 들었다.

무려 빛의 아들이 죽은 이후에 계속해서 폐쇄 정책을 유지하고 있었던 파란 길드가 문을 연 타이밍이 아니었던가.

이기영의 시선을 노리고 있는 존재들을 언론에 공표했고, 교황청과 교국에 정식으로 도움을 요청했다. 린델에 있는 크고 작은 길드들에게 협력해 줄 것을 부탁했으며 빛의 성자를 지키기 위한 집단을 만들고 있었다.

일각에서는 드디어 노을빛의 검사가 세력을 만드는 것이 아니냐고 떠들기도 했지만 파란 길드가 그런 이들의 눈치를 볼 리가 없지 않은가. 길드에 암살자와 레인저들이 침입한 정황은 너무나도 명확했고 파란 길드에서 준비한 영상에 모두가 입을 다물었다. 여기에…….

'협정 같은 걸 맺고 다녔으니 오죽하겠어?'

평소의 김현성이었다면 절대로 하지 않았을 행동이었다.

'내가 말을 조금 잘해놓기는 했나 봐.'

길드마스터는 부길드마스터 하기 나름이자너.

어떻게든 접촉할 구실을 만들고 있었던 송수경에게는 나름 호재라고 할 수 있는 상황이었으리라.

-꼬리는 확실히 자른 게 맞습니까?

-네. 확실하게 처리해 두었으니 안심하셔도 됩니다. 위원회가 이번 일과 연관되어 있는 증거는 없을뿐더러, 아주 작은 연관성조차 발견되는 일이 없게 손을 써두었습니다. 의뢰를 드린 집단의 실체가 없으니…… 저들에게 꼬리가 밟힐 일은 없을 겁니다.

-수고 많으셨습니다.

'완전 악마 새끼 다 됐자너. 일말의 죄책감도 느끼지 못하자너.'

-그보다…… 노을빛의 검사께서는…….

-네. 이미 참석하신다는 말씀을 전해 들었습니다. 곧 도착

하실 테니 미리 준비를 하는 게 좋을 것 같습니다.

-다행이군요. 정말로 다행입니다.

아니나 다를까. 벌써부터 기대하고 있는 모습이 시야에 비친다.

한 박자 느리게 느껴지기는 했지만 녀석이 행동했다는 사실에는 변함이 없었다. 보호 관리 위원회의 입장에서도 당연히 보여야 할 반응이었다.

'괜찮은 타이밍이기는 해.'

전 대륙의 관심이 쏠린 일에 신 대륙 보호 관리 위원회가 손가락만 빨 수 있을 리 만무, 녀석이 그렇게까지 무능하지 않다는 걸, 행동으로 증명하고 있다.

파란 길드에서 공식적으로 사건에 대해 공표한 이후에는 곧바로 대책 본부를 설립, 대륙에서 벌어지고 있는 이상 현상과 이번 일을 엮은 이후에 대륙 내 네임드와 권력자들을 불러 모은 것.

당연히 초대 명단에는 파란 길드도 존재했고, 이제 막 사교계에 발을 들이려고 하는 김현성과 파란의 입장에서는 놈들의 제안을 받아들일 수밖에 없었으리라. 이해관계가 일치했다는 말이 알맞을 것 같다.

건물 안으로 들어선 이후에 개인 대기실에 들어가 옷매무시를 고치는 행동이 눈에 보인다.

거울에 비친 자신의 얼굴을 보고 고개를 끄덕이는 모습, 조용히 입을 여는 게 시야에 들어왔다.

-일이 잘 풀릴 것 같습니다.

"……."

-그분께서 정말로 와주실 거라고는 상상도 못 했으니까요.

"그대는 그대가 원하는 것을 얻을 수 있을 것이다."

-네. 얻어야지요. 반드시 얻을 겁니다.

-나가실 시간입니다. 송수경 님.

-네. 지금 가겠습니다.

'나름대로 잘 준비하기는 했어.'

조금 불안하기는 했지만 적절히 선을 지킨 것 같은 느낌, 조금 단출하다는 느낌이 있기는 했지만 분위기가 뒤숭숭한 지금은 오히려 이 정도가 딱 알맞다.

왕국이나 공화국 권력자들의 눈에는 성에 차지 않을 수도 있었지만 대중들의 눈을 생각하면 지나친 화려함은 지양하는 것이 맞다. 애초에 이 모임이 파티의 목적을 띠고 있지도 않았으니까. 노을빛의 검사가 합류한다는 게 아마 회의의 성격을 많이 바꾸지 않았을까.

천천히 착륙장으로 향하는 놈의 얼굴에 미소가 꼴 보기 싫기는 했지만…….

'어차피 정의 구현 당할 거자너.'

굳이 초조해할 필요는 없다.

송수경은 천천히 하늘을 올려다보는 중, 아니나 다를까. 직접 그리폰을 몰고 온 김현성이 눈에 들어왔다.

'믿음직스럽죠?'

오랜만에 보는 검은색 그리폰과 함께 보호 관리 위원회에

착륙한 김현성의 얼굴에 언뜻 긴장감이 감돈다.

익숙하지 않은 얼굴.

'얘 긴장했네.'

오늘 하루를 잘 버텨야 한다는 건 김현성의 입장에서도 마찬가지였으니까. 저런 얼굴을 하고 있는 것도 무리가 아니리라.

굳이 표현하자면 이렇게 표현하는 게 맞는 것 같다. 지금까지 제가 조금 겉돌았습니다. 여러분들과 함께 이야기를 나누고 싶습니다. 이것을 공표하는 자리. 대륙의 생긴 문제에 대해 적극적으로 개입하겠다는 의지를 알리는 자리.

1회차에서도 이런 자리가 익숙하지 않아 전부 다 떠넘겼을 테니 저런 얼굴이 이상하게 보이지는 않는다.

-파란 길드마스터님. 먼 길 오시느라 고생하셨습니다. 신 대륙 보호 관리 위원회의 송수경입니다.

-아…… 네. 다시 뵙게 돼서 반갑습니다. 이렇게 마중 나와 주셔서 진심으로 감사드립니다.

-직접 안내해 드리겠습니다. 이쪽으로.

-네.

-소식은 전해 들었습니다. 노을빛의 검사님.

-아…… 네.

-뭐라고 말씀을 드려야 할지…….

-…….

-그 어떤 말로도 파란 길드마스터를 위로할 수 없겠지만 저희 신 대륙 보호 관리 위원회에서도 이번 일에 관련해 총력을

기울이고 있다는 것만 알아주셨으면 합니다. 현재 대륙에서 일어나고 있는 이상 현상을 일으킨 집단이 연루되어 있을지도 모른다는 생각이 들더군요. 파란 길드가 생각하는 방향과는 많이 다를지 모르겠지만…….

-…….

-다방면, 전혀 새로운 시각에서 사건을 바라봐야 할 필요성이 있다고 느꼈습니다. 정보가 제한적이지만 저희 역시 이번 일에 심각성을 파악하고 해결하기 위해 노력 중입니다.

-…….

-자세한 이야기는 이후에 말씀드리겠습니다. 일단 들어가시죠.

-네.

다소 충격적이었던 첫 만남은 일단 서로의 기억 속에서 잊은 모양, 사실 김현성이 얘를 별로 기억하고 있는 것처럼 보이지는 않는다.

뭔가 중요한 인사라는 건 눈치챘는지 우호적으로 대하려고 하는 것이 보인다. 수행원으로 함께 온 김미영 팀장이 김현성에게 귓속말을 보내는 중, 송수경에 대한 대략적인 정보를 다시 한번 접하고 있는 것 같았다.

'김미영 팀장 원래 이런 자리에 잘 안 나타나기는 하는데…….'

그만큼 길드 차원에서도 김현성의 새로운 행보를 신경 쓰고 있다는 방증이겠지. 뭐.

-어떻게…… 오는 길이 힘들지는 않으셨습니까?

-네.

-그러고 보니 말로만 들었던 노을빛의 검사님의 그리폰을 직접 보게 되는군요. 사랑을 많이 받은 것 같은 모습입니다. 깃털에 윤기가 흐르는 게 아주 건강하게 느껴집니다. 체격도 다른 그리폰들에 비해 커 보이고요.

-최근에는 신경을 써주지 못했지만…… 네.

-아! 갑작스러운 질문이지만 어떻게 결실을 맺으신 건지도 궁금합니다. 사실 저도 그리폰에 대해서 아주 관심이 많은 터라…… 이번에 화이트 폴이라는 그리폰이 또 알을 낳았다고 들었습니다. 자연 교배는 불가능하다고 들었는데…… 학계나 관련 업계에서도 많은…….

-뭔가를 딱히 한 것은 아닙니다만…… 처음부터 잘 어울리더군요.

'그저…… 그저어…… 그리폰 이야기만.'

-얼마나 빠르게 날 수 있는 겁니까?

'할 수 있는 말은 그리폰 이야기뿐이자너.'

-가끔 라이딩을 즐기신다고 들었습니다. 저 역시 마찬가지라…… 지금 당장은 불가능하겠지만…… 모든 일이 끝난 이후에 기회가 된다면…….

-네. 기회가 된다면 그것도 좋겠군요.

'근데 저거에 낚여 버리네.'

아마 언제 한번 밥 같이 먹어요. 같은 멘트로써 받아들인 것 같기는 했지만 굳이 긍정적인 대답을 해줄 필요가 있나 싶기도 했다.

김현성 개인적으로 판단하건대 송 빌런을 밀쳐낼 이유가 없다고 생각한 것 같았다. 일단 의심하기보다는 먼저 믿어야 한다고 느끼고 있는 거겠지.

린델의 길드나 교국, 교황청처럼 직접적으로 협력을 요구하지 않는 걸 보면, 만약의 사태를 상정하고 있기는 한 것 같았지만……. 대책 본부를 만들어 자리를 마련해 준 녀석을 배척하는 게 득이 되지는 않을 거라고 여기는 것 같았다.

함께 회의실로 향하는 중에도 끊임없이 말을 내뱉고 있는 녀석들의 모습이 눈에 들어왔다.

뒤쪽에는 김미영 팀장과 함께 보좌관 몇몇이 함께 걸어오고 있는 중, 결국 문 앞에서 자신들을 부르는 목소리에 발걸음을 옮기는 것이 눈에 보였다.

-신 대륙 보호 관리 위원회의 송수경 님과 파란 길드마스터 님이 입장하십니다.

하는 목소리가 들려온 이후에는 곧바로 문이 열린다.

'진짜 얄밉기는 얄밉네.'

굳이 김현성과 함께 등장하는 걸 대중들에게 선보이고 싶다는 거겠지.

-반갑습니다. 파란 길드마스터.

-이렇게 뵙게 돼서 영광입니다. 노을빛의 영웅이시여.

-송수경 님과는 벌써 인사를 마치셨군요.

-아…… 네. 그렇습니다.

-이야기는 전해 들었습니다. 파란 길드마스터. 불미스러운 사고가 있었다고 말입니다.

-…….

-언제든지 도움이 필요하시다면 꼭 연락해 주셨으면 합니다. 저는 공화국의…….

-네. 반갑습니다.

끊임없이 김미영 팀장이 김현성에게 귓속말을 해주고 있는 모습이 시야에 비친다.

다소 무례할 수도 있는 행동이기는 했지만 모두 어느 정도는 용인해 주고 있는 분위기, 김현성이 자신들에 대해서 잘 모를 거라는 것은 이미 알고 있을 것이다. 애초에 녀석들이 판단하는 김현성은 칼밥을 먹고 사는 인간이었으니 말이다. 실질적인 길드의 관리를 전부 내가 떠맡은 부작용을 보고 있는 걸지도 모른다.

'둠현성 때 고통받았던 애들은 안 보이네.'

걔들 다 은퇴했나 봐.

-이렇게 두 분이 함께 있는 모습을 보니 대륙에 그 어떤 위기가 와도 헤쳐 나갈 수 있는 듯합니다.

-…….

-알고 계셨습니까? 노을빛의 검사님.

-죄송합니다만…… 무슨 말씀을 하시는지 모르겠습니다.

-송수경 님께서 빛의 아들의 화신이라고 불리신다는 것 말입니다. 이렇게 두 분이 함께 있는 것을 보니 마치 예전을 보는

듯합니다.

-…….

-대륙의 새로운 두 기둥이 한자리에 모였군요.

-과연…….

-빛의 아들께서도 기뻐하실 게 분명 겁니다.

-기쁘기만 하시겠습니까. 무척 든든해하시겠죠. 서로 간의 오해가 있기는 했지만 결국에는 이렇게 두 분이 뭉치시지 않았습니까.

-아마 노을빛의 검사님도 깜짝 놀라실 겁니다. 그 모습을 보고 있자니 정말로 빛의 아들께서 살아 돌아온 줄 알았습니다.

'별로 기쁘지는 않은데.'

김현성의 얼굴을 보니 재네들이 지뢰를 밟았다는 것은 알겠다. 혹시나 상황이 터지지는 않을까 걱정된 것은 당연지사.

송수경이 입을 연 것은 바로 그때였다.

-지금 그게 무슨 무례입니까!

필요한 일이라는 것은 알고 있었지만.

'아, 진짜 재 왜 이렇게 얄밉냐.'

-기분 상하셨다면 제가 대신 사과드리겠습니다. 파란 길드 마스터.

악마의 혓바닥을 김현성을 향해 놀리기 시작한 모습을 보니 심사가 뒤틀리는 것 같은 기분이었다.

'이 악마 새끼. 진짜. 얄밉고 비열하게 공사 치네.'

226장
마지막(8)

'요즘 시대가 어느 땐데 이렇게 얄밉게 공사를 쳐?'

저 바람잡이들이 혹시 녀석이 고용한 놈들이 아닐까 하는 생각이 드는 게 당연했다. 만약 아니라고 하더라도 이런 상황을 기다렸을 것이 분명, 청춘 드라마에서나 나올 것 같은 싸구려 설계에는 솔직히 헛웃음이 나온다.

'이게 통할 거라고 생각해?'

근데 통할 것 같기는 하다. 본래 인간은 자기에게 호감을 드러내는 이들에게 조금 더 신경을 써주게 마련이었으니까.

김현성의 입장에서는 놈이 자신을 대신해 화를 내주거나 곤란한 상황에서 꺼내준 것처럼 비추어질 것이다. 뭐 대단한 걸 도와준 것은 아니지만 적어도 점수를 땄다는 건 부정할 수 없는 사실이라는 거다.

조용히 송 빌런을 바라보는 김현성의 시선에는 아니나 다를까 약간의 고마움이 들어서 있었다. 이제야 녀석을 제대로 인식한 것은 아닐까 하는 수준이었지만 놈이 자신의 존재감을 각인시켰다고 봐도 될 것 같았다.

'이 새끼 연기 잘하네.'

-빛의 아들께서 영면에 들어가신 지 시간이 얼마 지나지 않았습니다. 아직도 그 슬픔을 잊지 못하는 분들이 많은데…….

'연기 잘해요. 아주.'

-그분을 기리는 이들에게는 무례하게 들릴 수 있는 말입니다. 노을빛의 검사님이야 굳이 말씀드릴 필요도 없고요. 제게는 너무나도 영광스럽고 감사한 말씀입니다만…… 그분의 명성에 해를 끼치는 게 아닐까 두려울 정도입니다.

'그분이라네. 고 이기영 명예추기경에서 그분이 되어버렸죠.'

-대륙을 위해 모든 것을 바친 성자이십니다. 빛의 성자님을 대신할 수 있는 것은 아무것도 없습니다. 듣기 좋으라 말씀해 주신 칭찬에…… 제가 너무 민감하게 받아들인 것 같아 죄송스럽지만 그런 말씀은…… 적어도 파란 길드마스터의 앞에서는 되도록…… 지양해 주셨으면 합니다.

'빛의 성자를 대신할 수 있는 건 아무것도 없어?'

-다시 한번 사과드리겠습니다. 파란 길드마스터.

-네. 괜찮습니다. 네…….

-저희도 사과드리겠습니다. 노을빛의 검사님.

-파란 길드마스터의 마음을 헤아리지 못했습니다. 정식으

로 사과드리겠습니다.

갑작스럽게 엑스트라들에게만 불똥이 튄 상황이다. 잠깐 동안 흥분할 뻔했던 김현성도 이상하게 정리된 분위기에 짐짓 어색한 표정을 짓고 있다.

뭔가 마음에 안 드는 부분이 있고 뭐라도 말해야겠다 싶은 타이밍에 송 빌런에게 순서를 빼앗겼으니 저럴 만도 하다. 어쩌면 차라리 잘 됐을 수도 있다고 생각할 수도 있겠지.

아니나 다를까 김현성보다는 김미영 팀장이 다행이라는 표정을 보이는 중, 김현성의 가까이에서 계속해서 상황을 전달해 주고 있었던 그녀 역시 여기서 사건이 터지는 걸 바라지 않고 있을 것이다. 이 자리의 성격이 어찌 됐든, 이게 누구의 잘못이든 간에 구설수에 오르는 걸 원하지 않고 있을 테니 말이다.

'바람잡이들이 크게 잘못한 것도 아니니까.'

이 시점에 김현성이 흥분해 일을 망쳤다가는 아마 뒤쪽으로 소문이 돌지 않을까. 노을빛의 검사가 슬픔을 이기지 못해 미쳐 버렸다느니, 명예추기경을 잃어 정상적인 판단을 할 수 없게 되어버렸다느니 하는 이야기가 쏟아질 게 뻔했다.

이미 조금씩 나오고 있는 이야기이기는 했지만 이 이상 소문을 부풀릴 필요는 없다.

김현성이 침묵하고 있는 사이에 바람잡이들은 슬그머니 헛기침을 하며 자리를 떠나는 중, 송 빌런은 한숨을 쉬며 조용하게 입을 열었다.

-저들을 너무 원망하거나 미워하지 않으셨으면 좋겠습니다.

파란 길드마스터.

-…….

-저들이 명예추기경님을 잊은 것이 아닙니다.

-잊은 게…….

-네.

-잊은 게 아니라면 어떻게 저따위…….

-네?

-아니…… 아무것도 아닙니다.

-분노하신 그 심정도 이해가 갑니다. 하지만…… 하지만…… 그럴 리가 있겠습니까. 대륙을 위해 자신을 희생하시고 아주 작은 것들 하나까지 헌신하신 그분을 정말로 대륙이 잊을 리가 있겠습니까. 그냥…… 그냥 저들은…… 두려웠을 뿐입니다.

-어떤 두려움을 말씀하시는지 모르겠군요.

-모든 두려움입니다. 이 대륙을 살아가야 한다는 두려움 말입니다.

-…….

-명예추기경 없이 이 대륙을 살아가야 한다는 두려움 말입니다. 두려워하는 이들은 저들뿐만이 아닙니다. 권력자들이나 모험가, 사실 그들이 느낄 두려움보다는 이 대륙을 살아가고 있는 시민들이 느낄 두려움이 더 크겠지요. 최근에 대륙에 많은 일이 있었다는 걸 생각해 보면 그들이 느낄 공포가 어느 정도일지 상상이 가지 않습니다. 커다란 전쟁이 끝난 지 1년도

채 지나지 않았으니까요. 우리는 아직도 그 날을 기억하고 있습니다.

녀석은 손에 들린 잔을 넘기며 다시 한번 말을 이었다.

-여러 가지 일들을 떠올리며, 자신들이 안전하다고, 자신들은 보호받고 있다고 생각하고 있는 거겠지요. 빛의 성자께서 떠난 빈자리를 무슨 수를 써서라도 채워 넣고 싶어 하는 거예요.

자조적으로 웃음을 흘려보내는 연기력이 나쁘지 않다.

-잠든 이후에도…….

-네. 그분은 대륙의 정신적인 지주였으니까요. 저 역시 무섭습니다. 더 이상 빛의 성자님에게 의지하면 안 된다는 걸 알고 있으면서도 그분께 의지할 수밖에 없는 제 자신이 한심하더군요. 빛의 성자의 품 안에서 벗어난다는 건, 저같이 평범한 이들에게는…….

-잠드신 이후에도…… 희생을 강요당하고 있다는 겁니까.

'이걸 이렇게 해석해 버리네.'

아니나 다를까 잠깐 멈칫하는 송수경이 시야에 비친다.

뭐라고 말하는 게 정답인지 본인도 확신할 수 없는 모양, 빌드업 자체는 괜찮게 잡은 것 같았지만 예상하지 못한 희생 빌런의 등장에 동요하고 있는 것처럼 보였다. 애초에 논점 자체를 완전히 다르게 받아들인 것 같았으니 저렇게 당황할 수밖에 없겠지.

-죄송스러운 일이지만…… 모두가 그분을 의지하며 살아가고 있으니까요.

-하…… 하…….

-믿, 믿…… 믿고 싶지 않은 겁니다.

-…….

-네. 믿고 싶지 않았겠죠. 그분이 잠시나마 우리의 곁을 떠났다는 걸 어떻게 인정할 수 있겠습니까. 파란 길드마스터께서는 인정하실 수 있으시겠습니까?

이제야 천천히 고개를 저으며 호응하고 있는 김현성의 모습이 눈에 들어왔다.

-그 빈자리를 채우기 위해서 본인들의 불안감을 달래기 위해서 소문을 부풀리는 자들입니다. 빛의 성자의 현신이 나타났다느니, 명예추기경님이 다시 살아 돌아오신 것 같다는 헛소문들은 힘없는 자들의 입에서 입으로 퍼진 헛소문들입니다. 저 역시 제게 붙어 있는 수식어들이 합당하다고 느끼지 않습니다. 오히려 부끄러운 말입니다. 누가 감히 그분을 대신할 수 있단 말입니까.

-네.

-하지만…… 하지만 말입니다. 파란 길드마스터.

'이 새끼…….'

-저는 힘없는 자들의 소문을 부정하지 않습니다. 적어도 대중들의 앞에서는 그들의 말을 부정하거나 흘리지 않습니다.

'명분이 있네.'

명분은 확실하다.

-그들에게 안식처가 되고 싶었습니다. 그들이 대륙을 안전

하다고 느낄 만한 장소로 만들고 싶습니다. 힘없는 자들이 마음 놓고 살아갈 수 있는 대륙을 다시 한번 그들의 손에 쥐여주고 싶었습니다. 빛의 아들을 대신할 수 없다는 건 그 누구보다 제가 가장 잘 알고 있지만…… 저는 힘없는 자들을 위하고 싶었습니다.

물 흐르듯 이어지는 거짓말에는 토악질이 나올 지경이었지만…….

'나쁘지 않기는 해.'

김현성이 가지고 있는 역린을 놈이 알고 이런 빌드업을 쳤으리라고는 생각하지 않았다.

'그럴 리는 없지.'

김현성이 부담감을 가지거나 짐을 드는 것에 트라우마를 가지고 있다는 사실을 알고 있는 건 나뿐이었으니까.

아마 빛의 아들의 후예로 불린다는 명분을 만들고 싶을 뿐이었겠지만 김현성의 눈에는 놈이 내 짐을 들어주고 있는 것처럼 느껴질 것이다.

어쩌면 대륙을 위해 모든 걸 희생했던 그 녀석을 떠올리고 있을지도 모른다. 누군가 강요한 것이 아닌데도 불구하고 대륙을 위해 자신을 희생하려는 포지션을 취하고 있으니 자연스럽게 나를 떠올릴 여지가 있지 않을까.

물론 김현성이 누군가의 모습에 나를 투영하는 게 상상이 가지는 않지만 적어도 놈에 대한 경계가 줄어들 계기가 되기에는 충분할 수 있다.

'이거 잘되고 있는 거 맞아?'

녀석이 빛의 아들의 눈과 심장을 훔치기 위해서 이 과정이 필요하다는 것은 부정할 여지가 없지만 마음속 한구석에서는 슬그머니 불안감이 피어오르기 시작한다.

'김현성 이 새끼. 또 갑자기 맛탱이 가서 뭐 당신은 희생하지 마세요. 막 이러는 거 아니야? 갑자기 송수경을 측은히 여겨서 가까워지다가 새로운 우정을 찾은 다음…….'

기영 씨가 생각나는 사람이군. 이 사람도 똑같은 고통을 겪게 할 수는…….

'시바. 이따위 전개로 가는 거 아니냐구.'

계획이 시작되고 녀석이 눈과 심장을 훔친 시점에서 모든 게 새빨간 거짓말이라는 사실이 들통나기야 하겠지만 애지중지 키운 회귀자가 잠시나마 새로운 우정을 찾는다는 게 썩 내키지는 않는다.

'그런 전개는 말이 안 되자너…….'

이 새끼가 양심이 있으면 그런 생각하면 안 되지.

묵묵하게 놈의 이야기에 고개를 끄덕이는 김현성의 얼굴에 쓸데없는 불안감이 장착된다.

김현성이 생각하는 걸 멈췄는지 모르겠다. 내게 자신이 무슨 생각을 하는지 들키지 않고 싶어 하는 것처럼 느껴진다.

제대로 읽을 수가 없어 답답할 지경, 심지어 송수경 역시 아무런 말도 내뱉지 않는 김현성을 확인한 이후에 불안한 표정을 보내오고 있었다. 본인이 정답을 누른 건지, 누르지 않은 건지 답이 나오지 않으니 답답해하고 있는 것만 같다.

잠깐 동안 고개를 끄덕인 이후 김현성은 아무 말 없이 자리에 착석하기 시작, 송 빌런 역시 어정쩡한 포즈로 본인이 준비한 모임을 주도하는 모습이 눈에 보인다.

설계 결과에 따라 많은 옵션을 준비했지만 일단은 자신의 계획이 먹혀들어 갔다는 가정하에 일을 진행시킨 것 같다.

이기영의 시신 탈취 미수 사건과 블랙마켓, 현재 대륙에서 일어나고 있는 이상 현상에 대한 조사 결과를 내놓았을 때는 김현성마저 고개를 끄덕였을 정도. 어차피 날조된 정보이기는 했지만 나름대로 설득력 있다고 생각한 모양이다.

이에 실제 상황이 터졌을 때의 매뉴얼 설명이나 관리 위원회의 포함된 네임드 영웅들의 포지션 따위를 피티로 만들어 주도적으로 회의를 이끌어나가고 있었다.

'심지어는…….'

-야전 지휘관은 모두 하나의 컨트롤 타워로 움직이게 될 것입니다.

-그건…….

본인의 능력을 어필하는 것이다. 직접적으로 1인 전술을 할 수 있다는 걸 밝히는 것은 시기상조라고 생각한 것 같았지만 대륙에서 일어나고 있는 전장을 컨트롤 할 수 있다고 이야기하고 있다. 전술적 자신감과 능력이 없다면, 주변 이들의 신뢰가 없다면 꺼낼 수 없는 이야기였다.

-확실히 송수경 님이시라면…….

-네. 분명히 가능하실 겁니다.

악마로 변해 버린 송수경의 모습을 모르는 김현성이야 가능할까? 라는 얼굴로 의아해하고 있는 것 같았지만 모두가 수긍하니 일단은 상황을 지켜보자는 분위기. 아니, 심지어 조금은 기뻐 보이기까지 한다. 이 새끼가 왜 기뻐하는지 모르겠다.

'뭐야. 네가 왜 거기서 기뻐해?'

이 새끼 혹시, 시바, 나 배신 때리는 거 아니야? 유능한 머리를 찾았다고 생각하고 있는 거 아니냐고…….

회의가 끝난 이후에 따로 녀석을 찾아가는 김현성의 모습을 보니 괜스레 실망감이 차오른다.

-기대하고 있다고 말씀드리고 싶습니다.

-감, 감사합니다. 파란 길드마스터. 영광입니다.

'시바 새끼. 배신자 새끼. 나쁜 새끼.'

하지만 이윽고 김현성이 떠올린 생각에, 조금 다른 의미로 실망할 수밖에 없었다.

-기영 씨가 맡은 역할을 대신할 수 있도록…… 힘써주십시오.

입꼬리가 조금은 이상하게 올라간 얼굴. 어색한 표정.

-믿고 있겠습니다.

잠깐 동안 김현성이 머릿속에 떠올린 비틀린 생각은 이미지처럼 내 머릿속에 전달된다.

-노력해 주세요.

당황스러워 말이 다 나오지 않을 지경.

"너 왜 그래. 현성아……."

그 착해 빠진 김현성이…… 송수경을 희생시키려 하고 있었다. 되돌아올 빛의 성자를 대신해 대륙의 짐을 떠맡길 희생양으로.

'뭐야. 너 왜 그래…… 인간 믿으라고 한 지 얼마나 지났다구…….'

김현성은 놈을 선택했다.

'저런 거 보니까 옛날 생각나기는 해.'

우리 튜토리얼 파티가 본격적으로 파란 길드의 실권을 잡았을 때, 조금 더 정확히 말하면 김현성이 길드마스터로 취임한 직후였다.

이러다 과로사하지 않을까 싶을 정도로 몸을 험하게 굴리던 시절이 머릿속에 떠오른다. 길드 내의 모든 업무는 물론이거니와 연금술사로서의 이기영의 성장도 신경 써야 했던 시절, 김현성의 뒤치다꺼리도 해줘야 했고 언제 터질지 모르는 하얀이의 멘탈도 잡아줘야 했다.

'제대로 잠 잘 시간도 없었자너.'

어떻게든 쓸모가 있다는 걸 전하고 싶어 내 나름대로 열심히 노력도 했었지만 그것과는 상관없이 김현성이 내게 막중한 업무량을 맡겼다는 것은 부정할 수 없었다.

몇 개의 직위를 가지고 있었는지 제대로 기억도 나지 않았으니 무슨 말이 더 필요할까. 개인 시간을 가지는 게 불가능했던 것은 물론이거니와 제대로 숙면을 취하지도 못했다.

'솔직히 너무하기는 했어.'

"김미영 팀장 없었으면……."

무슨 사달이 났어도 단단히 나지 않았을까.

그렇게 생각해 보니 저런 김현성이 그렇게 어색하게 느껴지지는 않는다. 처음의 회귀자의 마음이 얼어붙어 있었다는 걸 생각해 보면 더욱더 그렇다.

꽁꽁 얼어붙은 놈의 마음을 완전히 녹였다고 생각했지만 완전히 녹지 않은 부분이 있을 수도 있겠지. 확실하게 녹였지만 둠현성의 여파가 남아 있을 수도 있는 거고…….

나름대로 합리화를 거치기는 했지만 송 빌런에게 짐을 떠넘길 생각을 하는 김현성을 보니 조금 소름이 돋기야 한다.

'저건 나도 생각 안 해봤는데.'

사탄도 기립 박수를 보낼 정도의 행동이지 않은가.

김현성이 무슨 생각을 하고 어떻게 행동하든 간에, 녀석의 태도가 내게 좋은 결과를 가지고 올 것이라는 건 부정할 수 없는 사실. 김현성이 저런 생각을 한다는 건 송수경에게 더 큰 권한을 부여한다는 것과 진배없으니까.

아니나 다를까 빌런 송의 입이 광대까지 올라간 것이 눈에 보이기 시작했다.

'행복하시겠어요.'

본인이 인정받았다고, 준비한 게 먹혀든 것으로 모자라 김현성을 자신의 편으로 만들었다고 확신하고 있는 게 눈에 들어온다.

여러 가지 힘이 되는 소리를 대놓고 들었으니 저런 표정을 유지하는 것도 무리가 아닌 상황, 필사적으로 흘러나오려고 하는 웃음을 찾고 있는 것만 같다.

-하…… 하하…… 하하하하!

혼자 방에 들어온 직후에는 미친 듯이 웃고 있는 모습이 시야에 비친다.

-하하하하하하하하하!

그래 많이 행복해해라.

-보고 계셨습니까? 보고 계셨냐고요.

그래. 보고 있었지.

"나는 모든 것을 볼 수 있고 느낄 수 있다."

-파란 길드마스터가 명예추기경을 대신해 달라고 하더군요.

'그렇게까지는 말하지 않았던 것 같은데. 그리고 업무를 대신해 달라는 거겠지.'

-믿고 있겠다고, 노력해 달라고 말씀하셨습니다.

"내가 말하지 않았나. 그대가 원하는 것은 이루어질 거라고 말이다."

-그분께서 저를 믿는다 말씀하셨을 때, 얼마나 가슴이 벅차올랐는지 설명드려도 이해하실 수 없을 겁니다.

"아직 끝난 것이 아니지 않은가. 필멸자여."

-그게 무슨 말씀이십니까.

"네가 노을빛의 신의 호의를 얻었다고 한들, 그것이 그대가 그와 연결되었다는 뜻은 아니지 않은가. 노을빛의 신이 그대에 대해 어떤 판단을 내리든 간에 그대는 결코 빛의 아들을 대신할 수 없다."

표정 바로 변하죠.

이야기 속에 나오는 전형적인 빌런이나 중전을 시기하는 후궁마냥 표독스러운 얼굴로 변해 버린 놈의 모습이 눈에 들어왔다.

"그의 눈과 심장이 그대를 온전하게 만들어줄 것이다."

-네. 눈과 심장이 필요하다고 하셨지요. 네. 그의 눈과 심장…… 그것만 있으면 한 발자국 더 앞으로 나아갈 수 있을 겁니다. 완전해질 수 있는…… 방법…….

"그렇지. 그것이 그대가 완전해질 수 있는 방법이다. 그대가 원하는 걸 이룰 수 있겠지."

-그것만 있으면…… 그것만…….

이제는 초조해하는 것만 같다.

'사람 하나 망가지기는 했어.'

-그것만 있으면 돼…… 다른 건 전부 준비됐어.

'악마 다 됐어. 송수경이.'

송 빌런이야 원래 제정신이라고 볼 수 있는 놈은 아니었지만…….

"자연스러운 행동이다."

"그렇습니까. 벨리알 님?"

"인간의 정신은 본래 나약하지 않은가. 아주 작은 계기로도 흔들리고 아주 작은 말이나 행동으로 끊임없이 변하게 되지. 자신들이 변했다는 것을 인지하는 게 쉽지도 않거니와 그것을 인지한 이후라면 그때는 이미 늦은 이후일 것이다."

"악마와의 계약 때문이 아니라는 것처럼 말씀하시는군요."

"영향이 없다는 것을 부정하지는 않겠다. 우리들은 인간의 저열한 감정들을 즐기지. 그들이 변할 수 있는 환경을 마련해 주고 그들이 변하도록 유도하는 것을 즐긴다. 끝없는 생에 유흥거리라고 할 수 있겠지. 그대도 마찬가지가 아닌가."

'아니…… 나는…… 꼭 그렇지는 않은데…….'

경우에 따라서 즐기기는 하지만 매번 그렇지는 않다.

"변하지 않는 이들도 있지. 그대와 그대가 영혼의 단짝이라고 여기는 그 여자가 바로 그렇다. 무감각하기 때문이야. 변화하는 것에 무감각하고 자신들이 느끼는 감정이나 생각에 별다른 죄책감을 느끼지 않기 때문이다. 스스로 괜찮다 위로하는 경우도 있고 아니면 아예 즐기는 경우 또한 존재한다. 이런 이들은 변하지 않아. 하지만 평범한 이들은 대개 잡아먹는 쪽이 아니라 잡아먹히는 쪽이다. 부정적인 감정에 점점 매몰되고 종국에는 빠져나갈 수 없을 때까지 어둠 속에 가라앉는다."

'현성이 기벽 생각나자너.'

"그 변화를 본인이 어떻게 컨트롤 할지 역시 계약자에게 주어진 과제이기는 하다만 저자는 받아들이는 것을 선택한 것 같구나. 하핫. 열등감에 휩싸이는 것보다는 저런 선택이 더 맞다고 판단한 것이니 어찌 보면 저자는 선택에 따른 업보를 받고 있는 것이겠지. 본인이 만족하고 있으니 이 또한 행복이라 할 수 있지 않은가."

"희망을 팔았으니 구입하는 입장에서 행복하지 않을 리가 있겠습니까."

"옳은 말이구나. 합당한 말이야…… 하핫…… 그래서."

"네?"

"준비는 끝난 것이 아닌가. 무대는 마련되어 있고 인물들도 갖추어진 것처럼 보이는데……."

'얘 진짜 기다리는 거 싫어하네.'

빨리 선물 상자를 열어보고 싶어 하는 어린아이처럼 느껴질 정도였다.

하지만…….

"방아쇠를 당기는 건 저희가 아닙니다."

언제나 그렇듯 스타트를 끊는 것은 우리 쪽이 아니다. 내가 준비를 했으니 주사위는 다른 쪽에서 던져주겠지.

"역시 그렇군."

"네. 방아쇠는 누나가 먼저 당길 겁니다."

합당한 생각이다. 송 빌런 역시 비슷한 생각을 하고 있을 것이다.

일반적인 상황에서 이기영의 시신을 탈취하는 것은 불가능하다. 파란 던전이 교국 던전으로 규모가 커지고 자기 놈들을 교국 던전으로 투입시킨다고 한들, 최종 보스와 히든 보스가 지키고 있는 던전을 뚫는 게 간단하다고 판단할 리가 없다. 이미 첫 번째 실패를 겪었으니 두 번째는 조금 더 현명해질 수밖에 없겠지. 적어도 김현성이나 정하얀을 바깥으로 빼내 올 명분이 필요하다는 거다.

'누나가 한 건 터뜨리는 게 제일이자너.'

대륙 곳곳에서 터지고 있는 이상 현상을 말하는 것이 아니라 억 소리가 나올 정도로 큰 사건이 필요하다는 거다. 아마…….

"거의 다 온 것 같기는 합니다."

"음……."

"슬슬 터뜨리지 않을까 생각하고 있어요. 지혜 누나가 준비한 게 뭔지 기대되기는 하네요."

입으로나마 대륙을 멸망시킨다고 했으니 아마 꽤 임팩트가 센 걸 준비하지 않을까 싶다. 아니, 정말로 멸망시킬 생각이라면 허투루 준비하지는 않았겠지. 대륙 전체가 혼란에 빠뜨릴 만한 일을 벌이지 않을까.

세계수의 소실이나 현재 대륙에서 일어나고 있는 일이 별거 아닌 일이라고 하기에는 무리가 있지만 누나라면…….

'일 벌이면 무서워.'

루시퍼의 후원을 받고 있다고 가정하면 더 무서워지고.

누나라면 이쪽이 원하는 상황을 만들어줄 것이다. 곧바로 일이 터질 거라고 생각하지는 않았지만…….

갑작스럽게 변화한 대륙을 바라보고서는 나도 모르게 중얼거릴 수밖에 없었다.

"이 누나도 양반은 아니야."

진짜 양반은 아니라구…….

-송수경 님!

-…….

-송수경 님!

-네?

-지, 지금…… 지금 바깥으로 나와보셔야겠습니다.

-…….

-급한 일입니다. 지금 바깥에…… 바깥에 뭐라고 설명할 수 없는…….

"뭐야……."

-지금…… 그러니까…….

"뭔데……."

"어처구니가 없군."

벨리알 역시 조용히 중얼거렸다. 그만큼 현세에서 일어나고 있는 일이 비현실적이라고 생각하는 모양. 초월적인 존재라 할 수 있는 벨리알이 비현실적이라고 느끼고 있으니 대륙에 있는 이들이야 오죽할까.

송수경이 허겁지겁 바깥으로 발걸음을 옮기는 것이 시야에 비쳐왔다.

모두가 허망한 얼굴로 하늘을 멍하니 바라보고 있다.

-신이시여…… 이게…… 이게…… 도대체…….

대륙의 주민들은 너도나도 할 것 없이 비명을 내지르고 있다. 공포에 질린 채로 하늘을 바라보고 있는 이들이 시야에 비친다.

-노을빛의 검사는 어디에…….

-노을빛의 영웅은 어디에 있습니까! 베니고어시여. 빛의 아들이시여. 부디…… 부디 대륙을 구원하소서.

-미쳤군…… 이건…… 이건 정말로 미쳤어.

-엘룬이시여…… 하…… 하하…….

"이런 게 가능했을 줄은…… 아니, 그분의 힘이라면 불가능할 것도 없다만 이런 생각을 했다는 창의성에 박수를 보내고 싶군. 무엇보다 시스템이 이런 걸 허락했을 줄이야……."

"네. 제가 생각해도. 창의적이네요. 아니…… 진짜 어이가 없어서……."

하늘에 어둠이 드리우고 있다. 아니, 하늘뿐만이 아니다. 대륙 전체가 어둠으로 물들고 있다고 표현하는 것이 맞으리라.

갑작스레 일어난 상황에 하늘로 솟구치고 있는 김현성도 시야에 비친다. 무슨 일이 일어났는지는 모르겠지만 대륙을 집어삼키고 있는 어둠에 저항해야겠다고 생각했는지 검을 뽑고 노을빛을 뿜어내고 있었다.

붉은빛이 순식간에 세상을 메우고 녀석의 마력이 하늘을 찢어발길 듯 쏟아졌지만 저건 물리적인 힘으로 걷어낼 수 있는 것이 아니다.

미동도 없는 검은색 기운에 김현성의 얼굴에 의아함이 감돈다. 본인이 밝힌 빛으로 어둠을 걷어낼 수 없다는 의문이 아니다.

'반응이 없다는 걸 눈치챈 거네.'

저 어둠이 우리들의 노을빛에 아예 반응하지 않는다는 것에 대한 의아함이겠지.

"저건 시스템이니까."

"……."

"다시 한번 생각해도 당황스럽네요. 저런 게 가능한 겁니까."

"지금 눈으로 보고 있지 않은가. 가능하니 저렇게 된 것이겠지. 시스템도 아마…… 합당하다 생각한 모양이다."

정체불명의 어둠이 완전히 대륙을 감싼 이후, 예상했던 것처럼 익숙한 목소리가 들려오기 시작했다.

[신화 등급의 던전 '빛의 아들이 희생된 대륙'을 강제적으로 생성합니다.]

[모든 인원이 던전에 입장한 것으로 규정합니다.]

[모든 인원에게 신화 등급의 강제 퀘스트를 부여합니다.]

[던전 클리어 조건을 공개합니다.]

[두 가지 선택지가 공개됩니다.]

[모든 생명의 끝. (0/1)]

[혹은.]

[빛의 아들의 부활. (0/1)]

"이지혜 진짜."

[선택하는 건 너희들의 몫이야.]

"스케일 한번 크게 벌리네."

[알아들어?]

-부길드마스터! 부길드마스터?

"저도 지금 확인하는 중입니다. 상황 정리되면 말씀드릴게요."

-이게 지혜 씨가 벌인 일이 맞습니까?

"잠깐만요. 잠깐만. 지금 이쪽도 급해서 그래요. 아마 지혜 누나가 벌인 일이 맞을 것 같은데. 자세한 건 천천히 말씀드리겠습니다."

뭐야. 진짜.

-기영 씨…… 기영 씨.

"……."

-기영 씨!

"그대의 자리를 지키세요. 노을빛의 검사. 그대라면 이 위기를 헤쳐 나갈 수 있을 거라 믿고 있습니다."

당황하는 김현성이 눈에 보였지만 일단은 얼버무리는 말로 일관할 수밖에 없었다.

-전투 준비! 전투 준비해! 몬스터들이 개떼처럼 몰려들고 있어. 제기랄!

-캐슬락을 지켜라! 절대로 무너지지 마!

-전선이 무너지면 끝장이다. 일반인들도 휩쓸리게 돼.

'아니, 시바, 무너질 것 같은데.'

-종말이다. 종말이야…… 빛의 여신이 노하신 거야. 그분이 인간에게 심판을 내리신 게 분명해. 하…… 하하하하하하하하하!

-정신 차려, 이 멍청한 새끼! 뒈지고 싶어서 환장했어?!

-다 죽을 거야! 제기랄! 다 죽을 거라고! 우리들은 대가를 치르는 거야! 빛의 아들이 희생된 대륙 위에서 살아가고 있는 대가를 치르는 거야……. 전부 죽을 거야. 전부!

-미친 새끼! 완전히 미쳤군! 시발! 제리코! 이 새끼 안으로 데려가!

-빛의 여신이 노하신 게 분명해. 그분이 내린 아들을 희생시켰으니 오죽할까. 베니고어시여. 베니고어시여! 제발 용서하소서. 아둔한 필멸자들을 가엽게 여겨 한 번의 기회를 더 주시옵소서! 베니고어시여! 제 목소리에 응답해 주소서.

-막아! 막아! 제기랄! 지원 요청해! 지원 요청! 신 대륙 보호위원회 이 개새끼들은 도대체 뭐 하고 있는 거야!

뭐 하고 있겠어.

-이게 어떻게 된 일입니까. 이게…… 이게 정녕…… 이게 정녕 현실이란 말입니까. 정말로…… 정말로 신이 우리를 버린 것이란 말입니까.

대책 회의를 하고 있을 게 뻔하지 뭐.

-모든 생명의 끝은 무엇이고, 빛의 아들의 부활은 무엇인

지…… 어째서 대륙 전체가 던전이 되었는지…… 이 미친 상황에 대해 설명할 수 있는 이가 아무도 없다는 말씀이십니까. 베니고어 교단은…… 교황청에서는 이 사태에 대해서 뭐라고…….

-아직 공식적인 발표를 하지 않습니다만…… 정말로 이게 베니고어 님의 뜻일지도 모른다고 생각하는 것 같았습니다.

-베니고어 님의 뜻이라면…… 이 상황을 받아들이기라도 하겠다는 건지…… 정말 이런 상황을 받아들일 수 있느냔 말입니다. 모든 생명의 끝이라고 하지 않았습니까. 정령 대륙이 멸망해야 만족을…….

-빛의 아들의 부활이라는 방법도 있지 않습니까.

-그게 가능했다면 베니고어 님께서 이런 심판을 내리실 이유도 없었겠지요. 빛의 여신께서 빛의 아들을 직접 일으키셨을 겁니다. 이건 심판이에요. 오만방자하고 자신들밖에 모르며 살아가는 인간들에 대한 단죄입니다. 빛의 성자의 부활이라는 선택지는 애초에 없었던 겁니다. 빛의 여신께서는 그저…… 대륙 위에 살아가는 인간들이 자신의 죄를 깨닫고 스스로 파멸하기를 원하고 계실 게 분명합니다.

-확대 해석입니다. 그분이…… 우리를…….

-최근에 있었던 사건에 떠올려 보세요. 어떤 미친 작자들인지는 모르겠지만 빛의 아들의 시신을…… 탐하다니요. 여신님께서 분노할 이유가 없다고 생각하십니까! 아들의 시신이 암시장에 팔려 나가 더럽혀지는 것을 두고 볼 부모가 어디에 있단 말입니까. 그분께서 분노하시는 게 당연합니다. 그분이 대

륙을 버린 게 맞습니다.

-…….

-그 미친 작자들을 직접 여신상 앞에 대령한다면 여신님의 분노도 조금은 사그라지지 않겠습니까.

-맞습니다. 빛의 성자의 시신을 탐한 미친놈들의 피로 여신님을 진정시켜야 합니다.

-그들이 어디에 있는 줄 알고요!

-없으면 만들어서라도 대령해야 하지 않겠습니까! 그렇게 하지 않으면 모두 죽을 겁니다. 모두 영겁의 고통을 느끼게 될 거라고요!

-아니, 어쩌면 빛의 아들을 부활시킬 방법이 있을지도 모릅니다.

-퍽이나 있겠습니다!

-시도라도 해봐야 하지 않겠습니까! 파란 길드과 교국 교황청에 협조 요청을 해야겠어요. 대륙의 마법사들이나 사제, 혹은 특별한 힘을 지닌 모험가들을 불러 모은다면 아주 작은 힌트라도 찾을 수 있지 않겠습니까. 지금 당장 연락을 넣어봅시다. 정식적으로 공문을…….

-지금 이 시기에 그럴 시간이 있겠습니까. 신 대륙 보호 관리 위원회의 이름으로 그분의 시신을 가지고 와야 합니다!

완전히 패닉 상태로 들어간 모습들이 눈에 보인다.

내가 봐도 당황스러웠으니 저들이 느낄 감정이야 오죽할까. 갑작스레 대륙 전체가 던전화 된 것으로 모자라 언데드들과 몬스터들이 미쳐 날뛰고 있으니 여러 가지 해석이 따라오는 것도 무리가 아니리라.

나름 시기도 적절하고…….

'딱딱 들어맞는 느낌이 있기는 해.'

재들 입장에서 생각해 보자면 빛의 성자의 시신에 연루된 일이라는 게 설득력이 없는 소리는 아니라는 거다.

혼란스러운 장내를 진정시킨 것은 역시나 송수경.

-그만! 그만들 하세요! 대책을 마련하는 건 천천히 이행해도 늦지 않습니다. 여러분. 일단은 시민들을 지키는 게 우선입니다. 전 대륙이 몬스터들에게 공격받고 있습니다. 소도시에 있는 이들을 대도시로 이주시키고 성문을 잠가야 합니다. 이후의 이야기 역시 중요하지만 일단은 피해를 최소화시켜야 합니다.

-…….

-예상하지 못한 상황이 벌어졌지만 대응하지 못할 정도는 아닙니다. 대륙 재난 등급을 최상위로 조정하겠습니다. 병력들을 불러 모으세요. 전쟁입니다.

아래쪽도 난리가 나기는 했지만 위쪽 역시 만만치는 않다.

"이기영 후배! 이기영 후배애!"

뒤늦게 도착한 베니고어의 얼굴이 당황으로 일그러진 것이 눈에 들어온다. 나와 벨리알이 느낀 감정은 새 발의 피도 되지 않을 정도로 풍부한 얼굴이 시야에 담겼다.

"어떻게 하지? 이거 어떻게 해야 돼? 지금 던전화 된 거 맞지? 그런 거지?"

심지어 함께 온 이도 눈에 띈다. 베니고어보다는 조금 더 키가 작은 여신이 눈에 들어왔다.

'로렌이자너?'

"보시는 그대로예요. 이런 게 가능할 거라고는 생각하지 못했지만…… 아! 로렌 님도 함께 오셨군요."

"오랜만이야. 인간."

"로렌! 그게 무슨 말버릇이야! 내가 똑바로 하라고 이야기했었지!"

"알, 알겠어. 언니, 아니…… 이기영 님. 오랜만이에요. 그리고…… 차마 얼굴도 마주치기 싫은 더러운 악마 놈도 눈에 보이는군요."

"이렇게 다시 만나니 반갑구나. 로렌."

"잠깐 떨어지세요. 언니."

"로렌! 지금 뭐 하는 거니!"

"최소한 우리 자신을 보호해야죠. 지금은 문제를 해결하는 게 먼저지만 저 구역질 나는 악마가 언니와 같은 공기를 마시고 있다는 걸 용인할 수는 없어요. 더럽다고요. 언제 저 역겨운 손으로 언니를 위협할지 모르니……."

"상처받는 말이로군. 나름 깨끗하게 살아왔다 자부하고 있다만."

"로렌! 무기 집어넣어야지!"

거대한 할버드를 들고 있는 로렌의 모습이 눈에 들어온다.

저 작은 몸으로 저걸 다루는 모습이 제대로 상상이 가지는 않지만 창과 방패를 어설프게 들고 있는 베니고어와는 다르게 제법 모양이 잡혀 있는 것 같은 느낌.

벨리알은 긴장한 것 같진 않았지만 조금 귀찮은 상황이 생겼다는 모양.

본인이 말해도 어떻게 될 것 같지 않으니 슬그머니 나를 바라보는데 중재를 원하고 있는 것 같았다.

"이, 이제는 우리 편이라구! 벨리알도 우리 편이야! 쟤가 상종하지 못할 쓰레기 같은 악마라는 건 알고 있지만 그래도 우리 편이라니까!"

"언니. 정말로 악마를 믿으시는 건 아니시죠?"

"로레에에에에엔! 로레에에에에엔! 내 말 안 들을 거야?"

"괜찮습니다. 베니고어 님."

"이기영 후배! 말리지 마! 내가 몇 번이나 말했는데…… 오늘 본때를 보여줘야겠어!"

"아니, 흥분하실 필요 없습니다. 베니고어 님. 로렌 님의 심정도 충분히 이해할 수 있으니까요. 불안하실 겁니다. 익숙하지 않으실 수도 있고요. 악마 군단장과 함께 일을 한다는 건 위의 낡은 사고방식으로는 이해할 수 없는 게 당연합니다. 아! 무기는 가지고 계셔도 됩니다, 로렌 님. 휘두르지만 않으신다면요."

"들었지? 언니?"

"합류한다는 소식을 들었는데…… 이렇게 다시 뵙게 되는군요. 오실 줄 알고 있었더라면 조금 더 신경을 썼을 겁니다."

"아니, 괜찮다. 인…… 아니, 이기영 님. 지금은 상황도 상황이니까요. 그러니까……."

"대륙이 던전화 됐습니다."

"그건 알고 있어요. 몬스터와 언데드들이 도시로 몰려들고 있다는 사실도 알고 있고요. 눈이 있는데 그것도 모르겠어요. 덕분에 우리 측 역시 패닉 상태에요. 이런 건 들어보지도 못했고 생각해 본 적도 없었으니까. 결론부터 말씀드리면 그렇게 좋은 상황이 아니라고 말씀드려야겠네요."

"대책이 있기는 한 겁니까?"

"저희들은 던전화가 풀리는 걸 기다릴 수밖에 없는 입장이에요. 시스템이 허용한 영역이라…… 언제나 그렇듯 인간들에게 선택을 맡기는 것밖에는…… 문제는 이게 일반적인 던전이 아니라는 데 있어요. 상황이 조금 특수하다는 거겠죠."

"……."

"던전은 기본적으로 외부와 완전히 차단되어 있는 독립적인 공간이라는 거 알고 계시죠? 조금 더 정확하게 설명드리면……."

"아니요. 굳이 설명하실 필요 없습니다. 생각한 것보다…… 문제가 커지겠네요."

고개를 끄덕이고 있는 그녀의 모습이 눈에 보였다.

'난리 나겠는데.'

무한한 자원의 보배, 신의 선물이라고 할 수 있는 세계수를 가장 먼저 소실시킨 이유가 뭔지 알 수 있을 것 같았다.

'진짜 난리 나겠는데.'

당장은 몬스터 웨이브를 막아내느라 정신없는 인간들이 시야에 들어왔지만 대륙이 던전화 되었다는 건 내 생각보다 더 큰 문제를 야기할 수밖에 없다.

하늘은 어둠에 뒤덮였고 바다 역시 검은색 물질에 뒤덮여 있다. 인간은 빛을, 필요로 하는 것들을 얻을 수 있는 장소를 잃었다.

가장 먼저 생각난 부작용은 역시나…….

'자원.'

말 그대로 자원이었다.

"네. 대륙 안에 더 이상 신의 선물들이 새롭게 태어나는 일은 없을 거예요. 적어도 던전 클리어가 되기 전까지는 계속 이런 상태가 유지될 가능성이 커요. 인간들에게는 중요한 문제가 될 거예요. 저는 그들을 믿고 싶지만…… 아마……."

"전쟁이 일어날 가능성도 있겠군."

"네. 혼돈에 빠지는 것은 물론이거니와 이런 현상이 장기간 유지되면 결과적으로 현세에 있는 인간들은 모두……."

"……."

"굶어 죽겠죠."

"……."

"아주 악질이에요. 쓰레기 같은 영혼을 가지고 있다는 사실은 익히 알고 있었지만 이렇게까지 역겨울 줄은…… 현세의 인간들끼리 서로 지옥도를 만들어내는 걸 바라보고 싶을 뿐이라고요! 이런 인간이 위에 올라오게 하면 안 돼요. 언니."

자신의 상사가 된 지혜 누나 앞에서도 얘가 똑같은 말을 할 수 있을지는 모르겠지만 온갖 부정적인 말들을 쏟아내는 걸 보니 불안하기는 한 것 같았다. 그만큼 현재 위쪽의 상황이 좋지 않다는 걸 보여주는 것 같지 않은가.

'조금 지나치기는 했어.'

나 역시 이 누나가 일을 벌일 거라는 사실을 알고는 있었지만…… 누나라면 정말로 지켜보고 싶은 게 아닌가 하는 생각도 든다. 온갖 인간 군상이 모여 서로 죽고 죽이는 걸 내 죽음에 대한 애도라고 생각하고 있을지도 모르지.

'누나 진짜 나 살아 있는 거 모르는 건 아니지?'

모를 리가 없는데.

가설을 세웠지만 본인 역시 확신할 수 없으니 여러 가지 플랜을 마련한 것이 아닐까. 만약 자신의 가설이 무너졌을 때 언제든지 대륙의 최후를 바라볼 수 있게 빌드업 했다고 보는 게 맞다는 판단이 선다.

불안한 것은 그것뿐만이 아니다. 불안 요소라고 하기에는 과대 해석이기는 하지만…….

"김현성."

아니나 다를까. 웃음기가 섞인 표정으로 어두운 던전의 위를 바라보는 김현성의 얼굴이 시야에 비쳤다.

-들었어? 오빠가 살아나야 던전이 클리어되는 거야. 소, 소라야. 그래야 하늘이 보인대!

-와! 다…… 행이네요!

-오, 오, 오빠가 없는 세상은 의미가 없는 거라고, 부서져야 마땅하다고. 그렇게 시스템도 판단했나 봐. 그래서 대륙을 던전으로 변화시킨 거야.

'너는 또 언제…….'

-그, 그래서 선택지를 준 게 분명해. 다, 다들 협조해 줄 것 같아. 물, 물론 멍청이 바보들이 뭘 할 수 있을 거라고는 생각하지 않지만…… 그, 그래도 자기들 목, 목숨이 걸려 있으니까. 다, 다 죽으면 진짜 웃기겠다. 그렇지.

-아…… 네.

-소라는 안 죽으니까 걱정 안 해도 돼.

-네…… 감사합니다. 정하얀 님. 그것보다 지금…… 괜찮으세요?

-응?

-마력이요.

-상, 상관없어. 이, 이 정도는 회복되는 게 더 빠르거든…… 소라도 곧 이렇게 될 거야.

조용히 책을 덮고 창문을 바라보는 정하얀의 모습이 눈에 들어온다.

-예, 예, 예쁘다. 그렇지?

창밖에 벌어지고 있는 풍경을 바라보던 한소라 역시 조용히 고개를 끄덕였다.

새까만 밤 공간에서 계속해서 떨어지고 있는 빛과 폭발들의 향연들을 어떤 수식어로 표현해야 할지 모르겠다.

린델의 성문을 두드리고 있는 몬스터과 언데드들이 비명을 내지르며 계속해서 터져 나가고 있었지만 정하얀의 얼굴에는 미동이 없다.

자신이 이해하지 못하는 고차원의 마법을 책을 읽으면서 유지하고 있는 모습에 한소라 역시 기가 찬 모양인지 존경심과 두려움이 섞인 얼굴로 정하얀을 바라보고 있는 모습이 시야에 비쳤다.

-마탑에서는 기도드리고 있는 거 맞지?

-네…… 아마 지금 기도드리고 있을 거예요. 아! 그러고 보니 잠시 후에 회의가 있을 거라고 하셨는데 어떻게…… 마법을 유지하느라 바쁘시다고 전해 드릴까요?

-누구 누구 온대?

-길드마스터랑 박덕구 님도 오신대요.

-그, 그럼 가자.

-네. 그럼 준비할게요.

-아! 잠깐만. 소라야. 잠깐 조금 커다란 게 나, 나타나서…….

거대한 번개가 하늘에서 떨어지며 대형 몬스터의 몸을 한차례 지지는 것을 보면 마법의 신이 영 설득력 없는 소리가 아니라는 생각도 든다.

-제, 제대로 맞았다. 그럼 가자.

-네.

'아마 다들 똑같기는 할 거야.'

당연하지만 모든 길드와 집단들이 회의를 하지 않을까.

환경이 바뀌면 행동 방향도 바뀌게 되는 법이다. 이번 사건 같은 경우에는 환경이 바뀌는 것 정도로 표현할 수 있는 사건이었으니 전 집단이 비상이 걸렸다고 하는 게 맞다. 특히나 파란 길드는 사건의 핵이라고 표현할 수 있을 정도로 깊게 연관되어 있었으니까.

하지만 회의 방향이 조금 다르지 않을까 하는 불안감이 괜스레 피어날 수밖에 없었다.

'시바…….'

김현성이 무슨 생각을 할지 걱정됐기 때문이다.

어째서 던전을 공략시키는 선택지가 2개인 것인지 녀석이 깨닫지 못할 리 만무, 빛의 성자의 부활과 모든 생명의 끝에 대한 연관성에 대해 분명히 깨닫고 있을 것이다.

'억지로 숨기는 것 같으니까. 더 걱정되자너.'

기본적으로 빛의 아들이 희생된 대륙은 이기영을 위해 만들어진 던전이라는 게 정설이다.

가능성은 낮지만 모든 생명의 끝이라는 선택지가 3회차의 시작을 알리는 방향이라고 생각하고 있다면 일이 조금 심각해질 수밖에 없다. 노을빛을 보고 싶다고 어둠 좀 치워달라고 말하는 것도 한두 번이지 않은가.

지금이야 내가 준 검을 가지고 대륙 지키기에 열을 올리고 있었지만 정말로 희망이 없다고 판단된다면 첫 번째 선택지에 발을 들일까 두렵다.

모든 생명의 끝이 3회차를 가리킨다는 확신이 없더라도, 최악에 상황에 김현성은 그 희망에 발을 들일 것이다. 꿈에서나 등장했던 단현성이 탄생할 수도 있다는 거다.

'안 될 말이지. 안 될 말이야.'

일이 꼬이게 된다는 것 이전에 김현성 본인이 자기 자신을 용서할 수 없게 될 것이다. 이미 충분히 정신적 고통을 겪고 있는 우리 회귀자가 자신의 손으로 인류를 파멸시켰을 때, 만약 정말로 3회차가 시작되더라도 본인이 견딜 수 없을 거라 장담할 수 있다.

'아니, 일단 이건 생각하지 말자.'

일단 표면적으로 녀석은 이번 사태에 대해 그리 진지하게 생각하고 있는 것 같지 않았으니까.

어느 쪽이냐고 묻는다면 그다지 상관없어한다는 게 가장 어울리지 않을까.

사실 녀석뿐만이 아니다. 정하얀, 심지어 박덕구, 모든 길드원이 차라리 잘 됐다고 생각하는 것 같다는 느낌이 강했다.

-누님! 여기 앉으쇼. 바깥에서 계속 떨어지고 있는 거 봤는데. 그거 계속해도 괜찮은 거요? 덕분에 수성전 하는 병사들한테 큰 힘이 되는 것 같아서…… 아, 그쪽 병사들이 누님한테 고맙다고 꼭 좀 말해달라 합니다.

-마, 마법의 신…… 이야기는…….

-그렇지 않아도 홍보하고 왔다는 거 아니요. 알겠다고 마탑 지하실에 있는 신전에 꼭 가보겠다고 들었다니까.

전장에서 바로 왔는지 온몸에 피 칠갑을 한 채로 이야기를 꺼내는 박덕구가 눈에 보인다.

오랜만에 보는 정하얀이 내심 반가운 모양이다. 아니, 어쩌면 녀석 역시 다른 의미로 이번 일을 기뻐하고 있을지도 모르겠다.

-뭔가 희망이 보이는 것 같은 느낌이라니까. 던전이라는 건 본래 클리어하라고 만들어놓은 거 아니요. 형님의 부활이 던전을 클리어하는 조건이라면 분명히 형님을 구할 수 있는 방도가 있다는 거겠지. 우리 형씨랑 누님이, 그리고 우리 길드가 하는 일이 헛된 일이 아니었다는 거요. 형님은 분명히 살아날 수 있다는 거라니까.

-나도 차라리…… 이렇게 돼서 잘된 것 같아. 오늘 일이 터진 이후부터 계속해서 공문. 날라오고 있대. 이기영 아저씨. 시신을 살펴볼 수 있냐고. 함께 방법을 찾아보자고. 뭔가 다른 방법이 있을지도 모른다고.

-…….

-지금까지는. 관심도 없던. 사람들이. 무슨 자격으로. 우리 일에 끼어들려고 하는지 모르겠어. 짜증 나. 미친 사람들인 것 마냥 쳐다볼 때는 언제고…… 현성이 오빠가 이겨내야 한다고, 이제는 아저씨의 죽음을 극복해야 한다고. 떠들어대더니…… 결국에 이것 봐. 자기 안위가 걸리니 이렇게 추하게 변하는 것 봐.

-하하…… 하. 마음은 이해가 되지만…… 너무 미워하지 않으셔도 됩니다. 전부 두려움 때문에 나오는 행동이니까요.

-기모 아저씨야말로. 너무 물러. 힘이 필요할 때는 하얀이 언니랑 현성이 오빠한테 부탁하러 찾아오고. 힘이 필요 없을 때는 무시하고, 홀대하는데. 다시 한번 생각해도 나는 차라리 일이 이렇게 된 게 잘된 것 같아. 힘이 필요한 환경이 찾아온 거니까.

-끄응……. 거, 그렇게까지 말할 필요는 없기는 한데…….

-덕구 아저씨도 공감하면서.

'얘도 진짜 언제 한번 교육시키기는 해야겠다.'

김예리가 무슨 말을 하는지, 이 꼬맹이가 무슨 생각을 하는지 충분히 이해가 가지만 얘가 너무 비틀려 있다는 생각을 지울 수가 없었다. 그녀가 잘못됐다는 것은 아니지만 건강하다고 딱 꼬집어 말할 수는 없을 것 같았으니까.

조용히 눈치를 보던 유아영 역시 천천히 입을 떼는 모습이 눈에 들어왔다.

-사실…… 사실은 저도 김예리 님 말에 동감해요. 무례한 사람들이 많죠. 길드마스터가 다른 사람들을 지켜주는 게 꼭 의무인 것처럼 말하는 사람들이 많아요. 당연히 해야 하는 일이라고요.

-영웅이란 본래 그런 법이다.

-하지만 창렬아.

-나 역시 마음에 들지는 않지만…… 말이야.

조금 분위기가 무거워졌다고 느껴질 즈음에는 황정연이 웃으며 말을 이었다.

-분위기가 조금 안 좋네요. 물론 바깥 상황이 안 좋다는 건 알고 있지만 이럴 때일수록 웃어야죠. 덕구 씨 말처럼 던전을 유지하는 힘이 부길드마스터가 살아날 수 있다고 공인한 거나 마찬가지니까요. 의견을 내는 건 좋지만 개인적인 감정을 담는 건 임무에 좋지 않다는 거…… 다들 알고 계시죠?

-…….

-앞으로 길드가 움직일 방향에 대해서는 김미영 팀장님과 길드마스터, 혜진 씨가 함께 머리를 맞대고 계실 거예요. 재미있는 이야기라도 하면서 기다리는 게 어떨까요?

완전 막내라 눈치를 보고 있는 알프스를 제외하고는 다들 이런저런 이야기를 나누고 있는 모습이 눈에 보인다.

-거, 그러고 보니 일 터진 이후에 엘레나 누님 소식 들은 사람 있는 거요?

-안 그래도 지금 위탁할 곳을 찾고 있는 것 같았어요. 힘드시겠죠.

정하얀은 적극적으로 대화에는 참여하지 않았지만 오랜만에 떠들썩해진 것 같은 길드의 분위기가 싫지는 않은 모양이다. 한소라 옆에 붙어 한마디씩 거들기도 했고 엘프들을 직접 린델로 데려오겠다고 말하기도 했다.

김현성과 조혜진, 김미영 팀장이 모습을 드러낸 것은 약간의 시간이 지난 이후.

김현성과 조혜진이 자리에 앉고 김미영 팀장이 곧바로 브리핑 준비를 하는 것이 보였다. 그 와중에 정하얀이 비어 있는 내 자리를 살짝 바라본 게 마음에 걸리기야 했다. 당연하지만 아직도 공석인 자리. 누군가가 저 자리를 채우거나 내 자리가 빠져나갔다면 아마 꽤나 섭섭하지 않았을까.

이윽고 아까와는 다르게 조금은 무거운 분위기에서 김미영 팀장이 천천히 입을 여는 모습이 시야에 비쳤다.

-다들 예상하고 계시겠지만 파란 길드의 최우선 목표는 신화 등급의 던전, 빛의 아들이 희생된 대륙을 공략하는 것입니다. 그 어떤 임무도 위 목표보다 우선시하지 않습니다.

-…….

-정확한 던전 공략에 대한 정보가 모일 때까지는 대륙의 위험 요소를 방어하는 것에 집중해야 할 것 같습니다.

-몬스터 웨이브 말이요?

-몬스터 웨이브를 포함한 모든 위험 요소입니다. 넓게는 교국, 그것보다 더 좁게는 린델, 그보다 더 좁게는 파란 길드를…… 보호하는 것으로 하겠습니다.

-그게 정확히 무슨 소리요.

-전쟁이 일어날 확률이 높습니다.

-…….

-타 도시와 타 국가 역시 우리 길드와 비슷한 생각을 하고 있을 확률이 높을 겁니다.

-그러니까…….

-몇 개월도 지나지 않아 전 대륙에 기근 현상이 일어날 거라고 판단하고 있습니다. 유통 상태가 좋지 않은 몇몇 소도시 같은 경우에는 한 달도 채 지나지 않아 저장고가 바닥날 거고, 대도시 역시 상황이 크게 다르지는 않습니다. 수복된 지 얼마 지나지 않은 연방을 시작으로 전 대륙에 혼란이 들이닥칠 것입니다. 이에 파란 길드 역시 혹시 모를 사태에 대비하고자 합니다.

-…….

-기근 문제는…… 신 대륙 보호 관리 위원회에서 통제하지 않는 거요?

-교국에서는 신 대륙 보호 관리 위원회가 추진하는 정책들에 동의하지 않을 겁니다. 그들이 주관하는 시스템을 믿을 수 없는 것은 물론이거니와 앞으로 일어날 수 있는 모든 변수에 대응해야 한다는 생각입니다. 중립국 라이오스와의 동맹 관계는 그대로 유지되겠지만, 오스칼 님께서는 연방과 왕국 연합, 공화국을 잠재적 적대 세력으로…… 어디까지나…… 비공식적으로 규정했습니다.

-…….

-아마 실제로 대규모 전쟁이 일어날 가능성은 적겠지만 파란 길드는 최악의 상황을 대비하고 움직이려고 합니다. 전력을 보존하고 키우고 파란 길드의 영원한 우방인 검은 백조, 그리고 붉은 용병과 뜻을 함께하려고 합니다.

-붉은 용병…… 빨간 누님은…….

아마 박덕구는 자신이 던진 질문에 답을 찾을 수 있을 것이다.

-콰아아아아아아아아아아아아아아아아앙!!!

커다란 소리와 함께 도시 전체가 울리는 듯한 느낌.

반사적으로 회의실에 앉아 있던 이들이 경계하는 게 눈에 들어왔지만 방금의 소리를 만든 게 적이 아니라는 사실을 깨달은 모양이다.

온몸이 피로 흠뻑 젖어 있는 붉은 짐승이 성벽에 외곽에서 날뛰는 것이 시야에 비친다. 하얀 마법사가 유지하고 있는 마법은 아랑곳하지 않는 모양. 몸으로 견디고 부수고 물어뜯으며 격전을 펼치고 있는 모습은 전사로서 아름답다.

두려움보다는 존경, 공포보다는 환희를 느끼게 하는 붉은 짐승은, 마침내 고깃덩어리가 된 적들의 시체 위에서 올라 포효한 후 입을 열었다.

-이제야 술이 좀 깰 것 같네.

-고생하셨습니다. 용병여왕님.

-수고 많으셨습니다. 길드마스터.

-다들 오랜만이네. 그래. 다음 웨이브는 언제야?

-…….

-알아와.

-네. 알아보겠습니다.

-목욕할 거야.

-준비해 놓겠습니다.

-식사도.

-네. 나오신 이후에 드실 수 있도록 바로 준비하도록 하겠습니다.

-많이.

-네.

-아주 많이.

-네.

성문을 직접 열고 들어오는 차희라를 반기는 것은 린델의 시민들뿐만이 아니다. 그녀와 함께 모습을 감췄던 붉은 용병의 단원이 가장 먼저 도열해 있는 모습이 시야에 비친다.

말없이 무거워 보이는 털 외투를 그녀에게 덮어준 간부의 눈에는 커다란 존경심이 깃들어 있다. 다른 녀석들 역시 다르지 않다. 위협적일 정도로 완전 무장을 하고 있는 모습, 다시 한번 붉은 용병의 부활을 알리려는 정치적 의도 따위는 들어가 있지 않을 것이다. 저건 본인들이 믿고 따르는 붉은 전사를 위한 존경의 표현이다.

'재네들도 참 대단하기는 해.'

하나같이 대륙에서 인정받을 수 있는 모험가들이 그녀가 몸을 일으키기만을 기다리고 있었다는 것만 봐도 녀석들의 충성심이 어느 정도인지 알 수 있을 정도. 머리를 잃은 집단이 붕괴한다는 말을 부정하기라도 하듯 저 거친 용병들이 사고 한번 안 치고 제자리를 지킨 것 역시 신기할 지경이다.

아마 본인들의 길드마스터가 곧 돌아올 거라는 걸 알고 있었기 때문이겠지.

'그런 의미에서 생각해 보면 안기모 이 새끼가 붉은 용병 나온 것도 이해가 돼.'

얼떨결에 입단해 활동하기는 했지만 아마 성향이 많이 다르지 않았을까. 파란에서 영입 제의를 했을 때 묘하게 기뻐하던 녀석의 얼굴이 괜스레 생각난다.

'뭐…….'

아무튼 간에 지난 시간 동안 침묵하고 있던 차희라에게 붙어 보고 사항들을 읊는 최영기의 모습이 눈에 들어왔다.

한 귀로 듣고 한 귀로 흘리는 것처럼 보이기는 했지만 계속해서 고개를 끄덕이는 차희라의 모습 역시 눈에 보인다.

-신 대륙 보호 관리 위원회가 발족했습니다. 위원회의 실세는 송수경이라는 자로 보이며 빛의 아들의 후예, 혹은 현신이라고 불리고 있습니다.

-네 개인적인 평가는 어때?

-야망이나 욕심이 커 보이지는 않지만…….

-…….

-꺼림칙한 느낌이 들 때가 많습니다. 뭐라고 설명할 수는 없지만…… 그자가 정말로 대륙을 위하고 있다는 생각은 들지 않습니다.

-그 판단에 책임질 수 있어?

-네.

-좋아. 다음.

-신 대륙 위원회에서 내려온 공문입니다. 대륙의 영웅들에

게 협력을 요구하는 공문으로써, 협력 기관을 만들어 지정 대상들을 특별 운용한다는 방침이 적혀 있습니다. 명단에는 차희라 님도 포함되어 있으며…….

-누구 마음대로.

-…….

-누구 마음대로 하라 마라야. 머리통 으깨지고 싶지 않으면 직접 찾아와서 설명하라고 전해. 다음.

-이기영 님의 시신을 목적으로 한 암살자들이 파란 길드에 들이닥쳤었습니다.

-…….

-파란 길드에서는 현재…….

-개판이네. 다음.

'오늘 엄청 바쁘겠네.'

차희라가 바쁜 것이 아니라 붉은 용병의 직원들이 바빠질 것이다. 아마 며칠 동안은 개인 운동을 할 시간이 없을 정도로 바쁘지 않을까.

지금껏 미루고 미뤄왔던 문제들을 한꺼번에 해결해야 했으니 아마 직원 중 몇몇 놈들은 근 손실을 걱정할 수도 있을 것 같았다.

-던전에 대해서는 밝혀진 바가 없는 건가?

-최대한 빠르게 알아보겠습니다.

-검은 백조한테 협조 요청해. 마탑에…… 아니, 우리 세컨드한테 간단한 보고서라도 하나 받아오고. 전담팀 만들어서 던

전, 네임드 몬스터 위치 파악해. 수도부터.

-네?

-교국 수도. 라이오스. 연방. 그리고 북부.

-네임드 몬스터의 위치라고 하시면…….

-던전이잖아. 정확한 방법이 어떻게 되는지는 알 바 아니지만 보스 몬스터 때려잡는 게 가장 원초적인 공략 방법이고. 빛의 아들이 희생된 대륙이라는 네이밍이 붙어 있는 던전이 있다면 우리 자기가 고생했던 지역에 네임드 몬스터가 있을 게 뻔하지 않아? 연방 특히 잘 둘러봐. 27군단 사태. 그거.

'희라 누나 예리해.'

저게 옳은 공략 방법이라고는 할 수 없지만…… 힌트가 될 수는 있다고 생각할 수밖에 없었다. 어떻게 보면 나름 핵심을 찔렀다고 표현해도 될 것 같았다.

'나도 생각 안 해봤었어.'

파란 길드원들 역시 생각해 보지 않았을 것이다.

회의를 거친다면 이런 이야기가 나올 수도 있었지만 아무래도 대륙 전체가 던전이 되어 있다는 특수성과 클리어 방법이 정해져 있다는 것 때문에 가장 기본적인 방향성을 놓친 것일지도 모른다.

파란이 여러 가지 변화해 적응해 살아남아야 한다고 생각한 반면, 차희라는 가장 기본적이고 원초적인 방법에 접근한 것이다. 네임드 몬스터가 존재할 거고, 그게 빛의 아들과 연관이 되어 있을지도 모른다는 것.

'이지혜가 그냥 넘겼을 리는 없지.'

어떤 방향이든 간에 기본적인 구성은 준비했을 거라고 생각하는 것이 맞다.

던전 공략이 단서라고 판단하는 것은 시기상조지만…….

"던전에 네임드 몬스터가 없으면 섭섭하니까."

-쓸 만한 놈들 몇 모아서 바로 떠날 수 있게. 조치하라고. 그리고…… 김현성 불러와. 아니, 정식으로 초대해 봐. 같이 밥이라도 먹자고 하는 게 좋겠네.

-네.

'근데 이 누나는 왜 더 세진 것 같지.'

몸을 씻고 난 이후에 식사를 하고 있는 모습을 보니 괜히 더 강해진 것 같다. 그동안 영양 상태가 부실하다고 판단했는지 목구멍으로 계속해서 음식을, 아니, 영양분을 밀어 넣고 있는 것이 눈에 보인다.

식사라기보다는 싸울 수 있는 몸을 만들고 있는 것처럼 느껴진다. 정하얀이 심장으로 계속해서 마력을 얻는 것처럼 그녀 역시 계속해서 다른 종류의 힘을 얻고 있는 것만 같다.

'이미 인간이라고 하기에도 좀 그렇잖냐.'

대륙의 강자라고 부를 수 있는 모두가 인간을 벗어나 있지만 차희라만큼 인간을 벗어났다는 느낌이 드는 강자는 없다. 수련하지 않고, 검을 휘두르지 않고, 내키는 대로 살아가는데도 강해질 수 있다는 건…… 특권이며 그 무엇과도 바꿀 수 없는 재능, 아니, 재능이라는 말도 어울리지 않는다. 그녀에게 위로 올라가거나 벽을 뛰어넘는 것은 본능에 가까운 것처럼 느껴졌다.

어째서 케루빔이 그녀를 붉은 짐승이라 불렀는지, 어째서 벨리알과 베니고어가 차희라가 위로 올라갈 수 있는 자격이 있다고 말했는지 새삼스레 깨달을 수 있었을 정도.

아마 김현성 역시 그걸 느끼고 있을 것이다. 차희라 옆에 자리한 녀석 역시 묘한 눈빛을 그녀에게 보내고 있었으니까.

정식으로 초대받은 것치고는 단출한 만남이었지만 의미가 있는 자리이니 구태여 시간을 내는 게 맞다고 생각한 모양이다.

-오랜만입니다. 붉은 용병 길드마스터.

문제가 있었다면 김현성이 잠깐 동안 묘한 생각을 품었다는 것. 나도 제대로 알아차릴 수 없을 정도로 찰나였고, 정확히 그게 뭔지 알 수 없을 정도로 작은 생각이었다. 김현성 역시 무의식중에, 별 의미 없이, 혹은 자신도 모르게 품었을지도 모른다.

하지만 이런 방향으로 민감한 차희라는 방금의 것이 뭔지에 대해 깨달은 것 같다. 조용히 웃고 있는 모습이 눈에 보였다.

-너 웃긴다.

-…….

-정말로 웃기네. 정말로.

-무슨 말씀을 하시는지 모르겠습니다. 차희라 님.

-나야말로 네가 뭔 의도로 거기서 그러고 있는지 알고 싶은데.

-저를 초대하신 것은 차희라 님입니다. 용건이 있으신 줄 알

았는데…… 쓸데없는 트집을 잡고 싶으신 거라면…… 다음번에 방문하도록 하겠습니다.

-용건, 그래. 용건이야 있었지. 개인적으로 물어보고 싶은 것도 많았고, 네 입으로 직접 듣고 싶었던 것도 있었고, 파란과 붉은 용병이 서로 동맹이니 뭐 겸사겸사 초대했다고 보면 돼. 근데 이상하지? 너는 나랑 같은 부류가 아닌데…….

-…….

-분명히 내가 생각하기에는 너는 나랑 같은 부류가 아닌 것 같단 말야. 외신 쪽 파랭이 같은 느낌은 눈을 씻고 찾아봐도 없는데. 왜 우리 파란 길드마스터는 방으로 들어오자마자 나를 재봤을까.

-…….

-너. 나랑 치고받는 생각 했지.

-…….

-무의식중에 떠올린 거 맞지?

-착각이실 겁니다.

-착각은 개뿔. 생각했잖아. 누가 뒈질까. 하고 생각해 본 거 맞잖아. 그 검으로 찌르면 내가 죽을까 생각해 본 거 맞지.

-착각입니다. 만약 그렇게 느끼셨다면 사과드리겠습니다.

-사과하고 말고 할 게 아니야. 딱히 너를 탓하는 것도 아니고……. 나는 가끔 생각하거든. 누구나 할 수 있는 생각이야. 그게 본능이니까. 살기도 없었고, 순수한 투쟁심이라고 보면 뭐 재미있게 느껴지지. 근데 이상하지 뭐야. 이유가 없으면 싸

우지 않는 놈이 왜 갑자기 나를 빤히 쳐다보면서 그런 생각을 했을까. 같이 던전 공략을 위해 협력해야 할 놈이 왜 갑자기 그런 쓸데없는 생각을 했냐 이거야.

-…….

-네가 우리 자기를 배신할 것 같다는 생각은 안 드는데…… 네가 딴 맘을 품고 있는 것 같지도 않은데…….

-…….

-혹시…… 뭐 알고 있는 거 있어?

-…….

-빛의 아들의 부활 말고, 첫 번째 선택지에도 뭐가 있기는 있어?

'분위기 왜 이래.'

-나는 모르는데. 너 혼자만 알고 있는 거 있냐고.

-무슨 말씀을 하시는지 모르겠습니다.

-그러지 말고…… 좀 같이 알자. 우리.

'뭐야 분위기 왜 이러냐고.'

히죽히죽 웃고 있는 차희라와 조용히 그녀를 바라보는 김현성.

'희라 누나 눈치 왜 이렇게 빨라…….'

차희라는 생각하는 걸 싫어하는 것뿐이지 생각하지 못하는 것이 아니다. 본능에 자신을 맡기는 걸 즐기는 것뿐이지 항상 미쳐 있는 것은 아니다.

그녀가 위험에 민감하고 또 은근히 눈치가 빠르다는 사실은 알고 있었지만 김현성에게 저런 말을 건넬 거라고는 예상하지 못했다.

'왜 이래? 이 누나. 술 마시면서 깨달음이라도 얻었어?'

말 그대로 나도 느끼지 못할 정도로 찰나였다.

'김현성 너는 또 왜 그래. 진짜 미쳤어?'

아니, 김현성도 적의를 드러낸 것은 아니다. 칼밥을 먹고 살아가는 모험가라면, 전사라면, 상대의 강함을 재보는 건 누구나가 할 수 있는 행동이었으니까.

애초에 차희라 본인이 온몸으로 '나 ×나 세'라고 광고를 하고 있는데 한 번쯤 부딪쳐 보는 상상을 해보는 게 당연하지 않은가.

아무리 그래도…….

'왜 그런 걸 생각하려고 그래. 아직 망하지도 않았는데.'

왜 벌써부터 플랜 B를 상정하고 그러냐고. 아주 조금이라도 플랜 B에 관심 가지지 마. 진짜.

둘 모두 그냥 가볍게 떠보려는 의미였을 것이다. 차희라의 입장에도 별생각 없이 던진 떡밥였고, 김현성도 무의식중에 떠올렸을 뿐이었다. 하지만 점점 분위기가 달라지는 것이 느껴진다.

차희라가 히죽히죽 웃으며 온몸으로 마력을 뿜어대고 있었고, 김현성 역시 조용히 그녀를 바라보고 있다.

붉은 머리가 마력의 영향을 받아 조금씩 위로 떠오르는 것만 같다. 붉은 짐승의 눈이 변하고 있다는 걸 확인했는지, 김현성의 손이 움찔거리는 것이 시야에 비쳤다.

방어 본능이다. 저 포식자가 자신에게 위협이 될 수 있다는 것을 깨달은 방어 본능. 저 여자가 자신을 죽일 수도 있다는 것을 깨닫고 난 이후에 몸이 신호를 보내고 있는 것이다.

'하지 마. 시바. 장난으로라도 너네 그러지 마. 희라 누나 그러지 마.'

-싸우고 싶지 않습니다.

'그래. 그러지 마. 현성아. 바로 그거야.'

-그래? 내 눈에는 아닌 것 같은데.

'누나 왜 꼬투리 잡고 그래. 그러지 말라니까.'

-지금은. 싸우고 싶지. 않습니다.

"이 미친놈……."

이걸 다행이라고 해야 할지 말아야 할지 모르겠지만…….

-말씀 중에 죄송합니다만 차희라 님. 수도입니다.

-나 지금 바빠.

-수도에 네임드 몬스터가 나타났습니다. 언데드 드래곤, 그 위에 정체불명의 인형이 교국의 성 위에 자리 잡고 있다고 합니다.

-…….

-보고드립니다. 라이오스로 거대한 마력이…….

-하…….

-보고드립니다. 연방에…….

-웃기는 장난질이네…….

-보고드립니다.

-아주 웃기는 장난질이야.

김현성과 차희라가 다급하게 몸을 일으키는 것이 시야에 들어왔다.

-나는 연방으로 간다.

-저는…….

[멸망의 날이 다가왔을 때, 교국의 지도자가 무릎을 꿇더라. 빛의 아들이시여 우리의 죄를 용서하시옵소서. 어린 양들을 가엾게 여겨 그들에게 한 번의 기회를 더 주시옵소서. 빛의 아들이 사랑하고 아끼는 이들을 위해 마지막 한 번의 자비를 베풀어주시옵소서 하고 울며 고하더라. 이에 빛의 아들께서 가라사대. 나는 이미 기회를 주었노라 하시니, 제가 어떤 선택을 해야 하나이까. 빛의 아들께서 진실로 원하는 게 죄의 심판이라면 빛의 아들의 은혜로 이 자리에 있는 천한 시녀 아리스는 어떠한 선택을 해야 하나이까. 이에 빛의 아들이 다시 한번 가라사대…… 중략……. -이름을 붙이지 않은 성서 27장 19절에서 발췌.]

-저는…….

-……김현성. 내가 왜 연방으로 정한 것 같아.

-…….

-잘 생각해 봐. 많고 많은 장소 중에 왜 내가 거기로 가는 걸까.

-…….

-언데드 드래곤과 우리 자기가 떨어진 교국이 될 수도 있고, 군단장의 마력이 떨어지고 있는 라이오스가 될 수도 있는데…… 아니면 굳이 이벤트가 떨어지지 않은 곳으로 향해도 상관없겠지. 생각해 보니 마수 살라트. 그것도 있네. 근데 왜 내가 굳이 거기 가서 27군단 놈들이랑 드잡이질을 벌여야 할까. 웃기지도 않는 장난질이지. 목적이 뭔지는 모르겠지만 그럴듯하다는 생각이 들기는 해.

-…….

-너도 생각나는 곳이 있을 거야.

-…….

-북부에 떨어진 네임드 몬스터는 한 기야. 그것도 넝마가 된 시체 하나. 네가 도망쳐도 상관없고 아니면 머릿속에 들어 있는 다른 방법을 따라간다고 해도 그다지 상관없을 것 같은데…… 선택은 네 몫이고 나는 강요하지 않아.

차희라의 말 그대로였다.

'북부…….'

다른 곳과는 다르게 북부에 떨어진 것은 고작 네임드 몬스터 하나. 넝마가 된 시체 한 구였다.

'여기는 특별 취급이야?'

어쩌면 예산이 부족했을 수도 있고, 외신을 대처할 만한 수단을 만들기 어려웠을 수도 있다.

하지만 조용히 침묵하고 있는 김현성이 시야에 비친다. 뭔가 말을 잃은 듯 차희라가 나간 쪽을 멍하니 바라보고 있었다.

생각이 많아 보이는 얼굴이었지만 결국 녀석 역시 천천히 발걸음을 옮기는 것이 보였다.

출정을 기다리고 있는 붉은 용병들이 김현성에게 예를 표했지만 녀석은 놈들에게 시선도 돌리지 않은 채 붉은 용병의 정문을 나가기 시작했다.

'얘 멘탈 터뜨리려고 작정했어? 누나…… 아니, 이 누나는 진짜…….'

정확히 내가 어떤 선택을 내려야 할지 판단을 내릴 수가 없었다.

아니, 선택 자체를 할 수가 없다는 표현이 더 정확할 것이다. 내가 할 수 있는 일은 한정적이었고 동시다발적으로 일어나고 있는 일을 전부 케어한다는 건 불가능했으니 말이다.

아마 내가 아래에 있었다 해도 이 모든 일을 해결할 수 없었을 것이다. 적재적소에 인사들을 배치하는 게 한계이지 않았을까…….

사실 그런 의미에서 생각해 보자면 나쁜 상황은 아니다. 연방에서 일어난 사태에 희라 누나와 붉은 용병 길드가 원정을 떠나기로 마음을 먹었고 라이오스 위에 떠 있는 마력은…….

'하얀이가 해결할 확률이 높겠지.'

아마 박덕구 그리고 한소라까지. 당시 악마 소환사 진청으로 인해 멸망 직전까지 갔었던 사태의 복기일 테니까.

내가 없다는 것만 제외하면 이전의 일을 그대로 되짚어 보는 것처럼 보였다.

누나의 목적이 뭔지는 모르겠지만 의도 자체는 이해할 수 있을 것 같다. 이기영이 없었어도 너희들이 대륙을 구할 수 있었을까, 라는 물음표를 던지고 있는 것 같은 느낌.

나름 로맨틱한 복수처럼 보이기는 했지만 의도 그 자체가 목적이라기에는…….

'너무 로맨티스트자나. 굳이 이렇게까지 할 필요는 없지 않아?'

블러핑하고 있다는 느낌이 강하다. 오히려 대륙 전체에 신성을 벌어주겠다는 목적이 맞을 수도 있다는 판단이 선다. 빛의 아들의 서사가 멸망의 시작이라는 스토리텔링 자체는 그럴듯하게 느껴지기도 했으니까.

조금 다른 의미로 내 이름과 베니고어의 이름을 외치기도 하겠지만 실적이 쌓이기야 하겠지.

'라이오스는 일단…….'

크게 걱정되지는 않는다. 사실 악마 소환사 진청이 벨리알을 이용해 소환한 마력은 정하얀 혼자 힘으로 막은 거나 다름없었으니까. 물론 현재 성장에 맞춤으로 난이도가 조정되겠지만 정하얀이라면 커다란 무리 없이 막아낼 수 있을 것이다.

진짜는 라이오스 사태를 해결한 이후에 등장하는 연계 퀘스트. 공화국과 교국의 전쟁, 27군단 사태 역시 마찬가지다. 마무리가 벨리알과 베니고어의 혈투였던 만큼 어떤 식으로 이벤트가 들어가게 될지는 모르겠지만 최악의 상황은…….

'벨리알의 화신을 상대로 싸우기라도 해야 된다는 건가.'

정확한 공략 방법이 아직까지 보이지 않으니 이후에 벌어진 일은 일단 미뤄두는 게 좋을 것 같다. 적어도 차희라와 정하얀은 본인들의 자리를 찾아갔으니까.

굳이 희라 누나가 연방으로 간다고 하는 것을 보면, 당시 총지휘관으로 있었던 것에 마음의 짐을 지고 있는 모양. 이쪽의 몸이 결정적으로 약해지게 된 계기가 되었다고 생각했을 테니 두 번째는 실수 없이 하겠다고 생각하는 것 같다.

'나쁘지 않아. 나쁘지 않은 픽이야.'

둘은 믿을 수 있다.

문제가 되는 것은 오히려 다른 쪽이다.

북부…… 그리고, 중요 자원들이 빠져나간……. 교국 혁명.

'난이도가 너무 높은데.'

거대한 용이 성벽 위에 올라 울부짖고 있는 모습이 시야에 비쳤다. 그 위에 흐릿하게 내 형태를 하고 있는 인형의 모습이 보인다.

언데드라기보다는 핏기가 없는 유령처럼 느껴진다. 반투명한 모습으로 교국을 내려다보고 있는 모습은 뭐라고 설명하기 어렵다. 당장에라도 교국을 집어삼킬 것 같은 모습이었지만 움직임이 없다. 뭔가를 기다리고 있다는 느낌이 강하다.

수도의 인원들은 당황한 표정이 역력했지만 대부분이 기도를 올리고 있는 이들. 병사들은 시민들을 대피시키려 하고 있었지만 성벽 위에 자리 잡은 빛의 아들의 화신을 향해 예를 표현해야 된다고 생각하는 것 같았다.

그리고.

[신화 등급의 던전 빛의 아들이 희생된 대륙의 메인 이벤트, 교국 혁명이 시작됩니다.]

아니나 다를까. 시스템의 목소리와 함께 천천히 형태를 갖추기 시작한 망령들이 몸을 일으킨다.

천천히 발걸음을 옮기던 이들은 이내 창과 방패를 들고 자신들의 적을 향해 발걸음을 옮긴다. 단순히 네임드 몬스터를 해결하는 종류의 퀘스트가 아니다.

-저게…… 저게 뭐야. 제기랄…….

-전투 준비해! 제기랄! 전투를 준비하라!

-망령들이다! 전투 준비해! 시민들을 대피시켜라!

-으아아아아아아아! 도망쳐!

네임드 몬스터의 등장으로 인해 숨을 죽이고 있었던 교국의 병사들과 시민들이 일순간 혼란에 빠진다.

---저 반역자들을 처단하라!

---더러운 반역자들이다!

---제국을 혼란으로 물들인 더러운 반역자들에게 심판을 내리자! 제국의 영광스러운 병사들이여!

교국에게 창을 휘두른 것은 과거 베니고어 제국이라고 불렸

을 때의 망령.

어마어마한 숫자의 군대가 교국의 병사들과 부딪치기 시작한 것이 눈에 띄었다.

'난이도 너무 높은 거 아니야? 진짜?'

현재 일어나고 있는 일이 이것 하나였다면 교국이 이번 일을 감당할 수 있을지도 모르겠다.

주요 전력이 빠져 있는 상태에서 순식간에 혼돈으로 뒤섞여 버린 교국은 마치 지옥에서 심판받는 이들의 모습을 떠올리게 만든다. 창과 칼을 맞아도 흩어진 이후에 다시 나타나는 병사들, 끊임없이 몰려드는 병력에 점점 공포에 물들어가는 교국인들의 눈에는 막연한 두려움이 가득 차 있었다.

---길고 긴 제국의 역사가 더러운 반역자들에 의해 무너진 것이 원통하고 억울하도다.

-물러서지 마라! 망령들의 목소리에 귀를 기울이지 마라!

---우리는 오늘 영광스러운 제국을 되찾을 것이다. 제국이 지워지고 교국이 세워졌던 것처럼 우리가 교국을 지우고 영원한 안식을 얻을 것이다. 한 놈도 빠짐없이 모조리 처단해 영겁의 고통을 느끼게 할 것이다.

-망령들을 막아라! 망령들을 막아!

---영원한 안식을 위해. 찬란했던 제국의 영광을 위해서. 잃어버린 우리의 삶을 위해서…….

-린델에 지원군을 요청해야 합니다.

-전 대륙에서 이상 현상이 벌어지고 있습니다. 라이오스에

서도, 연방도…… 시간이 얼마나 걸릴지 알 수 없습니다. 일, 일단은 틀어막아야 합니다. 버티는 수밖에는 방법이 없습니다.

-검도 마법도 통하지 않는 이들을 어떻게 한단 말입니까.

-일단 시민들을 먼저 대피시켜야 합니다. 다른 문제는 이후에 생각해야 합니다.

-하늘이시여. 정녕 교국을 버리시나이까. 빛의 아들이시여. 당신의 손으로 일구어낸 이곳을 결국에 스스로 저버리나이까.

-아직 희망을 버리기에는 이릅니다. 뭔가 방법이 있을 겁니다. 분명히…… 분명히 말입니다.

'방법…… 방법.'

당장 버티는 것은 무리가 없다. 바젤 교황과 신성기사단, 그리고 교국의 사제들이 버티고 있으니 망령들의 진입을 막아낼 것이다.

물론 그마저도 쉽지는 않다. 녀석들은 계속해서 리스폰되고 있었으니 말이다. 엎친 데 덮친 격으로 네임드 몬스터까지 움직인다면 사실상…… 공략이 불가능하다고 봐도 될 것 같았다.

'아니야. 공략 불가능한 이벤트가 어디에 있어?'

시스템이 허락한 던전이라면 분명히 이번 이벤트도 공략할 수 있다. 시스템이 공략 불가능한 이벤트를 내리는 걸 허락할 리가 없다.

-오스칼 님.

-…….

-오스칼 님.

-……네. 카트린 의원 님.

-괜찮으십니까?

-네. 괜찮습니다. 저는…… 괜찮습니다.

-신 대륙 보호 관리 위원회가 린델, 실리아, 다완에 지원 요청을 해놓은 상태입니다. 교국 8좌의 안개 소환사와 원거리 저격수는 그리폰으로 곧 도착할 것으로 보이며 노을빛의 검사께서는 아직 응답이 없으십니다.

-…….

-정하얀 님은 파란 길드원 몇몇과 라이오스로 향했다고 보고받았습니다. 아마 교국에서 일어나는 일과 같은 징조라고 판단하고 있습니다. 라이오스 위에 떠 있는 마력이 아래로 떨어질 경우, 라이오스는 물론이거니와 공화국과 교국 역시 휘말릴 위험이 있다고 들었습니다.

-그렇군요. 정하얀 님께서도…… 네. 감사드립니다. 카트린 의원.

-네?

-카트린 의원님.

-네.

-카트린 의원님은 어떻게 생각하십니까.

-무슨 말씀을 하시는지…….

-이 싸움에 대해 어떻게 생각하고 계십니까.

-…….

-정말로 이 싸움이 빛의 아들께서 우리를 심판하기 위함이

라면 우리는 어떻게 해야 합니까. 우리는 무엇과 싸워야 하는 겁니까. 누구에게서 무엇을 지키기 위해 싸우고 있는 것입니까. 정말로 그분께서 바라시는 것이 멸망이라면…… 그분께서 진정으로 원하시는 결과가 이것이라면 저희는 어떻게 해야 합니까.

-그건…….

-바젤 교황님께서도 말을 아끼시더군요. 시민을 대피시켜야 한다는 것은 알고 있습니다. 참혹한 운명을 맞이하기에는 그들이 너무나도 가엾지 않습니까. 하지만…… 하지만 이게 이기영 님의 뜻에 반하는 일이 될까 무섭습니다. 어쩌면…… 어쩌면 우리는 운명을 받아들여야 할지도 모릅니다.

-오스칼 님.

-그게 그분에 대한 속죄일 수도 있습니다. 우리들의 잘못을 되돌릴 수 있는 최소한의 속죄 말입니다.

모두가 제 자리를 찾아갈 것이다. 하지만 본래 제 자리를 유지하고 있었던 이도 있을 거라는 생각이 들어와 꽂힌다.

'지원은 필요 없어.'

김현성이 올 필요도, 정하얀이 올 필요도 없다. 망령은 죽지 않는다.

지혜 누나가 준비한 이벤트가 단순히 몬스터를 잡는 정도로 끝날 거라고 생각은 들지 않는다.

교국 혁명. 아리스 시녀. 아니, 오스칼.

"여기는 네가 조각이야."

아마……. 이 무대를 위해 마련된 배우는 그녀일 것이다.

-빛의 아들이시여.

이전의 이름을 버린 혁명가가 불안한 표정으로 창밖을 바라보고 있었다.

'편지를 쓰고 계신 줄은 몰랐습니다. 제가 시간을 잘못 찾아온 모양이군요…… 오스칼 님.'

'괜찮아요. 이기영 님. 마침 거의 다 끝나가는 도중이어서…….'

'이번에도…….'

'네. 어머니께서 걱정하실지도 모르니까요. 그리고…… 항상 말씀드리지만 둘이 있을 때는 아리스라고 불러주셔도 돼요. 너무 불편해하시는 것 같은 느낌이 들어서…… 예전처럼 편하게 해주시는 게 더 마음이 놓이거든요.'

'그렇게 느끼셨다면 죄송합니다. 아리스 님. 하지만 마땅히 올려야 할 예의를 표현한 것뿐입니다.'

'제가 이기영 님께 그런 과분한 대접을 받을 만한 사람이 아니라는 거…… 알고 계시잖아요.'

'대접을 받을 만한 사람과 받지 못할 사람이 구분되어 있다고 생각하지 않습니다.'

'네. 그렇죠. 네…….'

'항상 말씀드리는 것이지만 미천한 삶이라는 건 없습니다. 구분 짓는 이들이 존재할 뿐 모든 인간은 평등하고 마땅히 누려야 할 것을 누려야 할 자격이 있습니다. 아리스 님도 마찬가지입니다. 자신을 낮추실 필요 없습니다. 아리스 님께서 자라온 환경이 어떻다고 한들, 베니고어 님의 밑에 있는 모든 인간은 평등합니다.'

'제가…… 잠깐 잊고 있었네요.'

'불안하십니까?'

'……네, 불안한 것 같아요. 무섭고…… 무거운 것 같아요. 가끔…… 가끔 꿈을 꿔요.'

'……'

'저를 응원해 주시는 분들이 제게 손가락질을 하는 꿈이에요. 오스칼로서 단상에 오르고 나선 이후에 저를 믿고 따르는 동지들이 제게 손가락질하는 꿈이요. 그럴 때면 단상 위의 오스칼은 사라져요. 잘랐던 긴 머리가 다시 생겨나고 제복이 아니라 시녀복을 입고 있는 아리스가 보여요. 멍청하고 두려워하고 억압되어 있는 아리스가 창백한 얼굴로 주변을 둘러봐요. 동지들은 돌을 던지죠. 속았다고…… 네게 속았다고…… 네가 우리를 이끌 자격이 있냐고…… 네가 새로운 우리를 이끌 수 있는 재목이라고, 진심으로 그렇게 생각하냐고…… 말이에요.'

'……'

'무슨 말이라도 내뱉고 싶지만 그럴 때면 목이 막혀 버린 듯 아무런 목소리가 나오지 않아요. 베니고어 님의 말씀이 옳다는 건 알고 있어요. 이기영 님께서 해주신 말씀이 맞다는 것도 알고 있고요. 하지만…… 제가 너무 오랜 시간을 이렇게 살아왔나 봐요.

그런 생각을 해보신 적은 없으신가요?'

'…….'

'조금이라도…… 아주 조금이라도 저를 선택하신 걸 후회한 적이 있으신가요. 실수라고 생각하신 적이 있으신가요?'

'아리스 님…….'

'아니요. 제가 괜한 말을 드렸네요. 이기영 님이 실수할 리가 없는데…… 죄송합니다.'

'사과하실 필요 없으십니다.'

'내, 내일 연설 준비…… 해야겠죠.'

'아리스 님은 멍청하지도 두려워하지도 억압되지도 않았습니다. 그래도 불안하시다면 언제나 제가 아리스 님의 옆에 있다는 것만 잊지 않으셨으면 합니다.'

"네. 언제나 잊지 않고 있습니다. 빛의 아들이시여. 하지만……."

"……."

"하지만 빛의 아들께서 계시지 않는 지금은 너무나도 두렵습니다. 행여나 제가 잘못된 선택을 하게 될까. 이 모든 게 저의 책임이 아닐까. 하는 생각을 하는 것만으로도 두려워 참을 수가 없습니다."

---반역자들을…….

"……."

---반역자들은 마땅히 죄의 심판을 받아야 한다! 찬란했던

제국의 영광을 구정물 속으로 처박은 놈들에게 신벌을 내리고 말리라.

"시민들을 대피시켜라! 교국의 병사들아! 우리가 싸워 쟁취했던 것이 무엇인지 기억하자!"

정신없이 달려왔던 과정 속에서도 강렬하게 남아 있는 기억이었다. 광활하게 펼쳐져 있는 교국, 커다란 뜻을 향해 함께 싸워온 동지들, 우뚝 솟은 시계탑과 영원할 것만 같았던, 찬란했던 우리의 나라.

그 안에서 나를 지탱해 주던 빛의 아들의 모습은…… 아무리 세월이 흘러도, 영겁의 시간이 지나가도 그 기억은 교국의 역사에 남아 있을 거라고 생각했었다. 교국의 빛이 바래지는 날은 찾아오지 않을 거라고 생각했었다.

괜스레 입가에 씁쓸한 미소가 감돈다. 조용히 바깥을 바라봤지만 내가 뭔가 할 수 없을 거라는 무력감이 전신을 뒤덮는다.

어쩌면 이런 결말을 맞이할 거라는 걸 알고 있었을지도 모른다. 그렇기 때문에 불안했던 것일 수도 있다.

그분의 선택이 틀렸을 거라는 생각은 들지 않는다. 아마 내가 그분의 기대에 부응하지 못했다는 표현이 어울리지 않을까.

"혁명. 찬란했던 승리."

제국은 무너지고 교국이 일어났다. 많은 것들이 달라졌지만 많은 것들이 달라지지 않았다. 배고픈 자는 여전히 배고팠으며 가난한 자들은 여전히 가난했고, 목소리를 높일 수 없었던 이들은 여전히 목소리를 높이지 못했다. 동지들의 뜻은 퇴색

되고 변질되었고 신성한 민주주의를 지켜내지 못했다.

혁명은 승리했지만 실패이기도 했다. 그걸 부정하고 있었을 뿐이다. 신의 뜻의 반하는 자들이 틀렸고 우리가 옳았다는 사실을 증명하지 못했다. 나라는 부패하고 새로운 계급이 만들어졌다. 위에 있는 자들이 바뀌었을 뿐 달라진 것은 아무것도 없을지도 모른다.

어쩌면, 어쩌면 빛의 아들께서 실망하시는 것 역시 당연하리라. 새하얀, 천사 같았던 그분의 숭고한 뜻을 오염시킨 것에 대한 결과일지도 모른다.

"후회하고 계실까."

---반역자들을 죽여라!

"제기랄! 버텨라! 교국의 병사들아! 조금만 버티면 지원군이 도착한다!"

"정말로 여기가 끝인 겁니까. 신이시여!"

"빛의 아들이시여. 정말로 우리들을 버리나이까. 베니고어시여. 정말로 인류를 심판하려 하시나이까."

창문에 비치고 있는 자신의 모습이 눈에 들어왔다. 긴 머리에 시녀복을 입고 있는 아리스 시녀가 보인다.

눈을 질끈 감았을 때였다.

"여기에서 뭘 하고 있는 겁니까. 오스칼 님."

붉은 머리를 하고 있는 여자. 그래. 이 여자가 있었지.

"샤를롯트 의원."

"여기서 뭘 하고 계시는 거냐고 묻지 않습니까."

"바깥을 바라보고 있었습니다."

"제정신이 아니군요. 손을 놓으신 겁니까?"

"포기한 것이 아닙니다. 그저…… 그저…… 여러 가지 생각을 해봤을 뿐입니다. 빛의 아들의 뜻이……."

"……."

"빛의 아들의 뜻에 고민해 보고 있었을 뿐입니다."

"……이 멍청하고 아둔한 년."

"……."

"너는 정말로 멍청하고 아둔하구나. 이 미친한 시녀야."

"……."

"조금이나마 네가 지도자에 그릇에 어울린다고 믿었던 내가 바보였다. 이 벌레 같은 것아. 네가 아버님과 언니를 대신해 이 자리에 서게 된 것이 다행이라고 생각한 내가 멍청했구나. 미천한 년."

"네. 황녀님의 말씀이 옳으실지도 모르겠습니다."

눈앞에 선 자의 모습이야말로 지도자에 걸맞다.

한 점 흐트러짐이 없는 눈과 고고한 기품, 절대로 흔들리지 않고, 어떠한 역경에도 다시 일어날 것 같은 모습이야말로 지도자의 모습이라 할 만하다. 그 모습은 자신이 머릿속으로 계속해서 그렸던 모습이었을 것이다.

"나는 황녀가 아니다."

"저는 아무것도 바꾸지 못했습니다. 샤를롯트 님. 아무것도, 아무것도 바꾸지 못했습니다. 빛의 아들의 뜻 없이는 아무것도 선택하지 못하는 멍청하고 미천하고 아둔한 시녀입니다."

"……."

"사람의 본질은 변하지 않는다고 누군가 말했지요. 저는 그 말을 부정했지만 이제는 그 말이 틀리지 않았다는 생각이 듭니다. 새로운 이름을 받고 새로운 역할을 부여받았다고 한들, 제 본질이 달라졌다고는 생각하지 않습니다. 저는 시녀였지요. 네. 샤를리아 님의 시녀였습니다. 지금에서야 저는 오스칼이 되었지만 지금 떠올려 보면 모시는 분이 바뀌었을 뿐이라는 생각이 듭니다. 샤를리아 님에서 그분의 시녀로 말입니다."

"……."

"저는 그분의 뜻을 거스를 수가 없습니다. 샤를롯트 님. 그분이 바라시는 일을 거부할 수가 없어요. 교국의 지도자로서 어울리는 것은 샤를롯트 님입니다. 지금의 교국을 구하실 수 있는 분은 샤를롯트 님뿐입니다."

"정말……."

"바깥을 바라보세요. 샤를롯트 님. 저들은 제국을 원하고 있습니다. 저 망령들이 원하는 것은 찬란했던 제국의 영광이 아닙니까. 샤를롯트 님이야말로 제국에 남아 있는 유일한 적통의 후계자이며. 이 장소를 지킬 수 있는 유일한 희망이십니다."

손이 떨린다. 가슴에 붙어 있는 인장을 떼어내 천천히 그녀에게 내밀자 일그러지는 얼굴이 시야에 비쳤다. 익숙한 얼굴이다. 혐오하는 듯한 얼굴이고 더러운 것을 보았다는 듯한 얼굴이다. 이해가 가지는 않지만 저 익숙한 표정은 오히려 마음을 놓이게 했다.

하지만 금방 눈물이 차오르는 얼굴이 시야에 비친다.

그 모습은 정말로 무어라 표현하지 못할 표정이었기 때문에 잠깐이나마 심장을 멈추게 만들었다.

"많은 이들이 죽었다."

"그러니 살려야 합니다! 샤를롯트 님께서 할 수 있을 것입니다. 샤를롯트 님이라면 모든 걸 본래대로 되돌릴 수 있으실 겁니다."

"많은 이들이 죽었다 이 말이다. 이 나라를 세우기 위해. 새로운 교국을 세우기 위해. 많은 이들이 죽었다. 이 나라는 숭고한 이들의 피와 희생으로 일구어낸 나라다. 그 안에서 무슨 일들이 있었다고 한들 그 사실은 변하지 않는다."

"……."

"내 아비와 언니 역시 눈을 감았고, 뜻을 함께하지 못한 수많은 백성이 뼈를 묻었다. 교국은 희생으로 세워진 나라이며 나는…… 구역질 나게도 나는 이 모든 것에 자랑스러워했다."

"……."

"새로운 시민들에 자랑스러워했으며, 뜻을 하나로 모을 수 있게 된 이들에게 자랑스러워했으며 새로운 교국을 이끌어 갈 그대의 모습에 자랑스러워했다. 잘못된 방법이라는 건 알고 있었으나 피를 흘리는 방법이 옳지 않다는 것을 알고 있었으나. 변화되고 있는 우리들의 모습에 행복해했다. 이 땅을 위해 희생된 이들의 피가 결국 옳음이었음을! 나는 그대로 하여금 그것을 느끼게 되었다!"

"샤를롯트 님."

"하지만…… 하지만 결국! 이 모든 것이 허상이었구나. 신성한 민주주의 역시 단순한 도구에 지나지 않았었구나. 하…… 하하…… 하하하하! 빛의 아들이 결국에 틀린 것이다. 그가 틀린 것이야!"

"그분께서는 틀리지 않았습니다! 샤를롯트!"

"닥쳐라! 이 미천한 것아!"

"……."

"어딜 감히 내 눈을 똑바로 바라보고 목소리를 높이는 것이냐! 주제도 모르는 더러운 것이!"

얼굴이 화끈거린다.

짜악!

하는 소리와 함께 몸이 돌아간다.

"네 자리를 지켜라. 역겨운 것. 네가 선택한 것이다. 네 운명을 다시 바꾼 것은 네 미천한 근본이다."

눈물을 머금고 손을 올리고 있는 샤를롯트의 모습이 눈에 보인다.

"나는 너와 다르다. 나는 버리지 않을 것이다."

"……."

"나는 절대로 교국을 버리지 않을 것이야. 피로 얼룩진 이 땅을 포기하지 않을 것이다. 절대로…… 절대로 말이다."

"……."

"이것은 내 것이 아니니 취하지 않겠다."

"그분은 틀리지 않았……."

"그렇다면 그것을 증명해 보라. 역겨운 것."

떨어지고 있는 교국의 인장이 눈에 보였다. 등을 돌린 샤를롯트의 뒷모습도, 밖에서 들려오는 시끄러운 소리도 모두 꿈만 같다.

저도 모르게 눈물이 뚝뚝 떨어진다. 어엉 하는 소리를 계속해서 내뱉게 된다.

더럽혀진 인장을 꽉 껴안는다. 오스칼은 없다. 그 자리에 있는 것은 오스칼이 아닐 것이다. 찬란한 교국을 이끈, 혁명을 이끈 혁명가로 보이지 않을 것이다.

모든 것을 스스로 망쳐 버렸다. 가면이 벗겨진 만신창이가 된 아리스 시녀로 보일 것이 분명하다.

하지만 몸을 일으킨다. 붉은 뺨으로, 정리되지 않는 머리카락으로. 더럽혀진 제복으로…… 몸을 일으킨다.

아마. 아마도. 아리스의 모습으로는 처음이었을 것이다.

숨이 턱 끝까지 차오를 때까지 발걸음을 내디뎠다. 무엇을 위해 달리는지는 알 수 없었지만 일단은 계속해서 몸을 움직일 수밖에 없었다.

아무것도 변하지 않을지도 모른다. 무언가 갑작스럽게 변할 거라고도 생각하지 않는다. 아마 아무런 도움도 되지 않을 것이다. 오히려 방해만 될 것이 분명하다.

하지만 계속해서 발을 내디딘다.

"오스칼 님!"

"오스칼 님! 피하셔야 합니다."

'내가 뭘 하고 있는 걸까?'

나 자신도 알 수 없다.

무의식적으로 고개를 돌리자 병력들과 함께 몸을 부딪치고 있는 이들의 모습이 시야에 들어왔다. 비명을 지르며 피하고 있는 이들이 눈에 보인다. 혼란스러운 상황에서도 시민들을 대피시키고 있는 병력들도 보인다. 검을 빼 들고 적들과 맞서고 있는 샤를롯트 님 역시 눈에 들어온다. 모두가 처절한 모습이었다.

창밖의 위를 올려다보자 조용히 교국의 마지막을 바라보고 있는 빛의 아들의 모습이 눈에 들어왔다.

---반역자다! 저곳이다! 저곳이다! 더러운 반역의 무리다!

---제국을 배반한 황녀여! 혈육을 잡아먹은 제국의 황녀가 여기에 있구나! 제국을 망친 암 덩어리가 반역의 무리들과 함께 있구나!

"나는 황녀가 아니다. 제국의 망령들이여!"

---스스로를 부정하고 있는 것인가! 제국의 의지를 부정하고 있는 것인가!

"제국의 의지라는 것은 희생된 이들과 함께 묻었다. 나는 교국의 시민이며! 다른 이들과 다를 바가 없는 인간이다. 잊혀진 망령들아!"

---그대의 정통성을 부정하는 것인가! 그대의 특별함을 부

정하는 것인가! 그대가 황가의 혈통임을, 그대가 제국의 주인임을 부정하는 것인가!

"나는 특별하지 않다! 진정으로 특별한 것은 이 나라를 바꾼 이들이다! 이 나라를 위해 희생하고 이 나라를 위해 피를 흘린 이들이야말로 특별한 이들이다! 그대들이 특별하다고 말한 제국의 황가를 돌이켜 보라! 무엇 하나 바뀌지 않은 것을 어떻게 특별하다고 할 수 있단 말이냐! 나라를 바꾼 이들이야말로 나라의 주인이며! 이 땅 위에 흩뿌려진 피야말로! 변화하고 성장하는 것이야말로 나라를 이끌어갈 자격이 있는 이들이다!"

---어리석구나! 그대는 어리석구나!

"진정으로 어리석은 것은 과거에 얽매여 있는 그대들이 아닌가! 스스로 족쇄를 차려고 하는 그대들이야말로 어리석은 이들이 아닌가! 우리는 투쟁하고 싸울 것이다! 나 역시 이곳에 뼈를 묻을 것이다! 멸망한 제국의 황녀가 아닌! 교국의 샤를롯트로서 후대들에게 기억될 것이다!"

들려올 리가 없는 목소리가 귀에 틀어박힌다. 교국 전체를 울리는 목소리가 귀에 들려온다.

"어째서 저항하는 것입니까. 샤를롯트 님."

분노한 망령들을 달랠 방법이 있을 터였다. 다른 누구도 아닌 그녀라면 그들을 진정시킬 방법이 있을 터였다.

"어째서……."

시민들을 살리고자 했던 그녀가 어째서 병사들과 함께 검을 들어 올린 것일까.

아니, 사실은 답을 알고 있다. 그녀는 역사를 지키고자 한 것일지도 모른다. 역사, 우리의 찬란한 저항의 역사. 우리들의 자부심을 지키고자 한 것이다.

"희생과 피로 쌓아 올린 교국의 미래를! 적들에게 맡기지 마라! 그대들이 어떻게 이 자리에 서게 되었는지 기억하라! 우리가 어떻게 이곳을 일구었는지 기억하라!"

목소리가 귓속으로 틀어박힌다. 심장을 두드리는 것만 같다.

함께 싸웠던 동지를, 미래를, 영광을, 후대를, 사상을 위해 목숨을 바친 이들을. 그녀 역시 버리고 싶지 않았던 것이다. 피를 흘린 혁명이 실패라고 말한 그녀조차 그것들을 지키고 싶은 것이다.

아마 그것 때문일지도 모른다. 지금 자신이 달리고 있는 이유 역시 그것일지도 모른다.

콰아아아아아아앙!!!!

커다란 소리와 함께 거대한 폭발이 옆에서 터져 나오기 시작했다. 몸이 튕겨 나가고 순식간에 시야가 어둠으로 물들었다.

정신을 잃는 게 더 좋을지도 몰라. 잠깐 동안 그런 생각을 해봤지만 곧바로 몸을 일으켰다.

폭발로 만들어진 커다란 구멍이 보인다. 바람이 안으로 들어오고 전쟁의 열기와 함성이 조금 더 가깝게 느껴진다.

다시 한번 위를 바라보자 자신을 바라보는 것만 같은 빛의 아들의 모습이 눈에 들어왔다.

입술을 꽉 깨문 채로, 난간으로 올라 외벽의 균열을 붙잡았다.

무모한 짓이야. 그래. 무모한 짓이다. 떨어지면 죽을 거야.

그것도 나쁘지 않을지도 모른다. 아리스는 영웅도 아니다. 특별한 힘이 있는 것도 아니고, 무언가 자격이 있는 것도 아니다.

이렇게까지 빛의 아들의 환영에게 다가가야 하는 이유를 찾지 못한 채로 다시 한번 손을 뻗었다.

'내가 지금 뭘 하고 있는 거지.'

그분을 설득하기라도 하려고?

'이런다고 뭐가 달라질까. 내가 무엇을 바꿀 수 있을까.'

거짓말로 똘똘 뭉친 내가 겨우 이런 거로 달라질 수 있을까.

하지만…….

"달라지고 싶어."

달라지고 싶다. 별 볼 일 없는 자신이었지만, 고작 빛의 아들에게 다가가는 것도 힘겨워하는 사람이었지만 해낸다면 뭔가 달라질 수 있을지도 모른다. 나 자신도 모르게 그런 기대감을 품게 된다.

팔과 다리가 떨리고 숨이 다시 한번 차오른다. 갑작스럽게 불어온 바람에 몸이 크게 흔들렸다.

"아아아아악!"

---죽여라!

"막아라! 막아!"

계속해서 목소리들이 들려온다. 후두둑 후두둑 소리와 함께 성벽 위의 잔해들이 계속해서 아래로 떨어진다.

이를 악물고 다시 한번 팔을 뻗는다. 얼어 있는 다리를 억지로 움직여 위로 몸을 옮긴다.

오스칼이 아니라 아리스도 할 수 있다고 생각하고 싶다.

"제발…… 제발!"

다시 한번 팔을 뻗었을 때였다.

"아!"

발을 헛디뎠는지 몸이 아래로 떨어지고 있는 것이 느껴졌다.

'이런 작은 것도…….'

이런 작은 것도 해내지 못했구나. 아무것도 해내지 못한 채로 아리스는 여기서 죽는구나.

그리 생각했을 때, 다시 한번 목소리가 들려왔다.

"눈…… 뜨셔도 됩니다. 아리스 님."

"……."

"아리스 님."

"당신은……."

"파란 길드의 조혜진입니다. 무례를 용서하시길."

"어, 어째서 조혜진 님이 여기에……."

"부길드마스터께 향하고 계신 게 맞으십니까?"

그리폰을 타고 있는 인형이 손을 잡고 위로 올리는 것이 느껴졌다.

"네…… 네!"

"모셔다드리도록 하겠습니다."

"……."

"도움을 받는 것이 나쁜 것은 아닙니다. 아리스 님."

속마음을 들킨 것 같았지만…….

"아리스 님이 할 수 있는 일을, 하고 싶은 일을 하시면 됩니다."

마음을 편하게 해주는 목소리에 저절로 고개가 끄덕여진다.

조용히 창을 넘기는 조혜진 님의 모습이 보인다. 찌릿한 느낌과 함께 창이 손안에 들어온다.

미소 짓고 등을 떠미는 모습이 눈에 보였다.

다시 한번 아래를 내려다본다. 여전히 전투가 벌어지고 있는 현장이 시야에 비쳤다. 지원군이 도착했는지 막아서고 있었지만 여러 가지 목소리들이 들려왔다. 비명 소리와 함께 교국을 지키고 싶어 발버둥 치는 이들의 모습이 눈에 들어온다.

"빛의 아들이시여."

---…….

"빛의 아들이시여!"

---…….

"제발 저들을 멈춰주시옵소서!"

---…….

"부디 노여움을 거두어주시옵소서. 모든 것이 저의 잘못입니다. 모든 것이 저 때문에 벌어진 일입니다. 저들에게는 죄가 없습니다. 잘못이 있다면 자격이 없는 이를 믿고 따른 것밖에는 없습니다. 그들의 죄가 아니니 부디…… 부디……."

---…….

"빛의 아들이시여…… 제 목소리가 들리신다면 부디…… 대답해 주세요. 제가 떠안을 수 있게…… 제 역할을 끝마칠

수 있게…… 도와주셨으면 합니다. 이기영 님."

---…….

"이기영 님께서 사랑하시는 이들이지 않습니까! 그 누구보다 이기영 님이 이들을 가장 사랑하시지 않으십니까! 알지 못하는 것은 죄가 아니라 하시지 않으셨습니까! 잘못된 것은 제국의 백성들이 아니라 그들을 이끌고 있는 이들이라 하시지 않으셨습니까! 이기영 님!"

---…….

"저들은 잘못한 것이 없습니다! 죄가 있다면 누군가가 벌을 받아야 한다면 제가 책임을 져야 합니다. 그것이 옳습니다!"

하지만 목소리가 들려오지 않는다. 손에 쥔 창을 꽉 쥐고 다시 한번 이기영 님을 바라봤지만 그분의 목소리는 들려오지 않았다.

"이기영 님. 이기영 님! 우리의 죄를 용서해 주세요. 저들을 가엾이 여겨. 제발 그들에게 한 번의 기회를 더 주셨으면 합니다. 빛의 아들께서 사랑하시고 아끼는 이들을 위해…… 마지막…… 마지막 자비를…… 흐윽…… 마지막 자비를 베풀어주세요. 제발…… 제발…… 부탁드립니다."

창에서 빛이 터져 나온 것은 바로 그때였다.

---나는…… 이미 기회를 주었노라.

자신에게만 들려오는 목소리가 아니다. 무슨 영문인지는 모르겠지만 모든 이들이 위쪽을 바라보고 있는 것이 보였다.

---나는 이미 기회를 주었노라.

"제가……."

---…….

"제가 어떤 선택을 해야 합니까. 제가 어떤 선택을 해야 저들을 용서하실 수 있으시겠습니까. 스스로 목숨을 끊으라 하시면 끊겠습니다. 평생을 영겁의 고통에서 헤엄치라 하시면 그리 하겠습니다. 이기영 님께서 정말로 원하시는 게 죄의 심판이라면…… 이기영 님의 은혜로 이 자리에 있는 시녀 아리스는 어떤 선택을 해야 합니까."

---나는 이미 기회를 주었다고 말하였다.

"모르겠습니다. 어떤 기회를 주셨다고 하신 건지, 이기영 님께서 주신 기회가 어떤 것인지, 아둔한 저는 알 방법이 없습니다."

---그대.

"……."

---그대야말로…… 내가 저들에게 내린 기회이니라.

"……."

---자랑스러운 혁명의 딸이여. 그대는 나에게 허락을 구할 필요가 없노라. 내가 그대를 선택한 것이 아니라 그대가 그대 자신을 선택한 것이다. 그대가 스스로 자격을 만든 것이며, 그대 스스로 쟁취한 것이며, 그대 스스로가 변화한 것이다.

"흐윽…… 흐으윽……."

---혁명의 딸이여. 스스로 원하는 바를 이루거라.

[멸망의 날이 다가왔을 때, 교국의 지도자가 무릎을 꿇더

라. 빛의 아들이시여 우리의 죄를 용서하시옵소서. 어린 양들을 가엾게 여겨 그들에게 한 번의 기회를 더 주시옵소서. 빛의 아들이 사랑하고 아끼는 이들을 위해 마지막 한 번의 자비를 베풀어주시옵소서 하고 울며 고하더라. 이에 빛의 아들께서 가라사대. 나는 이미 기회를 주었노라 하시니, 제가 어떤 선택을 해야 하나이까. 빛의 아들께서 진실로 원하는 게 죄의 심판이라면 빛의 아들의 은혜로 이 자리에 있는 천한 시녀 아리스는 어떠한 선택을 해야 하나이까. 이에 빛의 아들이 다시 한번 가라사대……]

"흐윽…… 흐으으윽…… 흐윽…… 흐으윽……."

[혁명의 딸이여. 그대는 내게 허락을 구할 필요가 없노라. 내가 그대를 선택한 것이 아니라 그대 스스로가 그대를 만든 것이니…… 스스로의 뜻을 따르라. 하셨노라. -이름을 붙이지 않은 성서 27장 19절에서 발췌.]

거대한 빛이 하늘로 퍼져 나가기 시작했다.

마치 모든 걸 안아주는 것처럼 따뜻한 그 빛은 전투로 지쳐 있는 이들을 위로하고 있는 것처럼 느껴졌다.

많은 전투와 기적을 겪어왔었지만 이런 순간은 언제나 가슴을 뛰게 만든다. 방금까지만 해도 욕을 내뱉었던 난봉꾼 캐넌 역시 멍한 얼굴로 하늘을 바라보고 있었다.

아무것도 보이지 않을 것 같은 어두운 하늘을 환하게 비추어주는 빛. 저게 기적이 아니라도 좋다. 단순히 허울뿐인 빛이라 해도 좋다. 이곳을 비추어주는 것만으로도 충분하다. 그런 생각을 떠올릴 정도였다.

"빛의 아들께서는…… 대륙을 버리지 않으신 건가. 그분께서는……."

"그분께서 대륙을 버리실 리가 없지. 하핫. 당연하지 않아? 그분보다 대륙을 사랑하시는 분이 세상 또 어디에 있겠어?"

"방금 전까지만 해도 욕을 내뱉은 것치고는 너무 당당한 거 아니야? 캐넌?"

"그야. 뭐, 뭐 그런 걸 굳이 이야기하고 그래? 그냥 운 한번 더럽게 없었다고 생각한 거지. 이제야 은퇴해서 사람답게 좀 살려고 했는데, 수도 구경하러 온 날 재수 없게 일이 꼬일지 누가 알았겠어? 알렉스, 너도 같은 생각 하고 있던 거 아니었어? 이제는 칼밥 먹는 것도 지겹다고 한 것도 너였잖아. 같이 은퇴하자고 꼬드긴 것도 너라고."

"……."

"아무튼 조지, 저놈이랑 붙어 다니면 운도 더럽게 없어요. 시국이 이런데 수도 구경은 무슨, 삼류 도박꾼 아니랄까 봐 타이밍 한번 더럽게 못 맞추고……. 너도 한마디 해. 알렉스."

"아니, 나는……."

"뭐?"

"나는 오히려 다행이라는 생각이 들어. 캐넌."

"뭐?"

"여기 온 게 다행일지도 몰라."

"정신 나간 놈. 그쯤 되면 전쟁 중독이야. 알렉스. 상태가 더 심각해지기 전에 신전이나 정신 병원에 찾아가 보는 게 좋을 거다. 혼자 가기 정 그렇다면 내가 같이……."

"그런 게 아니야."

정확히 뭐라고 설명해야 할지는 잘 모르겠지만 분명 그런 것이 아니다. 싸울 수 있어 좋다기보다는 그냥 이 자리에 함께할 수 있어 다행이라는 생각이 든다.

나라를 위해 싸운다거나, 사상을 위해 싸운다거나, 후대를 위해 싸운다거나 그런 거창한 뜻을 가지고 있는 것은 아니다. 자신들은 물 흘러가는 대로 살아가는 종류의 인간이었으니까. 저항하지 않고 순응하며 살아가는 인간이었으니까.

거대한 흐름에 전환점에 서 있을 때마다, 커다란 위기가 있을 때마다, 크고 작은 전투에 차출되어 싸우기는 했지만…… 이번에는 뭔가 다르다는 기분이 든다.

저도 모르게 위를 바라보게 된다. 성스러운 창을 들고 있는 오스칼 님의 모습이 시야에 비친다. 드래곤과 빛의 아들의 환영이 빛으로 둘러싸이고 있는 것이 눈에 들어왔다.

거대한 용이 하늘 위로 목을 올려 포효하는 소리가 들려온다. 교국을 집어삼킬 것만 같았던 환영이 우리에게 손을 들어 주고 있는 것처럼 느껴진다.

난간에 올라 검을 잡고 있는 오스칼 님의 모습을 보니 등 뒤로 뭔가가 찌릿하고 울리는 듯한 느낌이 들었다.

평소와 다른 모습이다. 언제나 기품있고 정리된 그녀의 모습이 아니다. 마치 우리와 같은 모습이지 않은가. 상처 입고, 쓰러지고, 지치고, 여리고……. 하지만 강한, 쓰러져도 다시 일어날 것만 같은 모습이었다.

타오르는 듯한 눈빛이 괜스레 눈에 들어온다. 저 멀리 있는 그녀의 눈이 제대로 보일 리도 없건만 눈물 자국이 묻어 있는 눈동자에 불길이 번지는 것이 시야에 비친다.

그것은 영웅의 탄생이었으며 한 인간이 껍질을 벗고 스스로 성장하는 이야기였을 것이다. 쓰러진 대륙의 지도자가 아니라 평범한 이로 전장에 우뚝 서 이끄는 자의 모습이었을 것이다.

"이곳에 오기를 잘했어."

"정신 나간 새끼. 알렉스 이 정신 나간 새끼! 이 새끼한테 뭐라고 좀 해봐. 조지!"

"멋진 모습이 아닌가."

"제기랄, 여기서 정상인은 나밖에 없어. 제기랄! 너희 두 놈이랑 어울린 내가 병신이지. 내가 병신이야……."

거대한 빛과 함께 커다란 목소리가 터져 나왔다.

"꺾이지 않을 것이다!"

"……."

"나는 도망치지도, 숨지도, 꺾이지도 않을 것이다! 설령 꺾인다고 한들, 다시 일어나 투쟁과 저항의 불꽃을 피울 것이다! 교국민들이여! 이곳에 터를 잡고 살아가는 우리의 동지들이여! 나는…… 나는 두려워했다. 그대들을 잃을까. 혹시나 빛의 아들의 뜻을 거스르는 것이 아닐까 두려워했다. 그대들과 다르지 않다. 나 역시 그곳에서 검을 들고 저항하고 있는 그대들과 다르지 않다."

"……."

"내가 무엇과 싸우고 있는지, 내가 어떠한 것과 싸우고 있는지 깨닫지 못하였다. 어째서 싸워야 하는지도 이해하지 못했다. 나는 그대들과 다르지 않은 평범한 인간이었으며, 변화하는 것에 두려워하고 또 두려워했다."

"……."

"하지만 나는 검과 투쟁의 깃발을 들어 올렸다. 빛의 아들과 빛의 여신이 남기신 사상에 담긴 뜻과 철학이 무엇인지, 그것이 정확히 무엇을 뜻하고 있는지 제대로 알지 못하였음에도 검을 들어 올렸다."

"……."

"그것이 옳다는 것을 어렴풋이 깨닫고 있었기 때문이다. 그대들과 내가 같은 인간이라고, 다른 이들과 다르지 않다고, 함께 뜻을 모아 나아가는 것이 옳다고 가슴속으로 느끼고 있었기 때문이었다."

"……."

"실패하고, 쓰러져도, 많은 이들이 함께 뜻을 모은다면 결국에는 옳은 길로 향하리라는 것을 알고 있기 때문이었다."

"오스칼……."

"많은 희생이 있었다! 그래…… 정말로…… 정말로 많은 희생이 있었다!"

"혁명의 딸이여."

"너무나도 많은 피를 흘려야 했다. 우리가 뜻을 함께할 수 있는 교국을 만들기 위해. 우리는 너무나도 많은 희생을 치러야 했다. 많은 투사의 희생이 있었음에도 불구하고 우리는 우리가 원하는 교국을 만들지 못했다. 하지만! 하지만! 나는 그것이 실패라고 생각하지 않는다!"

"……."

"나는 우리가 실패했다고 생각하지 않는다! 그것은 과정이었을 것이다! 실패와 변화 역시 옳은 길로 향하기 위한 하나의 과정이었을 것이다! 우리가 답을 찾는 과정이었을 것이다! 나는 옳은 길이 무엇인지 깨닫지 못할지도 모른다. 그대들이 지도자라 부르는 나는 생의 마지막 순간까지 그것이 무엇인지 알지 못할지도 모른다. 하지만 우리는 알게 될 것이다. 가슴속으로 느끼고 있는 것을 표현하고 언젠가는 기필코 그것을 실현시킬 수 있을 것이다!"

"……."

"이 땅 위에 희생된 이들이 현재의 교국을 위해 밑거름이 된 것처럼 우리 역시 커다란 뜻을 위한 밑거름이 될 것이라 믿어 의심치 않는다!"

---미천한 시녀가 왕의 탈을 쓰고 있구나! 저 반역자의 모습을 보라!

"나는 미천하지 않다! 나는 천하지도 더럽지도 않다!"

---제국의 황녀와 미천한 시녀가 미쳐 스스로의 근본을 부정하는구나!

"나는 미천하지 않다고 말하였다! 세상에 미천한 것이라는 것은 없다. 나는 이제야 내 목소리로 그것을 떳떳하게 말할 수 있다."

---그대는!!

"우리는 그대들을 부정하기 위해 투쟁하고 싸울 것이다! 망령들이여. 두 팔과 두 다리가 으스러질 때까지 설사 쓰러지더라도 끝까지 투쟁할 것이다! 보다 더 나은 나라를 위해! 이 나라를 위해 싸운 희생과 피를 위해! 나를 위해! 우리 스스로를 위해! 대륙을 위해! 투쟁할 것이다! 그러니……."

"……."

"혁명하라! 우리가 싸워 이길 것을 믿고! 검과 깃발을 들어올려라!"

"……."

"혁명하라! 나의 동지들이여!"

정체를 알 수 없는 목소리가 들려온 것은 바로 그때였다.

쿵! 쿵!

---혁명하라!! 동지들이여!!

"하…… 하하……."

자신도 모르게 주변을 둘러보게 된다.

"이걸 뭐라고 말해야 하는 거야……. 어이, 조지. 지금 내가 꿈을 꾸고 있는 건가?"

쿵! 쿵! 쿵!

---혁명하라! 동지들아!! 우리의 형제들이여!!

"대단하군…… 대단해. 이런 걸 보게 될 줄이야."

쿵! 쿵! 쿵! 쿵!

---혁명하고 투쟁하라! 승리의 깃발을 들어 올려라!!

"하…… 하하하하, 하하하하! 이들과 함께 싸울 수 있다니! 이들과 함께 전장에 설 수 있다니! 하하하하! 네 말이 옳아. 알렉스! 네 말이 옳았다고!"

"신전에 가보는 걸 추천하지. 캐넌. 자네 전쟁 중독이야."

"하하하하하하하핫!! 우리는 역사의 중심에 있어!"

쿵! 쿵! 쿵! 쿵! 쿵!

---혁명하라! 동지들이여!! 투쟁의 검을 들어 올리자!!

"오스칼 님은…… 알고 계셨던 건가."

옆에서 천천히 몸을 일으키는 영혼들이 보인다. 검을 들어 올리고 그녀의 말에 화답하듯 깃발을 높게 치켜든 이들의 모습이 눈에 보인다. 망령들을 향해 검을 겨누고 금방이라도 뛰쳐나갈 것처럼 몸을 일으킨 동지들이 보인다.

거대한 용이 포효에 맞춰 그들이 발을 두드린다.

쿵! 쿵!

커다란 소리가 마치 심장을 두드리는 듯하다.

혁명의 딸은 일이 이렇게 되리라는 것을 알고 있었을까. 스스로를 희생한 영혼들이 몸을 일으켜 다시 한번 깃발을 들어

올릴 거라는 것을 알고 있었을까.

그녀를 올려다봤지만 여전히 알 수 없었다.

다만 인장을 끌어안고 눈물을 흘리고 있는 그녀의 모습이 보인다. 할 말을 잃은 것처럼 인장을 손에 쥔 채로 교국의 풍경을 바라보고 있는 모습이 비친다.

그녀는 눈물을 감추지 않고 참지도 않는 것처럼 보였다. 이게 자신의 모습이라는 듯이 숨길 필요 없다는 듯이 계속해서 눈물을 흘리고 있었다.

---혁명하라! 혁명의 딸을 위해! 교국의 미래를 위해!!

"내가 앞장설 것이다! 흐윽…… 언제나! 언제나! 그대들을 위해 내가 앞장설 것이다! 나의 동지들이여! 이미 피를 흘린 그대들의 희생을…… 흐으윽…… 절대로 헛되이 하지 않을 것이다!"

검을 들어 올린다.

"나의 사랑하는 동지들이여!"

그녀가 그리폰에 오르는 모습이 눈에 들어온다.

끓어오르는 고양감에 자신도 모르게 고함을 외치게 된다. 무슨 생각을 하는지 모를 조지는 조용히 웃고 있었지만 캐넌 역시 고함을 외치는 것이 눈에 보인다. 마치 세뇌된 것처럼 끊임없이 그 목소리를 외치게 된다.

"혁명하라!! 혁명하라!!"

---깃발을 들어 올려라!

"싸우자! 교국을 위하여! 내 나라를 위해! 싸우자!"

---검을 들고 일어나라!

"혁명하라! 혁명하라! 하하하핫! 혁명하라!!"

마침내 교국의 지도자가 그들의 앞에 섰을 때 영혼들이 무기를 부딪치기 시작했다.

그것은 역사의, 아니, 신화의 한 페이지를 장식하는 광경이었을 것이다.

227장

마지막(9)

-부길드마스터…….

“왜요.”

-부길드마스터는 어떻게…….

“제가 어떻게 알겠…… 아니…….”

-…….

“혁명의 딸이 스스로 깨어난 것이라 하시니, 성스러운 창을 지닌 전사여. 그대는 빛의 뜻을 의심하지 말지어다.”

-미친 새끼…….

“성스러운 창을 이어받은 전사가 빛의 아들의 뜻을 부정해 그를…….”

-그만해라. 진짜.

“……그리하여 산 자와 죽은 자를…….”

-그만하라고. 나 진지하게 말하는 거야. 그만해. 진짜.

"……알겠습니다."

-이런 상황에서까지 꼭 그렇게…….

"뭐, 기분 좋으니 나오는 소리죠. 지금 이걸 보고 어떻게 가만히 있을 수 있겠어요?"

-짜증 나는데 어떻게 합니까? 말이 나와서 하는 소린데 진짜 그런 말투 좀 자제해 주세요. 열 받는 거 이전에 불안하단 말입니다.

"뭐가 불안해요?"

-달라지는 것 같아서 그래요.

"네?"

-달라지는 것 같아서 그렇습니다. 이런 말 하는 것도 부끄럽고 또 스스로한테 수치스럽지만 불안해서 그렇습니다. 제가 그쪽 사정을 잘 모르니 하는 생각이지만 부길드마스터가 정말로 신이 되면 어떻게 하지…… 같은 쓸데없는 생각을 하게 된단 말입니다. 거기에 오래 있다 보면 인격을 상실하거나 하는 일도 있는 겁니까?

"그럴 일 없어요."

-혹시 몰라서 하는 이야기예요. 이 사람들이 정말로 부길드마스터를 신으로 받아들이게 돼서 내려오는 일에 차질이 생긴다는 가정은 안 해본 겁니까? 그 대륙의 의지라는 게 허락하지 않을 가능성은 어떻습니까. 위에 있는 이가 아래로 내려온다는 게 일반적으로 허락되지 않은 일이라면 대륙인들 모두가

부길드마스터를 신앙의 대상으로 생각하는 게 계획에 부정적인 영향을 끼칠 수도 있다고 생각합니다.

"그건……."

-조심해서 나쁠 게 없다는 걸 말씀드린 겁니다. 제가 뭘 몰라서 하는 말일 수도 있지만…… 결코 쉬운 일처럼 느껴지지 않으니까요. 물론, 제가 짜증 난다는 게 가장 커다란 이유이기는 하지만…… 그래도 기왕이면 그만해 주세요.

정말로 불안하다는 얼굴로 교국을 바라보는 조혜진이 눈에 들어왔다.

'얘가 쓸데없는 걱정만 늘었자너…….'

하지만 아래에서 벌어지는 일들을 바라보고 있노라면 그런 걱정을 할 만도 하다고 생각했다.

제국의 병사들과 교국의 투사들이 신화의 한 장면을 만들어내고 있는 모습은 뭔가 할 말을 잊게 만들었으니까.

애초에 빛의 아들이 희생된 대륙이라는 던전의 이름과, 빛의 아들의 뒤를 밟는 이벤트의 내용 자체가 그 불안감을 증폭시켰을 것이다. 대륙이 이기영을 신으로 만들려고 하는 게 아닐까. 초월적인 힘이 이기영을 필요로 하는 게 아닐까 하는 종류의 불안감이다.

그러고 보니 맨 처음 신창을 내리고 평소처럼 대해줬을 때 조혜진이 크게 안심했던 것도 기억에 남는다.

'이거 현성이도 이렇게 느끼고 있으려나.'

딱히 생각해 보지 않았다.

인격이 깎여 나갔다고, 인간을 벗어나 무언가 다른 존재가 되었다고, 예전의 모습과는 많이 다를 거라고, 그렇게 생각하고 있을 가능성도 있다고 여겨진다. 어쩌면 대륙이 내가 아래로 향하는 걸 막고 있다 여기고 있을지도 모르지.

'요건 몰랐네.'

초조하고 불안했을 테니 이상한 생각들을 해보는 것도 무리가 아닌 상황. 조혜진처럼 언제 한번 터놓고 이야기를 해보는 게 좋을 것 같기도 했지만…… 이건 조금 더 고민해 보는 게 좋을 것 같았다.

일단 애 놀리는 게 먼저였으니까.

"아구…… 우리 혜지니 걱정해쪄?"

-닥쳐요.

"아구구구…… 걱정해쪄요? 너무 기쁘네. 기영이 기분 좋자너."

-닥쳐라! 진짜. 내가 이래서 말 안 하려고 했는데…….

"진짜 걱정도 많다. 우리 혜지니……."

-…….

"우리 혜지……."

-닥치라고! 이 새끼야! 닥치라고! 닥쳐! 진짜 그만해라! 그만해라! 그만해!

"아…… 알았어요."

-성질 건드리지 마. 제발 그만해…….

볼을 빨갛게 물들이고 있는 모습이 눈에 들어온다. 어지간히 부끄러운 모양, 쟤 저런 표정은 또 처음 보는 것 같다. 엄청 후회하는 것 같은 얼굴, 쓸데없는 말을 했다고, 하는 게 아니었다고 생각하고 있는 것이다.

아니나 다를까 급하게 말을 돌리려 시도하는 모습이 보인다.

-부길드마스터…… 근데 부길드마스터는…….

"네?"

-이런 상황을 예상하고 계셨습니까?

아까 날렸던 질문의 연장선, 어지간히 말을 돌리고 싶었던 것 같다.

"네. 예상하고 있었습니다."

-…….

"우리 혜지니가 나를 걱정해 줄 거라는 거 예상하고 있었……."

-이 시발! 개새끼야! 작작하라고!

"아. 알겠어요. 진짜 그만할 테니까. 창 버리지 마세요. 이제 안 할 테니까."

-가만 안 둘 겁니다. 한 번 만 더 하면 진짜 가만 안 둘 거예요.

"알겠다니까요. 뭐…… 장난기 빼고 말씀드리면 솔직히 예상 못 하고 있었습니다. 이 이벤트가 어떻게 흘러갈지 뭐가 정답인지, 그걸 어떻게 때려 맞힐 수 있겠어요?"

-…….

"불안해하지 마세요. 진짜로 안 할 테니까."

-…….

"아마 갈래가 여러 가지였을 거라고 생각해요. 네임드 몬스터를 사냥하는 방법도 있었을 거고 제국의 망령들을 설득하는 방법도 있었을 겁니다. 제가 아예 생각하지 못한 방법이 있었을 수도 있고요. 선택은 제가 한 게 아니라 오스칼, 아니, 아리스가 한 거예요. 아직 결과가 완전히 나온 게 아니니 벌써 김칫국 마시는 것 같기는 한데…… 저는 그녀가 옳은 판단을 했다고 생각하고 있습니다."

-교국의 혼을 깨운 게 아리스 님의 능력이라는 겁니까.

"글쎄요. 그것도 잘 모르겠네요. 근데 가능성이 높다고 생각합니다. 지혜 누나가 그리고 있는 그림과는 거리가 먼 것 같기도 하고……."

-아리스 님은…….

"설명하기 조금 어렵습니다. 저도 이게 어떻게 가능한 건지 잘 모르겠으니까."

내 입으로 이런 말 하기 좀 그렇기는 하지만 솔직히 기적이라고밖에는 표현하지 못하겠다.

상태창에 보이는 아리스가 특수 능력을 깨달은 것도 아니었고 모험가로서 성장해 교국의 혼을 소환한 것도 아니었으니까. 굳이 설명하자면 조혜진의 창을 잡았을 때 신성이 흘러 들어갔고 그녀의 외침에 힘이 깃들었다는 것 정도가 아닐까. 여러 가지를 생각해 봐도 이게 가장 그럴듯한 가설로 느껴진다.

---혁명하라! 동지들이여! 혁명하라!

"우리들의 투쟁의 깃발을 이곳에 다시 한번 세우자!"

그게 아니라면 저 혼들이 아리스에게 손을 내밀어주고 싶을 뿐일 수도 있고……. 대륙에서는 상식 밖의 일이 많이 일어나기도 하니까.

저곳에서 싸우고 있는 교국의 시민들처럼 기적이라고 생각하는 게 가장 마음 편할지도 모르겠다.

-신기하군요. 이 광경이 정말로 기적일지도 모른다고 생각하니…… 조금 벅차오르는 듯한 기분입니다.

"……."

-정말로 부길드마스터가 이곳으로 돌아올 수도 있지 않을까 하는 생각이 들기도 하고요. 다른 건 몰라도 부길드마스터가 여기에 돌아오기를 바라는 건 진심입니다. 그걸 위해서 싸우고 있는 거예요.

"……."

-그럼 저는 이제 어떻게 해야 하는 겁니까? 라이오스? 아니면…… 연방으로…….

"글쎄요."

슬그머니 시선을 돌리자 각자의 자리에서 준비를 하고 있는 이들의 모습이 눈에 들어왔다.

김현성은 결국 북부로 몸을 옮기기로 마음을 먹은 모양, 조금 머뭇거리는 듯한 느낌은 있었지만 날개를 펼치는 모습이 눈에 보였다.

'애가 이걸 감당할 수 있을까.'

본인 스스로도 확신하지 못하고 있는 것처럼 느껴진다. 몸이 떨리고 있는 것만 같다.

-연방에서는 전투가 벌어질 것 같습니다. 차희라 님이 도움을 필요로 할 거라고 생각하지는 않지만…… 손을 보태는 것도…….

“그것도 나쁘지는 않겠네요.”

-아니면 라이오스는 어떻습니까.

“라이오스…….”

다시 한번 고개를 돌리자 정하얀, 한소라, 박덕구의 모습이 눈에 들어왔다.

당연히 라이오스의 전경 역시 눈에 들어온다. 그때와 같다. 기도를 드리고 있는 사제들의 모습이 눈에 띄었고 계속해서 피난 행렬이 이어지고 있다.

중립국의 지도자인 프리스티나가 불안한 얼굴로 정하얀을 맞이하고 있는 중, 면목이 없다는 얼굴로 정하얀을 바라보는 그녀의 모습이 눈에 보였다.

-이렇게…… 이렇게 다시 한번 라이오스를 찾아주셔서 감사합니다. 정하얀 님…… 박덕구 님…… 한소라 님.

-네. 오랜만입니다. 프리스티나 님.

-좋은 일로 다시 한번 여러분들을 만나고 싶었는데…… 상황이 이렇게 돼 제대로 환대해 드리지 못해 죄송한 마음뿐입니다. 이렇게 다시 한번 도움을 요청할 수밖에 없어…….

-거, 너무 마음 쓰지 마쇼. 저게 떨어지면 라이오스만 위험한 게 아니니까. 대륙 전체에 명운이 걸린 일이고…… 형님의 발자취를 다시 한번 밟을 수 있다는 건 꼭 필요한 일이라는 거

아니요.

-하지만…….

-거, 그렇게 미안해할 필요 없다니까! 사실 라이오스를 지킨다는 뜻보다는 던전의 열쇠를 찾았다는 게 더 의의가 크다는 거요. 조금 이기적이라는 생각이 들어서 미안하기는 하지만 그만큼 우리한테 이번 퀘스트는 중요하니…… 오히려 프리스티나 님이 우리에게 협조해 주기를 부탁드리고 싶은 마음이라니까.

-마음 써주셔서 감사합니다. 박덕구 님. 정말로 감사하다는 말밖에는 드릴 말씀이 없습니다. 라이오스의 영웅들께 제 이름을 걸고 다시 한번 약조하겠습니다. 저희 왕국에서는…….

-그렇다면 저, 저…… 부, 부탁…….

-네, 정하얀 님! 어떤 것이든 편하게 말씀해 주셨으면 합니다.

-마, 마법의 신의 신전…….

-네?

-정하얀 님 제가 대신 말씀드려도 될까요?

-아…… 응. 소라가 해.

-제가 대신 말씀드리겠습니다. 프리스티나 님. 그러니까…… 정하얀 님께서는 이곳에 마탑을 세우고 싶어 하십니다. 마치 신전과도 같은 거대한 크기의 마탑, 정하얀 님을 믿고 따르는 마법사들을 중심으로 한 새로운 종류의 연구 기관입니다. 린델에 이미 시험 모델을 만들어 성공적인 결과에 만족하시고 두 번째 탑을 라이오스에 세우고 싶어 하십니다.

-아…….

-자금적인 지원은 필요하지 않으니 부디 부지를 마련해 주셨으면 하는 차원으로 말씀을…….

-당연히. 당연히 해드리겠습니다! 오히려 제가 부탁드리고 싶은 심정입니다. 정하얀 님.

-그, 그렇다면 그렇게 알고 있, 있겠…….

-모든 비용의 지원 역시 아끼지 않을 것이라 약속드리겠습니다. 라이오스는 여러분들을 위한 그 어떤 지원도 아끼지 않을 것입니다.

-그럼 인사는 이쯤 하고…… 슬슬 나가보는 게 좋을 것 같은데…….

미소 짓고 있는 정하얀보다는 걱정하고 있는 박덕구의 얼굴이 도드라진다.

뭔가 이야기가 오가는 와중에도 녀석의 그런 표정은 변함이 없다. 오랜만에 보는 장난기가 빠진 얼굴, 이윽고 프리스티나가 시야에 보이지 않는다는 것을 확인한 녀석이 천천히 입을 여는 것이 보였다.

-거, 불안하기는 불안합니다.

-…….

-그때는 형님이 함께 있었으니까. 물론 누님이 그만큼 성장한 것도 알고는 있지만 그래도…… 형님 없이 이곳에 와 있다고 하니…… 저걸 막아야 한다고 생각하니 조금 기분이 찜찜해지고 불안하고…… 막 그렇다는 거 아니요. 소라 후배도 그

렇지 않나?

-네? 저…… 저도 조금 그렇죠.

-교국에서는 전투가 벌어지고 있는 모양이요. 우리가 예상했던 것처럼 이 던전은 형님의 발자취를 밟고 있는 거라니까. 옛날 제국의 망령들…… 던전 공략 같은 데는 젬병이기는 하지만 이 장소도 뭔가 있을 거라는 예감이 든다니까. 아마 내 예상이 맞다면 여기에 있을 거요.

-뭐, 뭐가요?

-지금 이 위에 있는 마력을 움직이고 있는 장본인.

-아…… 네…….

-대악마를 소환한 악당 말이요. 공화국의…… 악마 소환사. 어쩌면 라이오스의 공략은 그자가 밀접하게 관련되었을 가능성이 클 거요. 아마…… 아마 확실하다니까.

'그럴듯하네.'

평소라면 무시하고 넘길 추론이었지만…….

나 역시 조금은 진지하게 생각해 보게 된다. 나름 들어맞는 면이 있기는 했으니까.

당시 라이오스와 교국을 공포로 몰아넣은 희대의 인간쓰레기. 인간으로서 가져야 할 최소한의 윤리 의식도 가지고 있지 않았던 악마. 오직 자신의 목적을 위해 라이오스를 송두리째 불태우려고 한 그 녀석.

"악마 소환사. 진청."

이미 대륙에서는 금기시되는 그 이름을 다시 한번 입에 담을 수밖에 없었다.

가능성이 없다고는 할 수 없었다. 라이오스 사태, 그리고 이후에 이어질 연계 이벤트인 공화국 전쟁은 녀석을 빼놓고는 이야기가 되지 않으니까. 이를테면 핵심 네임드 보스 같은 느낌이지 않을까.

혹은…….

'NPC 같은 느낌으로 등장할 가능성도 있고…….'

지혜 누나가 기획한 이 이벤트들이 단순히 나를 뒤따라 가라고 제작되지는 않았을 것이다.

이기영이 대륙을 위해 얼마나 희생했는지를 보여주고 싶었다면 이번 라이오스의 네임드 몬스터로 등장할 인물은 녀석 정도밖에 떠오르지 않는다. 여기에 빛의 아들의 환영은 보이지 않았으니까.

메인 이벤트 교국 혁명의 네임드 몬스터는 혁명 버전 이기영, 희라 누나가 있는 연방에 등장할 네임드 몬스터는 둠기영과 짭리알, 북부에 등장할 네임드 몬스터는 그 누더기.

'여기에만 없는 것도 이상하지.'

아직 발견하지 못했을 가능성도 있고, 다른 조건이 해금돼야 열리는 것일 수도 있겠지만…….

일단 라이오스 위에 마력이 계속해서 떠 있다는 건 녀석의 존재가 어딘가에 자리해 있다는 걸 말해주고 있는 것 같았다. 지혜 누나 역시 녀석에 대해 잘 알고 있었으니 말이다.

의문점은 그 악마 소환사가 어떤 방식으로 이곳에 자리 잡왔냐는 것. 아무리 누나가 시스템의 허락을 받고 루시퍼의 지원 아래에서 활동한다고 한들…….

'불가능할 텐데.'

어떤 방식으로 사용할지에 따라 조금 달라지기야 하겠지만…… 완전한 모습으로 부활시키는 것은 불가능하다.

중요한 역할을 부여했다면 네임드 몬스터화시켜 인격을 부여할 수 있겠지만 그게 진짜 악마 소환사인지, 아니면 꼭두각시인지도 제대로 판단이 서지 않는다.

'이건 나중에 보이면 생각하지, 뭐.'

아직 정해진 건 아무것도 없었으니까.

-악마 소환사…… 진청을…… 말씀하시는 건가요?

-그렇다니까. 거, 내 입으로 차마 담기에도 무섭다는 거 아니요. 물론 여러 가지 전투를 치르며 경험도 쌓고, 여러 악당을 만나면서 성장하기는 했지만…… 그자만큼 무서웠던 악당은 없었다니까……. 모든 게 끝난 이후에도 악에 받친 목소리로 나는 악마 소환사가 아니라고 소리치는데…… 눈에서 막 피눈물까지 흘려가면서…… 내가 그 눈빛에서 광기를 읽었다는 거 아니요.

-아…… 네.

-인간이 정말로 악마로 화하면 이런 모습일까 하는 생각을 떠올리게 할 정도였으니 뭐 말 다했지. 거, 소라 후배도 기억하지 않나. 형님도 누님도…… 위험할 뻔했으니까. 그때 당시에 내가 부족했던 것도 맞지만…… 다시는 떠올리기 싫은 기억이

라니까. 공화국과의 자신을 믿고 따르는 병력을 언데드로 만들어 버리는 무자비함이라든지. 그자는 형님과 대척점에 있던 인물이었지.

-그, 그렇죠…….

-뭐, 아는 만큼 보인다고…… 이제는 그자가 얼마나 위험한 사람인지 더 잘 알 것 같소. 한때는 악마에게 조종당해 일을 저질렀다는 소문도 있었지만…… 결사단이라든지, 의문의 흑마법 집단이라든지…… 평화로운 지금에도 그자의 영향력이 곳곳에 펼쳐져 있다는 걸 생각해 보면…….

-그, 그래도…… 이번에는 정하얀 님이 계시니까요.

-암. 누님이라면 믿을 만하지. 누님뿐만이 아니요. 나도, 그리고 소라 후배도 성장했으니까. 틀림없이 잘 헤쳐 나갈 수 있을 거요.

아무래도 박덕구의 기억 속에서는 녀석이 더 확실하게 각인되어 있는 것 같았다.

아마 대륙의 대부분의 인간들이 박덕구와 같은 생각을 품고 있을 것이다. 녀석은 대륙 위험의 시작이자 끝이라고 해도 과언이 아닌 인물이었으니까.

평소보다 더 진지한 얼굴은 아마 그래서였던 것 같았다.

-근데…… 누님.

-…….

-저건 왜 안 떨어지는 거요?

-잘, 잘 모르겠는데…… 사실 떨어지든 안, 안 떨어지든 상,

상관없어요. 어차피 분해할 거니까.

-…….

-떨, 떨어지기 전에 분해하니까. 지금…… 분, 분해할 거니까.

-그게…… 가능한 거요?

'진짜 대단하기는 대단해.'

박덕구 역시 믿을 수 없다는 얼굴로 정하얀을 바라보는 중, 나 역시 조금 당황할 수밖에 없었다.

'떨어지기 전에 분해해?'

-어, 어, 어차피 마력 덩어리구…….

지혜 누나가 이걸 예상했을까. 가능한 게 무엇인지보다 불가능한 게 무엇인지 묻는 게 더 빠르지 않을까 싶을 정도로 정하얀의 마법에는 한계가 없어 보인다.

'이러니까 마법의 신이 먹히는 거자너.'

내가 마법사였어도 정하얀을 신앙의 대상으로 생각했을 것이다.

한소라는 이미 이야기를 들었는지 커다란 마법진을 그리기 시작, 혹시나 라이오스가 분해의 영향권 안에 들어가지 않도록 여러 가지 마법을 중첩하기 위한 것이 틀림없으리라.

지금 이게 위기 상황이 맞는 건지 싶을 정도로 여유로워 보이는 정하얀의 표정이 인상적이다.

심지어 한소라는 마법진을 그리는 와중에 잠깐 바깥으로 나와 돗자리를 펴주고 있는 모습까지 보인다. 피크닉 박스에서 뭔가를 주섬주섬 꺼내기까지 하는 걸 보니 여기서 정하얀의 식사라도 챙겨줄 모양.

예전이었다면 손 하나 까딱하지 않았을 정하얀도 이제는 조금 눈치가 보이는 모양인지 은근슬쩍 그녀를 도와주는 모습이 눈에 들어왔다.

-가만히 계셔도 돼요. 정하얀 님 지금…….

-괜, 괜찮아. 나도 도와줄게.

사실 별 도움이 되지는 않는다. 잘 펴지지 않은 돗자리의 끝자락을 피거나 먼지를 툭툭 털어내는 것뿐이었지만 은근슬쩍 감동한 한소라의 얼굴을 보니 효과가 있기는 있는 것 같았다.

분위기에 잘 동화되는 박덕구 역시 갑작스러운 분위기 전환에 당황하지 않고 잘 적응하는 중.

정하얀이 식사를 마치고 차까지 마신 이후에야 한소라의 마법진 그리기가 마무리된다.

마력을 집어넣고 시험 가동을 마친 정하얀이 몸을 일으키는 모습이 곧바로 시야에 비쳤다. 그 와중에…….

'얘 주문 외우는 중이었자너.'

언제부터 주문을 외우고 있었는지도 모르겠다. 아마 이곳에 온 직후이지 않을까.

예상했던 대로 정하얀을 중심으로 거대한 바람이 몰아치기까지는 그리 오랜 시간이 걸리지 않았다.

박덕구는 그제야 정신이 들었는지 방패를 들고 주변을 경계하기 시작했다.

아마 예전 기억을 떠올리고 있을 것이다. 정하얀과 내가 위에서 떨어지는 마력을 막고 있는 사이에 녀석과 한소라는 덮쳐오는 진청의 악마들을 막아내야 했으니까.

물론 이전과는 상황이 다르다. 정하얀과 한소라, 그리고 박덕구를 중심으로 호위를 서고 있는 라이오스의 병사들도 병사들이거니와 지원팀들의 모습도 눈에 보였으니까. 마탑에서 온 마법사들과 이쪽으로 착출된 길드와 클랜들이 모두 의외의 상황을 대비하기 위해 자리한 것이다.

편안한 표정의 정하얀과 한소라와는 다르게 딸려온 이들의 표정에는 긴장한 표정이 역력했다.

물론 마법 할아버지들은 우리 손녀를 믿는다는 마음가짐으로 정하얀을 바라보고 있었지만 다른 이들의 얼굴에는 언뜻언뜻 공포가 보인다. 하늘 위에 떠 있는 저게 터진다면 자신들의 몸이 형체도 없이 날아간다는 걸 알고 있기 때문일 것이다. 핵탄두가 머리 위에 떠 있다고 상상해 보면 저들이 느낄 공포도 이해가 간다.

조용히 눈을 감고 제발 떨어지지 않기를 기도하는 병사들이 보였고 정하얀 님은 해낼 수 있을 거라고 중얼거리는 놈들도 있다.

정하얀의 주문이 터져 나온 것은 녀석들의 불안감이 절정에 이르렀을 때. 여러 갈래의 빛줄기가 정하얀의 지팡이에서 뿜어져 나오는 것이 시야에 비쳤다.

보이는 게 중요하다고 생각을 했는지 휘황찬란한 모습이다. 한소라도 입을 벌리고 그 광경을 바라볼 정도였으니 무슨 말이 더 필요하겠는가.

-이야아아압!

작위적인 기합 소리는 다분히 대중들에게 들려주기 위함. 한소라는 그 모습을 보고 가방을 뒤적거리고 있다.

며칠 전에 만들어놓은 마법의 신 홍보 팸플릿이라도 준비하는 것 같아 더욱더 긴장감이 옅어졌지만 시간이 얼마 지나지 않아 그녀의 표정에 이상이 생기기 시작했다.

-어?

하는 소리와 함께 자기 자신에게 의문을 표시하는 정하얀의 얼굴, 한소라도 뭔가 잘못되었다는 걸 눈치챘는지 그녀를 향해 입을 여는 모습이 눈에 들어왔다.

-정하얀 님?

-마, 마법이 안 통하는 것 같은데.

-네?

-마법이 안 통하는 것 같아…….

-그건…….

-이, 이거 마법이 아닌가 봐. 이렇게 하는 게 아닌가 봐.

-…….

-어…….

-잠시만요. 정하얀 님. 제가 조금 알아볼게요. 네. 아, 리안…… 아니, 박리인 씨. 지금 그쪽에…… 네, 아…… 네. 알겠습니다. 네, 네. 아…… 네. 확인했습니다.

'이거 그거네.'

한소라도 얘도 눈치챘자너. 저게 평범한 마력이나 마법의 잔재가 맞다면 정하얀이 분해하지 못할 리가 없다고 생각하는 게 당연하다.

여러 군데 연락을 주고받는 것을 보니 그녀 역시 어째서 이런 일이 벌어지고 있는지 예상하는 것 같았다. 금방 결론을 내릴 수 있겠지. 아마도…….

-시스템인 것 같아요. 정하얀 님. 던전의 강제 이벤트나 강제 퀘스트 같은 종류라 일단은 절차가 있나 봐요. 아직까지는 보호받고 있는 것 같은데…… 일단 마탑 분들이 이곳을 수습해 주실 테니 다른 방법을…….

-아…….

-실망하지 않으셔도 돼요. 정하얀 님. 기회는 또 있을 테니까요. 교국에는 이벤트 퀘스트가 떴는데 라이오스는 아직 안 뜬 걸 보니까 뭔가 트리거가 있는 게 확실한 것 같아요. 그러니까…….

-그 자식이 틀림없다니까! 분명히 악마 소환사 그놈이 이곳에 있는 거요! 그놈을 찾는 게 먼저인 게 확실할 거요. 누님.

-그, 그, 그렇지.

정하얀의 주위로 빽빽한 눈들이 들어서고, 순식간에 흩어진 눈들은 라이오스를 완전히 덮기 시작했다.

악마 소환사를 찾는다는 목적보다는 다른 힌트를 찾고 있는 것 같은 느낌. 아네모네의 눈이 스멀스멀 날아다니며 목표를 찾아 헤매는 게 조금 그로테스크하게 느껴지기는 했지만 효과가 있다는 것은 부정할 수 없을 것 같았다.

-거기 찾아보쇼. 동굴 말이요! 그 악마의 굴에 있을지도 모른다니까!

-악마 소환사가 아닐 수도 있으니까요. 정하얀 님. 프리스티나 님과 다시 한번 대화를 하는 게 좋을까요?

-분명히 동굴이요. 그 동굴에 가야 하는 거요. 녀석이 악마를 불러낸 그 동굴 말이요. 처음에 만났던 그…….

-아, 아, 아니에요. 처, 처음 만났을 때는…… 분명…….

정하얀이 곧바로 한소라와 박덕구의 손을 이끌고 주문을 외우자 세 명의 몸이 이동되기 시작했다.

박덕구는 어안이 벙벙한 얼굴을 하고 있었고 한소라의 얼굴에도 궁금증이 들어선다.

-여, 여기예요.

-그랬지…… 나도 기억이 난다니까. 여기서부터였다는 게…….

-여, 여기는 안 보여. 소라야.

-네? 그럼 정말로…….

-응. 여기는 눈으로도 안 보여. 들, 들어가야 하는 게 맞나 봐.

-그냥 아무런 준비 없이 들어가도 되는 건가요?

-죽, 죽이면 되니까. 머리통을 터뜨리면 돼.

거침없이 문을 들고 들어가는 박덕구, 주문을 외우며 그 뒤를 따르는 정하얀의 뒷모습이 보였지만…….

'불안한데…… 이거 뭔가 불안하자너…….'

아니나 다를까.

[신화 등급의 던전 빛의 아들이 희생된 대륙의 메인 이벤트, 악마 소환사가 시작됩니다.]

'최악인데…… 이거…….'

---…….

'진짜…… 최악인데…….'

떠올리고 있었던 가설 중에서도 최악이라고 할 수 있는 상황.

---잠깐…… 간단한 게임이라도 해보는 것이 어떻겠습니까?

테이블에 앉은 채로 전방을 바라보는 악마 소환사의 모습이 시야에 비쳤다.

'이런 식으로 나온다 이거야?'

초조함에 허벅지를 손가락으로 툭툭 두드리게 된다. 제법 난이도가 있을 거라고 생각했지만 내가 예상했던 것보다 더 난이도가 높을 수도 있다고 여겨졌다.

'이거 너무 어려운 거 아니냐고.'

오랜만에 보는 악마 소환사의 모습을 다시 한번 바라보게 되는 것도 무리가 아니리라.

마치 첫 만남의 재현과 같지 않은가.

조용히 정하얀과 박덕구를 바라보고 있는 표정에는 뭐라 설명하지 못할 것 같은 오만함이 보인다. 속내를 드러내지 않는 얼굴에서도 자기 자신의 능력을 향한 자신감이 드러나는 것만 같다.

놈은 그런 종류의 인간이었다. 자기 자신을 드러내는 인간이었고 언제나 자신의 판단을 의심하지 않는 종류의 인간이었다.

지혜 누나나 나와 같으면서도 다르다. 약점을 드러낸다든가. 약한 모습을 보이는 법이 없다. 놈은 능력에 걸맞은 오만함을 갖추고 있었고, 그 오만함을 숨기지 않았다.

'블러핑이라고 하기에도 조금 그렇지.'

놈은 자신을 과대 포장하지 않았으니까. 오히려 블러핑을 혐오하는 종류의 인간.

처음부터 혐오하지는 않았을지도 모르겠지만 몇 가지 사건 이후에는 혐오하게 되었을 거라고 생각했다.

아무튼, 있는 그대로의 모습을 드러내고 있다는 표현이 가장 잘 어울리지 않을까.

김현성, 차희라, 정하얀과는 다른 종류의 천재. 놈은 이 대륙에서뿐만 아니라 지구에서도 선택받은 종류의 인간이었을 것이다.

'이런 새끼들만 보면 괜히 짜증 나자너. 진짜.'

실내로 들어온 셋 역시 녀석을 경계하고 있는 모습이 시야에 비쳤다.

곧바로 방패를 들어 올리고 공격할 준비를 하는 박덕구와 바로 주문을 외운 정하얀이 보였지만 아마 통하지 않을 것이다. 놈은 시스템의 보호를 받고 있었으니까.

이 강제 퀘스트는 물리적인 힘으로 해결할 수 없다. 아마…… 그런 종류일 것이다.

이미 그 사실을 깨달았는지 조용히 정하얀의 손을 잡는 한소라가 눈에 들어온다. 눈치를 보던 박덕구 역시 조용히 방패를 내려놓고 놈을 관찰하고 있다.

-이건…… 도대체…….

-강제 이벤트 같아요. 마법이나 물리적인 방법으로 해결할 수 없는…… 아마 저 게임에 승리하는 게 라이오스의 문제를 해결하는 수 있는 유일한 방법이지 않을까요. 어떤 게임인지는 알 수 없지만…….

-오, 오, 오빠가 하는 거 봤는데…….

-거, 나도 기억이 날 것 같기도 하고…… 아, 아무튼 간에 그럼 이제 뭘 하면 되는 거요.

---게임입니다.

-…….

-…….

-…….

---말 그대로. 간단한 게임입니다. 네. 단순한 놀이라고 생각하시는 게 편하실 겁니다. 체스나 장기 같은 것들보다는 조금 더 복잡하다고 볼 수 있습니다만…… 아, 혹시나 이런 종류의 게임에 대해 들어본 적이 있으십니까?

-거, 당연히 모르지.

테이블 위에 놓여 있는 것은 커다란 보드. 이전에 봤던 것처럼 수십 가지의 장기말로 구성되어 있는 것이 보였다.

차이점은 맵이 달랐다는 것, 무작위로 만들어놓은 것만 같았던 이전의 맵과는 다르게 현재의 맵은 대륙의 모습을 띠고 있다.

말 그대로 대륙을 축소한 것 같은 느낌. 라이오스와 공화국을 중심으로 마련된 전장은 마치…….

'공화국 전쟁.'

이 이벤트 이후에 시작될 마지막 전쟁을 떠올리게 만들었다.

라이오스처럼 보이는 보드에는 거대한 마력이 위에 떠 있었고 마지막 전투가 있었던 장소에서 대기하고 있는 말들이 눈에 띈다. 그중에서는 정하얀의 모습을 하고 있는 말도 있었고 박덕구의 모습을 하고 있는 말도 있었다.

심지어 김현성의 모양을 하고 있는 말도 시야에 비친다. 세밀하게 표현되어 있는 군대, 마법사, 기사, 암살자. 여러 가지 병과는 물론이거니와 각 클랜이나 길드 역시 모여 있는 것이 눈에 보였다.

'일단은 공화국도 이쪽 진영이네.'

따로 연계 퀘스트가 있는 것이 아니라는 것을 깨닫는 것이 당연하리라.

사실 녀석을 처음 봤을 때부터, 테이블 위에 놓여 있는 보드를 봤을 때부터 깨닫고 있었다. 여기에서 시작되는 특수 이벤트, 악마 소환사는 라이오스 악마 소환 사태와 공화국 전쟁을 하나로 관통하는 퀘스트나 다름이 없다.

아마도…….

---사실 기본적인 룰에 대해 설명해 드릴 필요도 없을 겁니

다. 이건 전쟁의 축소판이니까요. 진영을 두 개로 나누고 두 플레이어가 맞부딪치는 전쟁 게임입니다. 한 가지 더 설명해 드리자면…….

-…….

---위험은 진짜입니다.

-그게…….

---이 작은 피스들이 실제로 생명을 지니고 있다고 생각하시면 이해하기 편하실 겁니다.

-무슨…….

---패배한 진영에서 목숨을 잃은 말들은 실제로 목숨을 잃는다고 말씀드리고 있는 겁니다.

-미, 미친…….

---물론 그것과는 별개로 당신들이 패배할 경우 예정대로 라이오스에는 마력이 떨어질 겁니다. 이 게임에서 제게 승리하는 것이 이벤트의 내용이며 다른 공략 방법은 존재하지 않습니다. 제 이름을 걸고 말씀드리는 건데, 지금 드린 말씀은 거짓 하나 없는 진실입니다.

-거, 악마 소환사의 말을 어떻게…….

'왠지 이럴 것 같더라니.'

난이도는 최상. 위험 부담 역시 크다.

솔직히 어처구니가 없다. 내가 간다고 해도 저걸 이길 수 있을지 확실한 판단이 서지 않는다.

'애초에 공략하라고 만든 퀘스트가 맞기는 해?'

당연히 공략하라고 만든 퀘스트가 맞다. 악마 소환사 녀석이 자신의 입으로 직접 이벤트의 공략 방법을 알려줬으니 다른 말이 필요할 리가 없다.

공략 내용 역시 무척 간단하지 않은가. 진청과의 게임에서 승리하면 모든 게 마무리된단다. 보스가 있으니 보스를 잡으라는 말과 다름없이 들린다.

문제는 이쪽이 상대해야 할 보스가 김현성이라는 것. 저 악마 소환사는 적어도 이런 분야에서는 김현성이나 다름없을 정도로 이질적이다.

애초에 박덕구 정하얀 한소라는 지휘관이 아닐뿐더러 대형 병력들을 운용한 적도 없다. 대륙 내에 있는 지휘팀이 온다고 한들, 진청을 상대로 포인트를 따낼 수 있을 거라는 생각은 들지 않는다.

유능한 이들이 아예 없는 것은 아니지만…… 녀석은 유능함의 차원을 넘어섰다.

가장 먼저 든 생각은 역시나 편법.

'일부러 지면 돼.'

잔머리였다. 애초에 승리를 포기하고 게임에 임하는 것.

패배한 진영의 모든 말들이 목숨을 잃은 것이 아니라면 지키기 위한 싸움을 하면 된다. 중요한 말이나 본대를 지키는 것을 목적으로 게임을 끝낸 이후에 라이오스를 버리는 선택을 한다면 나름 적은 피해로 이벤트를 마무리할 수 있지 않을까. 최후의 최후까지 저항해 모든 말들을 잃어버리는 선택을 할 바에야 최소한의 병력과 라이오스를 던져 버리는 것이 속 편할지도 모른다.

지혜 누나가 도망칠 구석을 마련해 준 것 같아 기분이 좋기는 했지만 이것마저 쉽지 않을 것이다.

저 악마 소환사가 일이 그렇게 흘러가도록 내버려 두지 않을 테니 말이다.

-이걸 어떻게…… 어떻게 해야 하는 거요?

-저, 저도 잘…… 섣부르게 판단할 문제는 아닌 것 같아요. 그러니까 진청 씨. 몇 가지 질문을 드려도 될까요?

---원하시는 대로.

-만약 패배하게 된다면 게임을 진행한 플레이어는 어떻게 되는 건가요?

---플레이어에게는 아무 일도 일어나지 않을 겁니다.

-게임을 수락하지 않으면 어떻게…….

---게임이 시작되지 않는 경우는 존재하지 않습니다.

-저희가 알아야 할 다른 룰이 있나요?

---없습니다. 만약 의심스러우시다면 룰 북을 제공해 드릴 용의도 있습니다.

-플레이는 한 명만 가능한 건가요?

---다수라도 상관없습니다.

-게임 도중 플레이어를 바꿀 수 있는 건가요? 아니, 저희 셋 중 하나가 플레이를…….

---타인이 와서 진행해도 상관하지 않겠습니다. 다만 이벤트

시간이 지나면 지날수록 라이오스 위에 떠 있는 마력의 양이 늘어나게 될 겁니다. 네. 지금부터 말입니다.

그 와중에 차곡차곡 정보를 모으고 있는 한소라를 보니 그나마 그녀가 저기 있어서 다행이라는 생각이 든다.

일단 물리적으로 녀석을 저지할 방법이 완전히 막힌 상태에서 정하얀은 할 일이 없어졌을 테고 박덕구의 경우에는…….

-이거 큰일 난 거 아닌가. 이, 이대로 계속 시간이 지난다면 마력이 눈덩이처럼 불어난다는 거 아니요! 지, 지금 게임 해야 하는 거 아니요? 지금 해야 할 것 같은데…….

-아니…… 그건…….

-거, 누구라도 빨리 해야 한다는 거 아니요. 아무한테나 연락을 해보든지…… 그게 아니면 잠깐 내가 맡고 있는 것도 나쁘지 않을 것 같은데…… 중간에 바꿀 수 있다고 하니까! 일단은 그렇게 하는 게 좋을 것 같다니까!

'지랄하지 마. 이 새끼야.'

-잠깐만요.

-아니, 정말로 그것 말고는 다른 방법이 없는 거요. 저 악마소환사를 막을 방법이…… 정 방법이 없으면 일단은 내가…….

'이 돼지 새끼 진짜.'

-누님이 뭔가 방법을 찾을 수 있을 가능성은 없는 거요?

-찾, 찾아는 보고 있어요.

-일단 이렇게 된 거…….

-잠깐만요! 잠깐만 기다리세요. 박덕구 님!

-지금 이럴 시간이 없다니까!

-소, 소라가 기다리래요.

-진정하세요. 아직 시간이 있으니까요. 저…… 정하얀 님. 마력이 팽창해서 터지는 시간까지 얼마나 남았는지 확인해 주실 수 있으신가요?

-한, 한 시간?

-감사합니다. 일단 한 시간 정도가 남았으니까요. 굳이 저희가 게임을 진행하지 않아도 돼요. 대륙의 현장 지휘관들에게 맡기는 게 더 확률이 높을 거예요. 일단 김미영 팀장님이나 길드의 다른 분들께 연락을 드리는 게 좋을 것 같은데…… 괜, 괜찮을까요? 정하얀 님?

-소, 소라한테 맡길게.

-감사합니다.

'진짜 한소라라도 있어서 다행이다.'

매번 대륙을 구하고 있는 한소라였지만 이런 방식으로 대륙을 구하는 것은 또 처음이다.

박덕구가 혼자 들어와 진청과 자리 잡고 있는 걸 상상하는 것만으로도 스트레스가 쌓일 지경이었으니 무슨 말이 더 필요할까. 전술 공부를 하기야 했고, 예상외로 재능도 있는 것 같기는 했지만 박덕구를 이 무대 위에 세운다는 건 자살 행위나 다름이 없다. 전 대륙에 있는 네임드들을 모두 불구덩이 속으로 던져 버리는 것은 물론이거니와 편법을 사용할 수도 없을 것이다.

한소라 덕분에 초기 대응은 나쁘지 않게 흘러가고 있는 것 같다. 본인들이 해결할 수 있는 영역을 벗어났다는 것을 깨달은 것이 그랬고, 악마 소환사에게 먼저 질문을 던진 것부터가 그랬다.

'이것부터가 함정이었던 거네.'

"아니…… 애초에 이 새끼 이거…… NPC 맞기는 해?"

언뜻 보면 지혜 누나에 의해 만들어진 녀석 같기도 했지만 굳이 불필요한 정보를 흘리지 않는 녀석을 본 이후에는 의식이 있을 가능성을 다시 한번 생각해 볼 수밖에 없었다.

한소라가 질문을 던지지 않았다면 플레이어를 바꿀 수 있다는 것도, 곧바로 게임을 시작하지 않아도 된다는 것도, 게임의 승패와 플레이어는 관계가 없다는 사실도 알지 못했을 것이다.

아마 질문에 대답해야 한다는 제약이 걸려 있는 것인지는 모르겠지만…… 어느 정도는…….

'자유 의지를 가지고 있다는 거지? 그럼 기억 쪽은 어때? 기억은 가지고 있나?'

-잠깐. 질문을 한 가지 더 드리고 싶습니다. 당신은 진청 본인이 맞나요?

---대답하지 않겠습니다.

'이 새끼.'

-거, 악마 소환사 본인이 맞는 거요?! 대륙을 공포에 떨게 만든, 그 악독한 진청이 맞냐 이 말이요!

---대답하지 않겠습니다.

-그럼 당신은 누구요?

---던전의 이벤트 몬스터라고 생각하시는 게 편하실 겁니다.

굳은 얼굴이 보인다. 격식을 차린 말투처럼 침착하게 앉아 있는 모습이 보였다.

무시하고 있는 것 같기도 했고 관찰하고 있는 것 같기도 하다.

한 가지 확실한 것은 다르다는 것. 다른 역할을 부여하기로 마음을 먹었는지 교국에 있는 망령과는 퀄리티가 다른 게 느껴진다.

일단 어찌 됐든 입을 열 수밖에 없었다. 이 경우에는 다른 선택지가 존재하지 않았으니까.

"혜진아. 준비하자."

-뭘…….

"우정의 힘을 보여주러. 감은 안 떨어졌지?"

-후우…….

"너무 걱정하지 마. 혜진아."

-어떻게 걱정하지 않을 수가 있겠습니까. 이건 단순한 게임이 아닙니다. 이건…….

"뭐…… 어차피 전쟁도 마찬가지잖아요. 병력 한 번도 안 돌려본 사람처럼 왜 이래요? 책임은 항상 뒤따라오는 거고…… 이번에도 다를 게 없다니까요."

-그것과 이건 다릅니다.

"나 참……."

-애초에 전쟁에서도 현장 지휘하는 걸 선호하지는 않지만 이번 경우에는 특히나 더 위화감이 없단 말입니다. 말을 움직이는 것만으로도 생명이 날아갈지도 모른다니 제정신으로 할 수 있는 짓이 아닙니다. 기왕 이야기가 나와서 드리는 말씀입니다만…… 본능적으로 거부감이 생깁니다. 인간의 목숨을 가지고 장난질을…….

'얘 또 명대사 장전하는 거 봐.'

"그런데 어쩌겠어요? 당장 생각나는 사람이 혜진 씨밖에 없는데."

'뭐…… 나름 이해가 되기는 해.'

-후우…….

여전히 탐탁지 않아 하는 얼굴이 눈에 보인다.

그녀의 말처럼 본능적으로 거부감을 느끼는 듯한 모습.

사실 부담감보다는 사람의 목숨을 베팅해 게임을 한다는 행위 자체를 무서워하고 있는 것 같았다.

아마 실제로 전쟁이 일어난 상황이었다면 이 정도까지 거부감을 느끼지 않을지도 모르겠다.

'얘도 참…….'

진청이나 지혜 누나 같이 전형적인 사이코패스 지휘관들은 아마 평생이 가도 조혜진을 이해할 수 없으리라.

'나 정도는 되니까 이해하자너. 솔직히 그래. 어떻게 사람을 장기말로 쓰면서 게임을 할 수 있겠어? 어떤 미친놈들이 이런 발상을 해?'

저쪽보다는 이쪽에 가까운 인간이라는 사실이 괜스레 뿌듯함이 느껴진 것은 당연했다. 괜히 조혜진과 내가 잘 맞는 게 아니지.

기왕이면 이 고통스러운 현장에 조혜진을 투입시키고 싶지 않았지만 정말로 적당한 사람이 그녀밖에는 떠오르지 않는다. 송수경을 보내는 것도 좋지 않을까 싶기도 했지만 놈은 정하얀이 여기 묶여 있는 사이에 해야 할 일이 있으니 아웃, 김현성도 북부의 누더기와 오붓한 시간을 보내야 하니 아웃. 무엇보다…….

'조혜진이 성향에 맞아.'

수틀리면 패배를 염두에 두고 싸워야 하는 싸움이다.

처음부터 지자고 들어가지는 않겠지만 만약의 경우를 대비해 병력을 최대한 보존하는 싸움으로 들어서는 것이 맞다.

물론 그녀가 가지고 있는 능력 자체를 높이 사기 때문이기도 했지만 아마 조혜진이라면 그 누구보다 이번 게임에 신중히 임할 수 있지 않을까.

이윽고 고개를 천천히 끄덕인 그녀가 문을 열고 발걸음을 옮기기 시작, 그녀를 기다리고 있었던 박덕구와 한소라의 얼굴이 활짝 펴지는 것이 시야에 비쳤다.

-거…… 드디어 도착했구만!

"당연하지만 저와 대화를 할 수 있다는 건 숨기셔야 합니다."

아무 말 하지 않고 있었지만 아마 듣고 있을 것이다.

---준비되시면 말씀해 주시면 됩니다.

'여유로운 척하는 거 극혐이자너.'

-거, 누님 하얀이 누님한테 대충 설명 들은 거 맞는 거요?

-조혜진 님.

-네. 네. 대충은 알고 있습니다. 소라 씨가 정리해 주신 자료가 큰 도움이 됐습니다.

잠깐 동안 조혜진을 둘러싸고 있는 이들이 눈에 보인다.

---당신이로군요.

-최종 결정권을 가진 사람이라고 생각하시면 편하실 겁니다. 다수가 함께해도 상관없다고 들었습니다만…….

---네. 상관하지 않겠습니다.

-몇 가지 요구 사항이 있습니다.

---고려해 보도록 하겠습니다.

-이 이벤트를 시작하기에 앞서 병력이나 룰에 대해 파악하는 시간이 필요합니다. 주어진 정보가 부족합니다. 제가 가지고 있는 병력들이 어떤 역할을 수행할 수 있는지, 능력치나 보급 상태, 사기나 다른 부분의 영향을 받는지 상세하게 알아야 합니다. 모든 걸 알고 있는 당신과 이 퀘스트를 진행하기에는…….

---허가하겠습니다.

-저는 지금 라이오스 위에서 팽창하고 있는 마력을 멈춰달라고 말씀드리고 있는 겁니다.

---……네. 그렇게 하도록 합시다.

-또한 당신이 운용할 병력에 대한 최소한의 정보 역시 요구하도록 하겠습니다.

합당하지. 최소한의 정보라면 전해줄 여지가 있다. 녀석이 이쪽 병력에 대해 파악하고 있는 만큼의 정보는 알아둬야 한다.

물론 놈이 이쪽 병력의 구성에 대해 모르고 있을 가능성도 있겠지만. 그럴 리가 없지 않은가. 아니, 녀석의 입으로 모르고 있다고 말한다고 하더라도 놈이 공화국의 군사였다는 걸 생각해 보면 놈의 말을 믿을 수 있을 리가 없다.

-최소한 당신이 우리 측 병력에 대해 파악하고 있는 만큼은 요구하도록 하겠습니다. 제가 저의 병력들과 함께 싸워야 할 적은 어디에 있습니까.

---실제로 전쟁을 벌이고 있는 것처럼 양측의 레인저들이 정보를 물어왔다고 가정하는 게 좋겠군요.

[플레이어에게 검은 백조 길드 정보부서의 편지가 도착했습니다. 악마 소환사의 자세한 군사력을 비롯한 전반적인 주요 정보가 표시됩니다.]

-당신이 전해준 편지에 잘못된 정보가 적혀 있을 가능성을 배제할 수 없습니다. 거절하겠습니다.

녀석이 흥미롭다는 표정을 보내오기 시작한 것은 딱 이때 즈음이었을 것이다.

---잘못된 정보는 없습니다. 그저 여흥을 돋우기 위한 장치라고 생각하기면 편하실 겁니다. 그보다…… 차라도 한잔하시는 건 어떻습니까?

은근슬쩍 호의를 보내는 모습은 가관, 단순한 프로그램 덩어리일지도 모르는 녀석이 저런 행동을 하는 게 우습기는 했지만 잘 만들어졌다면 저런 행동을 할 만하기야 하다.

기본적으로 놈은 유능한 사람에게 호의를 보내는 것을 즐겼으니까. 특히나 머리 좀 돌아간다는 놈들을 유난히 좋아하지 않았을까. 내가 천재라는 소문을 듣고 곧바로 이쪽을 시험해 보려고 한 행동을 보면 엘리트라고 생각한 이들에게 동질감이라도 느끼고 있는 모양.

물론 동질감이라는 단어로 놈의 심리를 표현할 수는 없을 것이다. 놈이 생각하는 동질감에는 기본적으로 자신이 다른 이들보다 우위에 있다는 것이 바탕에 깔려 있으니 말이다.

생각해 보니까.

'그냥 단순한 흥미라고 표현하는 게 더 어울릴 것 같네.'

그래. 흥미. 그냥 딱 그 정도다. 재미있는 걸 발견했다는 얼굴이었고 나쁘지 않은 시간이 될 것 같다는 즐거움이다.

-거절하겠습니다.

---아쉽군요.

천천히 레인저가 전해준 정보들을 읽고 있는 조혜진의 모습이 보인다.

물론 그녀가 가만히 있는 것은 아니다. 전부 머릿속에 처박는 것으로 모자라 상황실에도 정보를 전달하고 있다.

파란 길드가 갖추고 있는 지휘 인프라가 결코 부족하지 않다. 초기억력을 가지고 있는 황정연도 그렇고 전투 외의 부분에서 도움을 주는 김미영 팀장도 그렇다. 실제로 대륙 보호 관리 위원회의 지휘부 직원들의 몇몇은 파란 길드로 이적을 하기도 했으니까. 녀석이 단신이라는 것을 생각해 보면 가능성이 그리 낮지는 않다는 판단이 선다는 거다.

이 모든 일련의 과정을 눈으로 확인하고 있는 악마 소환사는 기분이 나쁘기는커녕 좋아 보인다.

-네. 팀장님. 전력 분석팀은 양측의 전력을 비교해 주셨으면 합니다.

---의심이 많으시군요.

-마땅히 해야 할 절차일 뿐입니다.

---네. 그 말씀이 맞습니다. 필요한 절차이지요.

게임은 공평하게 시작해야 했으니까. 녀석이 갖추고 있는 병력의 질이 높을 가능성을 사전에 차단하기 위한 절차에 불과하다.

진청도 군이 다른 말을 해오지는 않았지만 한마디 거들고 싶은 모양인지 차를 한 모금 마시며 입을 열기 시작했다.

---전력은 당신이 가지고 있는 말들이 더 우세할 겁니다. 특수 병과가 가지고 있는 특수성이 다르기야 하겠지만 서로가 가지고 있는 자원으로 충분히 카운터 치거나 상쇄시킬 수 있습니다. 이를테면 제가 가지고 있는 언데드 병사들 같은 경우는 교국의 사제단이나 성기사들에게 약한 모습을 보일 겁니다. 언데드는 보급이 필요하지 않지만 장비가 열악합니다. 전투에서 승리하지 못한다면 효율이 줄어들고, 흑마법사에 대한

의존도가 높습니다.

-…….

---흑마법사들은 기본적으로 높은 화력을 지니고 있지만 암살자들에게 쉽게 노출되며 기본적인 공략 방법은 현실과 크게 다르지 않을 겁니다. 병력의 숫자는 제가 더 많지만 병력의 질은 당신이 가지고 있는 말들이 미세하게 높을 겁니다.

[플레이어에게 공화국 전력 분석팀의 편지가 도착했습니다. 악마 소환사의 군대와 플레이어의 군대의 전력을 분석해 표시합니다.]

-오차가 있는지 확인해 주셨으면 합니다. 정연 씨. 네. 네. 확인했습니다.

당연하지만 오차는 없다. 애초 진청이 이런 것 가지고 장난칠 인물은 아니거니와 오히려 스스로에게 핸디캡을 부과할 정도로 여유가 있었으니까.

-시민의 존재 여부는 어떻습니까? 저와 제 병력들이 지켜야 할 시민들이 있는 반면…….

---흑마법사나 악마들에게 마력을 공급하는 마력 공급원들이 있습니다. 물론 제 말들은 이들을 우선적으로 지키지 않겠지만 큰 관점에서 본다면 당신의 것과 다를 바가 없을 겁니다. 네임드 말 같은 경우에는…….

-잠깐.

"쓸데없는 소리 하지 마요. 혜진 씨."

-이들을 말이라고 표현하지 않으셨으면 좋겠습니다.

"아니……."

-이걸 게임이라거나 이들을 말이라고 표현하지 않으셨으면 합니다.

"왜 그걸 또 딴지를 걸고 그래요? 왜 그래. 진짜?"

---하하하…….

슬그머니 미소 짓고 있는 모습은 가관. 조혜진이 어떤 인간인지에 대해 대충 파악했다는 느낌의 웃음이다.

"왜 시작부터 지고 들어가고 그래? 그런 거 흘려서 좋을 게 뭐가 있다고."

---그렇군요.

-사람의 목숨은 장기말이 아닙니다. 제가 이 말도 안 되는 짓거리에 응한 이유는 당신과 어울려 주기 위함이 아닙니다. 당신의 쓰레기 같은 가치관에 대해서는 알 바 아니지만 그 더러운 생각을 제게 내뱉지 않아주셨으면 좋겠습니다. 악마 소환사.

---싫다고 하면 어떻게 하시겠습니까.

-부탁. 드리고. 있는 겁니다.

---중요한 팁을 드리겠습니다. 당신의 생각은 이 퀘스트를 원활히 진행하는 것을 방해할 겁니다. 당신이 더 잘 알고 계시지 않습니까. 버려야 할 병력과 살려야 할 병력을 구분해야 하는 것은 어찌 보면 덕목이며 희생을 요구하는 것 또한 지휘관

으로서 필요한 일입니다. 이 게임의 경우에는 오히려 더 쉽지 않겠습니까.

-……….

---당신이 승리한다면 실제로 목숨을 잃는 이들은 없을 겁니다. 그렇지 않습니까? 게임이라고 생각하시는 게…….

"명예도 모르는 놈이라고 한마디 박아줘요."

-닥쳐라. 명예도 모르는 자식.

---…….

-자신의 의지와 상관없이 목숨을 걸고 있는 자들이다. 네게 아주 조금이나마 명예가 남아 있다면, 네가 한때 공화국의 군사였다면, 말이라고 한들 존중하는 것이 옳다.

'우리 청이 형아 빼 맞았자너.'

---이거…… 네. 제가 한 방 먹었군요. 받아들이도록 하겠습니다.

-……….

---어떻습니까. 슬슬 지루해질 참인데…… 이벤트 퀘스트를 진행해 보는 것이. 생각할 시간은 충분히 드린 것 같습니다만…….

-……….

---아! 그리고 아까 미처 못 전해 드린 것입니다만…… 네임드 인물에 대한 정보입니다.

명예도 모르는 놈의 입에서 나오는 말을 믿을 수 없다는 듯이 직접 눈으로 확인하고 있는 조혜진의 모습이 보인다.

---네. 설명보다는…… 직접 보시는 편이 더 빠르겠군요.

녀석의 진영에 천천히 자리 잡고 있는 말들이 시야에 들어왔다.

어처구니없게도 한 번 본 적이 있는 인물들.

미하일을 비롯한 악마 결사단의 단원. 악마의 끄나풀 이설호. 악마 숭배자 이토 소우타. 사이코패스 살인마 정진호.

"다 아는 얼굴들이구만."

조혜진을 향해 입을 여는 놈의 모습이 보였다.

---그럼…… 전쟁을 시작해 봅시다.

녀석 쪽에서도 무언가 준비된 카드가 있을 거라고는 예상했었다. 전력의 차이가 큰 만큼 어느 정도의 밸런스 조절은 있을 수밖에 없다고 생각했었으니까.

김현성과 정하얀을 비롯한 수십의 네임드 개체를 소유하고 있는 이쪽과는 다르게…….

'이 새끼는 아무것도 없었으니까.'

아무리 놈이라고 한들, 단순한 언데드로 김현성을 막아낼 수 있을 리 만무.

하지만 우리 회귀자를 억제할 수 있는 카드가 저놈들이라고는 예상하지 못했다.

녀석들뿐만이 아니다. 이제는 잘 기억이 나지 않은 빌런들의 모습이 시야에 비친다. 흑마법사들을 이끌고 있는 고위 흑마법사도 눈에 보이는 것을 보니 저놈 역시 고인이 확실하기는 한 모양.

김현성이 한참 흑마법사들을 족치러 다녔을 때 희생된 피해자일지도 모른다. 아니면 베니고어 교단의 성기사들의 손에 의해 최후를 맞이한 빌런일지도 모르고.

뭐가 어찌 됐든 간에 중요한 것은 놈이 초월적인 존재들에게 대항할 카드를 얻었다는 것. 아무리 그렇다고는 해도…….

"이거 너무 상향 판정 받은 거 아닌가? 비겁한 새끼. 진짜."

사실 김현성, 차희라, 정하얀 보유국의 입장에서 녀석을 비겁하다 비난할 수는 없겠지만 해도 해도 너무했다는 생각이 들어와 꽂힌다.

악마의 끄나풀 이설호나 미하일 같은 경우에는 애초 전투 인원이 아니니 열외. 이들은 이 전쟁을 도와줄 수 있는 지휘, 행정 요원이었고 병력들을 관리해 주는 이들이었으니까.

아니, 다시 한번 자세히 살펴보니 이 새끼들도 열외시키지 못하겠다. 모두 당시 녀석들이 가지고 있는 포텐셜 이상의 능력치를 뽐내고 있지 않은가.

이토 소우타를 예로 들면 쉽게 이해할 수 있을 것 같다. 이건 가정일 것이다. 만약 이 빌런들이 죽지 않고 제대로 된 성장을 했다면 어땠을까에 대한 답을 알려주고 있는 것만 같다.

성수에 익사하기 직전 보여줬던 빠른 몸놀림이 단순한 기교가 아니었다는 것처럼 천장을 뚫어버린 민첩 능력치가 시야에 비친다.

잘 기억은 나지 않지만 당시 영웅 등급의 무기로 보유하고 있었던 바람의 검은 전설 등급이 되어 있었고 관련 특수 능력 역시 성장한 것이 보인다. 실리아의 바람이라는 칭호 그대로 놈은 바람을 이용하는 검사가 되어버렸고 악마 숭배자라는 타이틀에 보답하듯 검은 바람에 둘러싸여 있는 모습으로 5성 진화를 마쳤다. 제대로 된 성장을 한 것으로 모자라 악마의 힘까지 손에 넣은 것이다.

'진짜 재빠르게 처리하길 잘했자너. 얘가 진짜 악마랑 계약 맺어서 분탕질 쳤으면 큰일 날 뻔했자너…….'

더 이상 약한 내구가 약점이 아니라는 듯이 검은 바람이 놈의 주변을 상시 배회하고 있는 걸 보니 기가 차서 말이 나오지 않는다.

짜증 나는 것과는 별개로 한번 써보고 싶기는 하다. 기술에 정점에 선 것 같은 검사의 모습은 나름 멋있게 보이기도 했으니까.

하지만 녀석의 근처에 있는 놈보다는 아니다.

'1회차 여단의 단장.'

사이코패스 살인마. 정진호.

어째서 튜토리얼에서 뒈진 놈이 말이 되어 있는지 모르겠지만 누가 보더라도 김현성의 대항마로 준비된 듯한 느낌이 들 정도로 강한 것 같다.

'얘 성장 한계치가 이렇게 높지는 않았던 것 같은데.'

1회차에서도 한계 이상의 강함을 보여준 것을 보면, 이번에도 시스템의 벽을 넘었거나 악마의 힘을 받았다는 기믹이나 설정을 부여받지 않았을까.

마검사라는 직업명에 잘 어울릴 정도로 밸런스가 잘 잡혀 있는 것으로 모자라 천장을 뚫고 있는 마력 능력치. 한 손에는 검을 한 손에는 마법진을 그리고 있는 모습이 인상적이다.

인챈트형 검사처럼 보이기도 했지만 사이코패스라는 근본에 걸맞게 사람을 해하기 위한 모든 조건을 가지고 있다는 느낌이 강하다.

'이 정도면 대형 살상 마법도 가능할 거 같은데.'

아니…… 심지어.

짧은 거리를 단신으로 이동할 수 있는 이동 마법. 오직 정하얀만을 위해 만들어진 것 같았던 마법이 놈의 상태창에 있는 걸 보니 황당하다.

물론 놈의 경우에는 자기 자신의 몸을 짧은 거리로 움직일 수 있을 뿐이었지만 이딴 기믹을 부여받았다는 것만으로도 짜증이 일어난다.

혈액을 활용하거나 매개로 하는 마법이 많이 보이기도 했으니 전장에서 좋은 효율을 보여줄 수 있는 타입이라는 것은 이미 입증이 된 셈. 막말로 양민들을 학살하는 것만은 우리 애들을 뛰어넘을지도 모르겠다.

녀석 외에도 튜토리얼에서 함께 목숨을 잃었던 녀석의 똘마니 기철이와 재준이, 진청과 함께했던 러시아산 박덕구와 녀석을 따르던 병사와 간부들. 스쿼드가 화려하다면 화려하다고 말할 수 있는 수준이었다. 녀석의 덱도 이쪽의 덱만큼이나 사기처럼 보인다는 거다.

모든 악마 관계자를 이끌고 온 악마 소환사는 악마의 미소를 띠며 악마의 손을 축소된 대륙에 올리기 시작, 조혜진 역시 긴장한 표정으로 마력을 집어넣는 것이 시야에 비쳤다.

그리고. 가만히 서 있을 것 같았던 말들이 움직이기 시작했다.

-…….

'아니, 이거 시바 누나 더미 월드 개량해서 만든 거 아니야? 더미 월드 확장팩 공화국 전쟁 이런 거야?'

몇 가지 제한을 걸어둔 것 같기는 했지만 정말로 더미 월드처럼 보인다. 스스로 행동하고 생각하는 것만 같다. 뭐라 알아듣지 못하는 대화를 하는 것도 보인다.

목소리가 들려오지는 않았지만 저들은 의사를 표현하고 있었다.

[인류 진영의 네임드 개체 김현성이 불안해합니다. 플레이어에게 전달할 수 없는 의사를 표현합니다. 네임드 개체 김현성의 의사는 전달되지 않았습니다.]

[인류 진영의 지휘 본부에서 보급 상태를 확인해야 한다고 말합니다. 어딘가 문제가 있는 것처럼 보입니다. 공화국과 교국 진영의 두 지휘부의 의견이 충돌합니다. 플레이어에게 각각 편지를 보냅니다.]

[인류 진영의 네임드 개체 김현성이 오열하며 슬퍼합니다. 플레이어에게 전달할 수 없는 의사를 표현합니다. 네임드 개체 김현

성의 의사는 전달되지 않았습니다.]

'아니, 시발 얘는 또 왜 이래. 이거 버그야?'

[인류 진영의 붉은 용병 길드에서 선공을 쳐야 한다고 말합니다. 플레이어의 명확한 의사를 전달하지 않으면 붉은 용병 길드가 군대를 이끌고 갈 것입니다.]

"저거 말려야 되는 건 알고 있죠?"
---생각해 의사를 보내는 것으로 충분할 겁니다.
-…….

[붉은 용병 길드의 차희라가 플레이어의 명령을 받아들입니다. 차희라는 때를 기다리고 있으며 가급적 빠른 시일 내에 전투를 해야 한다고 주장합니다. 검은 백조의 전력 분석팀이 악마 진영의 취약한 전선을 분석해 전달합니다. 플레이어에 판단에 맡긴다고 뜻을 표현합니다.]

'이거 너무 유기적인데.'
쉴 새 없이 휘휘 실시간으로 돌아가는 상황 자체가 정신이 없다. 조혜진 역시 이런 경우에 대해서는 예상하지 못했는지 입술을 깨물고 있는 중, 적응 기간이 필요하다고 생각하고 있을 것이다.

진청도 재미있다는 얼굴로 조혜진을 바라보며 명령을 툭툭 던지고 있었지만 진심으로 임하고 있는 것 같지는 않다. 아마 그녀를 위한 배려겠지.

아니, 취소. 배려라기보다는 조금 더 재미있게 게임을 즐기고 싶다는 욕심의 때문일 것이다. 시시한 게임을 하고 싶지는 않을 테니까.

일단은 내실을 다지는 것이 첫 번째. 내 목소리를 제대로 듣고 있는지 모를 정도로 집중하고 있는 조혜진 역시 그 사실을 알고 있는 것 같다.

진청 역시 따로 병력을 움직이지 않는 것을 보면 녀석 진영 나름대로 개인적인 고충이 있는 모양이다. 움직여야 할 병력들의 현장 지휘관들의 목소리를 하나로 모아야 했고 네임드 개체들의 돌발 행동을 억제해야 하지 않을까.

아마 미친 사이코패스 정진호가 마력 공급원이나 말단 병사들을 쓱싹하고 있을지도 모르지. 어쩌면 이토 소우타와 이설호가 말을 맞춰 집단 내의 권력을 잡으려고 할지도 모르겠다. 기본적으로 탑재되어 있는 성향에 의거해 움직일 테니 말이다.

'플레이어의 명령에는 복종하는 건가?'

[교국의 교황청에서 빠르게 악마의 권세를 물리쳐야 한다고 강하게 주장합니다. 바젤 교황이 플레이어에게 서신을 보냅니다.]

지금 보면…….

[네임드 개체 바젤 교황이 플레이어의 의사를 존중합니다. 하지만 두려움에 빠진 시민들을 무시할 수 없다고 합니다. 시민들을 안심시킬 수 있는 수단이 필요하다고 말합니다. 사제들과 신도들이 분노합니다. 악마를 이대로 내버려 둘 수 없다고 강력하게 의사를 표현합니다.]

무조건 복종하는 것 같지도 않다.

기본적으로 플레이어의 의사를 존중하지만 이들을 컨트롤하기 위해서는 당근과 채찍이 필요하다. 조혜진과 상황실에서도 그 사실을 깨달았는지 시민들을 진정시키기에 여념이 없다.

오스칼을 바라보며 명령을 내리는 것을 보니 일단 급한 불이라도 끄려고 하는 것이 눈에 보인다.

-네. 알겠습니다. 네. 확인했습니다.

'혜지니 적응 빠르네. 나보다 낫자너…….'

[네임드 개체 오스칼이 플레이어의 의사를 존중해 연설에 나섭니다. 두려움에 떠는 시민들을 진정시키고 교국을 하나로 단결시킵니다. 오스칼이 특수 스킬 외교를 발동합니다. 공화국을 비롯한 나라의 중역들을 소환합니다. 오스칼이 특수 스킬 연설을 발동합니다. 대형 길드와 무력 집단에게 하나로 뜻을 모을 것을 호소합니다.]

'오스칼 좋죠.'

[인류 진영의 흑마법사들이 두려움에 떨며 모습을 감춥니다. 인류 진영의 흑마법사들은 이후 악마 진영으로 돌아설 가능성이 있습니다.]

'이런 부작용도 있고요.'

생각하면 생각할수록 더 잘 만들어진 게임처럼 느껴진다.

명령에 대한 피드백도 빠르고 놓치기 쉬운 많은 변수들도 적용한 것 같은 느낌. 특히나 이런 변수들을 어떻게 컨트롤하는지도 게임을 풀어나가는 데 중요한 요인이 될 것이다.

[인류 진영의 병사들에게 보급 물품을 전달합니다.]

---어떻습니까.

-…….

---재미없는 파트너로군요. 뭐 좋습니다. 쓸데없는 심리전보다는…… 훨씬 좋습니다.

'지금 네 말이 귀에 들어오겠어?'

플레이에 집중하기도 바쁜데. 기본적으로 조혜진이 원하는 환경을 마련하기 위해서는 이 기초 공사가 가장 중요할 것이다.

'아마 힘들 거야.'

당연하지만 그녀가 원하는 방식으로 병력을 움직이기 쉽지 않을 거라고 여겨질 수밖에 없었다. 병력을 수비적으로 운용하는 것은 여기저기에서 태클이 들어올 여지가 많으니까. 호전적인 붉은 용병 길드는 물론이거니와 신전 집단 역시 플레이어를 탐탁지 않게 바라볼 가능성이 높다. 틀어박혀 있으니 사기가 꺾이는 것 또한 당연한 거고…….

오래 버틸 수 있기 위한 보급 문제도 해결해야 한다. 기본 방진의 설정은 물론이거니와 주요 거점의 밸런스를 잡아줘야 했고 새로운 성벽을 올리거나 보급로를 뚫어야 했다.

집단과 집단 간의 유기적인 움직임을 위해 연락망을 구성하거나 매뉴얼을 만들어 전달하는 것도 일이다.

'이건 혜지니가 확실할 거야.'

굳이 내가 개입할 필요도 개입할 여지도 없다.

파란 길드의 지휘팀이 매뉴얼을 작성해 보내면 조혜진이 검토해 살을 붙여 전달하거나 쳐내는 식이다. 정하얀과 한소라를 통해 회의나 다름없는 시간을 보내고 있는 조혜진의 얼굴이 진지하게 느껴질 수밖에 없었다.

서로의 전술이나 전략을 보거나 들을 수 없게 조치를 취한 이후에 본격적으로 회의를 하는 모습이 눈에 들어왔다.

-전부 다 컨트롤 하기에는 시간이 부족할 겁니다. 매뉴얼 작성을 최우선으로 진행하는 게 좋을 것 같습니다. 네. 확인했습니다. 검토해 보겠습니다. 팀장님. 예. 전선을 뒤로 물리겠습니다. 외교팀에서는 각 전선을 맡은 지휘관들에게 보낼 문서

를 작성해 주시기 바랍니다. 네.

[플레이어의 뜻을 받아들인 지휘 본부에서 병력을 수비적으로 운영하기로 결정합니다. 주요 병력의 생존이 최우선이며 일부 네임드 개체와 병력을 제외한 이들이 플레이어의 뜻을 존중합니다.]

"좋네."
-안정적인 보급로의 확보가 중요합니다.
하지만 전투를 피할 수는 없다.

[지휘 본부에서 안전한 보급로를 확보해야 한다는 생각에 동의합니다. 15전선을 탈환한다면 보급로가 안정될 거라고 주장합니다. 각 지휘관들이 전투가 필수적으로 필요할 거라 이야기합니다. 인류 진영의 붉은 용병이 전장으로 나서고 싶어 합니다. 검은 백조의 레인저들을 파견합니다.]

전투는 필수적으로 일어나게 될 것이다.

[악마 진영의 병력과 네임드 개체의 정보가 확인합니다. 15전선을 지휘하고 있는 네임드 개체 '마검사 정진호'가 확인됩니다.]

"알고 있었다 이거네."

[인류 진영은 네임드 개체……]

“알고 있었자너.”

[‘노을빛의 검사 김현성’을 파견합니다.]

[네임드 개체 김현성이 플레이어의 명령에 따르겠다고 말합니다. 시키는 일이라면 무엇이든지 하겠다고 이야기합니다. 플레이어에게 전달할 수 없는 의사를 표현합니다. 네임드 개체 김현성의 의사는 전달되지 않았습니다.]

“많이 나쁘지는 않네요.”

[인류 진영의 병력들을 소집합니다. 15전선에서 전투가 벌어질 예정입니다. 노을빛의 검사와 마검사가 서로를 인식합니다. 네임드 개체 마검사가 노을빛의 검사를 도발합니다. 노을빛의 검사가 혼란과 분노에 휩싸입니다. 악에 받친 소리를 내지르며 검을 뽑아 듭니다.]

‘아니, 시바, 나쁜 건가?’

[마검사는 노을빛의 검사를 비웃습니다. 마검사가 노을빛의 검사를 모욕합니다. 마검사는 싸우고 싶어 합니다. 악마 진영의 플레이어는 그의 뜻을 존중합니다.]

'분위기 별로 안 좋은 것 같은데.'

[전투가 시작됩니다.]

'이거 진짜 버그 걸린 거 아니야?'

뭐라고 항의해 봐야 하는 것은 아닌가 하는 생각이 들어와 꽂혔다.

김현성이 멘탈이 약한 것은 알고 있었지만 말까지 이런 모습을 보이고 있으니 당황스럽다. 어쩌면 페널티를 먹은 것일지도 모른다. 좋은 능력치만큼이나 정신적으로 약해졌다고 생각해 보면 제법 그럴듯했으니까.

'우리 쪽만 문제를 겪고 있는 건 아니야.'

진청이 보유한 네임드 개체인 정진호 역시 결코 제정신처럼 보이지는 않는다.

일단은 입을 다물고 있는 게 유리하지 않을까. 전황이 불리해지면 버그 핑계로 퍼즈를 걸거나 진청에게 직접적으로 항의할 여지가 생길 것이다. 아마 진청이라면 이쪽의 항의를 받아들일 거고…….

조금 야비하게 보이기야 하겠지만 어쩔 수 없다. 소중한 대륙인들의 목숨이 걸려 있는 대결인 만큼 정정당당함이라는 단어를 애써 외면할 수밖에 없었다.

'그래 일단 가자. 중간에 불리해지면 버그 핑계로 뜯어낼 수

있는 만큼 뜯어내자고.'

내가 여러 가지 가능성을 떠올리고 있는 와중에도 진청과 조혜진은 더미 월드 확장팩을 조작하느라 여념이 없다.

첫 전투에 걸린 게 많다는 걸 알고 있을 테니까. 처음부터 김현성을 투입한 조혜진이 사뭇 과감한 결단을 내린 것처럼 보이기는 했지만 실상은 그렇지 않다.

얘는 그거지 뭐. 인류 측의 피해를 최소화하고 싶다는 욕심에서 비롯된 것이 틀림없으리라.

15전선이 보급에 중요한 것은 맞지만 구태여 김현성을 저곳으로 밀어 넣을 이유는 없다. 정진호가 빠져 있다는 걸 확인했다면 병력을 다른 전선 쪽으로 집중시키는 방법도 있었을 것이다.

미미한 이득이겠지만 효율을 생각하면 활동 범위가 넓은 김현성이라는 패를 정진호와 묶이게 할 이유가 없다. 녀석이 대량 살상에 특화되어 있다는 걸 알고 있기도 했고, 쓸데없는 희생을 최소화하고 싶다는 생각이 지금의 전투 구도를 만들어 낸 것이리라.

쬐끄만 녀석들 주제에 제법 박진감 넘치는 전투를 만들고 있는 것이 눈에 보인다.

[인류 진영의 지휘관들이 병력이 더 필요하다고 주장합니다. 지원군을 요청합니다.]

인류 측의 병사들과 악마 진영의 군대가 서로를 향해 창을 내지르고 있다. 마법사들은 주문을 외우고 사제들은 신성 마법을 계속해서 뿌린다.

울부짖고 있는 말들과 두려움에 떨고 있는 말들이 쓰러지고 실제 전쟁을 방불케 하는 모습들을 선보이고 있었다.

[인류 진영의 몇몇 이들이 두려움에 빠집니다. 교황청의 사제들이 찬란한 빛을 노래합니다. 병사들이 용기를 얻고 전진합니다. 악마들에게 굴복하지 않겠다 소리칩니다. 상태 이상 절망이 상쇄됩니다. 두려움을 딛고 승리를 노래합니다.]

[인류 진영의 야전 지휘관들이 신성력을 아끼라 경고합니다. 탈진하는 사제들이 늘어납니다.]

조혜진이 입술을 깨무는 것이 시야에 들어왔다.

김현성과 정진호가 서로에게 검을 맞대는 것을 바라보고 있다. 네임드 개체 노을빛의 검사가 질 리가 없다는 것은 알고 있었지만 정진호와 직접 검을 부딪치는 것을 보니 걱정이 되기는 하는 모양.

온갖 마법으로 자신을 강화시킨 이후에 김현성을 향해 검과 마법을 내지르는 놈의 얼굴은 즐거워 보인다. 정면 승부로는 승산이 없다는 걸 깨달은 건지, 특기인 견제기를 활용해야겠다고 생각하고 있는 건지는 모르겠지만 짜증 나는 방법으로 김현성을 곤란하게 만드는 것이 시야에 비친다.

'전장을 잘못 골랐어.'

계속해서 짧은 거리를 이동하며 김현성의 발을 묶는다거나 하는 방법은 확실하게 효율적이다.

바닥에 고여 있는 핏물이 김현성의 발을 붙잡고 어딘가에서 날아온 마법들이 김현성의 신경을 긁는다. 전쟁을 벌이고 있는 병력들 사이에 섞여 계속해서 검을 휘두르고 있는 모습은 녀석이 김현성과 일기토를 벌이고 있는 건지, 아니면 그냥 전쟁을 즐기는 것인지 구분하기 힘들다.

아군과 적군을 구분하지 않고 손에 닿는 족족 휘두르거나 넝마로 만들어 버리고 있으니 김현성의 입장에서도 녀석을 상대하기 힘들 거라고 생각할 수밖에 없었다.

사이코패스 살인마답게 인간을 방패로 사용하는 것도 거리낌이 없다. 불리하다 싶으면 인간의 벽 뒤로 숨거나 김현성이 검을 휘두르기 곤란한 상황을 만든다.

미친놈처럼 웃음을 터뜨리며 무작정 검을 휘두르고 있다. 1회차의 기억을 통해 봤을 때나 튜토리얼 때를 생각해 보면 나름 점잖은 모습을 보일 수도 있다고 생각했지만 전투가 점점 더 길어질수록 본성을 드러내는 것인지 이성을 놓고 있는 것이 보인다.

'아니야. 희라 누나랑은 다르자너.'

이성을 놓고 있는 것이 아니다. 놈은 지금 그 누구보다 이성적일 것이다.

김현성은 이런 과정을 즐겁다고 느껴본 적이 없겠지만 놈은 정반대. 아군 적군 가릴 것 없이 피해가 누적되고 있다.

[악마 진영의 네임드 개체 마검사 정진호가 즐겁다는 듯이 웃습니다.]

[인간 진영의 병력들이 상태 이상 공포에 빠집니다.]

[악마 진영의 네임드 개체 정진호가 광소를 터뜨리며 검을 휘두릅니다.]

[인류 진영의 병력들이 정진호를 두려워합니다. 야전 지휘관들이 마검사를 막아야 한다고 주장합니다. 전장이 점점 혼돈에 빠지고 있다고 이야기합니다. 양 진영의 병력들이 뒤엉키기 시작합니다. 아군과 적군을 구분할 수 없는 혼란 상태에 빠집니다. 전장의 열기에 미쳐 모든 병력들이 광란 상태에 빠집니다.]

'시바.'

[마검사 정진호가 광소를 터뜨립니다.]

'실수라고 생각하겠는데.'

진청은 애초 넘겨줄 수밖에 없는 지역이라고 판단했을 것이다. 조혜진의 성향을 생각해 보면 이 전선에 집착할 거라는 건 불 보듯 뻔했을 테니까.

어떤 희생을 치르더라도 반드시 따내야 하는 전선, 어째서 놈이 이곳에 정진호를 투입했는지 알 수 있을 것 같았다.

"이거 알고 있죠? 그냥 개싸움 하자는 거예요."

피해를 최대한 누적시켜서 깎아 먹겠다는 의도.

녀석답다. 작은 이득으로 상대방을 계속해서 깎아 먹으며 스노우볼을 굴리고 내줄 건 내주더라도 다른 쪽에서 이득을 보겠다고 생각하는 게 눈에 보인다.

물론 조혜진이 멍청하게 당해주고 있을 리 만무. 재빠르게 병력을 재정비하는 것은 물론이거니와 통솔 수치가 높은 야전 지휘관들을 곧바로 투입해 병력들을 독려하고 있었다.

[네임드 개체 노을빛의 검사 김현성이 노을빛의 검을 들어 올립니다.]

[인류 진영의 병력들이 상태 이상에서 해제됩니다.]

[네임드 개체 신념의 방패 박덕구가 재집결의 함성을 외칩니다.]

[인류 진영의 병력들이 재집결합니다. 깃발을 들어 올리고 진영을 재구축하기 시작합니다.]

-방진을 재구성하겠습니다. 각 야전 지휘관들에게 전달합니다.

쉽지 않은 일이다. 이미 개판이 되어버린 전장을 다시금 가다듬고 진영을 재정비한다는 건 사실상 불가능에 가깝다. 아무리 김현성과 박덕구가 병력들의 정신을 깨워준다고 한들, 자갈과 모래를 구분해 제자리로 돌려놓는다는 게 쉬운 일일 리가 없지 않은가.

이미 예상했다는 것처럼 유기적으로 움직이기 시작하는 병력들은 내가 보기에도 신기하다.

개인적으로 조혜진이 임기응변에 약하다고 생각했었지만 지금 보니 그렇지도 않다. 매뉴얼대로 움직이고 있는 병력들과는 별개로 상황이 여의치 않은 곳은 직접 지시를 내리고 있는 모습.

-흔들리지 않겠습니다. 방진을 재구축한 병력들은 전진합니다.

[인류 진영의 야전 지휘관들이 플레이어의 결단에 환호를 보냅니다.]

[인류 진영의 사기가 상승합니다.]

-병력들은 악마 진영의 군대들을 몰아냅니다. 생존자와 떨어진 병사들을 모아 다시 한번 재구축합니다. 방패를 들어 올리고 보호 마법을 펼치며 전진합니다. 대열을 맞추고 적들을 몰아내겠습니다.

[인류 진영의 방패병들이 방패를 들어 올리고 발걸음을 내딛습니다. 신념의 방패가 환호성을 내지릅니다. 이길 수 있다고 병력들을 독려합니다. 특수 스킬 선동을 발동합니다. 모든 아군 병력들이 신념의 방패의 선동을 신뢰합니다.]

[아군 병력들이 환호성을 내지릅니다. 악마 진영의 사기가 꺾입

니다.]

---하하하하!

'이 새끼 재수 없게 쳐 웃고 있어. 진짜.'

---재미있습니다. 재미있군요.

'재미는 개뿔. 시바. 엿이나 먹어라, 새끼야.'

이쯤 되면 김현성을 투입한 이유도 합당해진다.

-네임드 개체 마검사 정진호를 최우선으로 처리하겠습니다.

[인류 진영의 김현성이 플레이어의 의견에 동의합니다.]

곧바로 몸을 날리는 김현성이 녀석을 향해 검을 날린다. 정진호는 아쉽다는 듯이 몸을 뒤로 내뺀다.

[악마 진영이 병력을 뒤로 물리며 후퇴합니다.]

-놓치지 않습니다.

'단거리 이동 마법. 시바. 저게 짜증 날 줄 알았는데.'

[검은 백조 길드의 레인저들이 더 이상 들어가는 건 위험하다고 이야기합니다. 정찰되지 않은 지역이라고 경고합니다.]

[네임드 개체 김현성이 자신은 임무를 완수할 수 있다고 말합니다. 어떤 일이든 맡겨달라고 소리칩니다. 자신은 위험하지 않다

고 합니다. 퀘스트를 해결할 수 있다는 의사를 강력하고 처절하게 표현합니다.]

-더 들어가지 않는 것으로 하겠습니다.

아쉽다는 듯이 중얼거리는 조혜진과 합당한 판단을 했다는 아군 병력들이 눈에 보였다.

전투는 승리했지만 피해가 이만저만이 아닐 테니 곧바로 피해 상황을 확인하고 있는 조혜진이 눈에 보인다.

아군의 사기가 하늘을 찌른다는 둥, 이 기세를 몰아 적들에게 들어가야 한다는 쪽지들이 계속해서 날아오고 있었지만 전선을 재정비하고 보급로를 확보하는 것이 더 중요하다.

단단한 방어 전선을 구축하고 성벽을 쌓아 올리고 유리한 전투를 위한 기반을 계속해서 다진다. 이른바 후반 한 방을 바라보는 운영을 시작한 것이다.

체스를 둘 때의 성향이 그대로 보이는 것 같은 느낌. 저렇게 문을 걸어 잠그고 이후를 바라볼 때의 조혜진은 특히나 더 무섭다. 틈을 보이지 않으니까.

진청 역시 대충 알겠다는 듯 고개를 끄덕이는 모습이 보인다. 어떤 타입인지에 대해 대충 예상했겠지만 시간이 지나면 지날수록 더 조혜진이라는 인간에 대해 잘 알게 되지 않을까.

아니나 다를까 플레이가 진행될수록 천천히 조혜진을 재보기 시작한 놈이 눈에 들어왔다. 야금야금 이득을 보며 그녀의 성향을 파악하려고 하는 것은 마치 독사와 같다.

---당신은 올곧은 사람처럼 보이는군요.

-…….

---이렇게까지 성향이 확실하게 드러나는 사람을 찾기도 쉽지가 않은데…… 이 전쟁이 진행되면 진행될수록 당신이 어떤 사람인지 알게 되는 것 같습니다.

-쓸데없는 사담은 나누고 싶지 않습니다.

---의도는 이해할 수 있지만 당신은 이곳과 어울리는 사람이 아닐 겁니다. 말씀드렸다시피 아무것도 희생하지 않고서는 아무것도 얻을 수 없습니다. 신념을 지키고 살아간다고 해도 당신이 잃기만 하겠지요. 무엇을 얻었는지 생각해 보세요.

-그래서 당신이 명예를 버리고 악마의 손을 잡으신 겁니까?

---…….

-저는 올곧지도 않고 당신이 판단한 것처럼 의로운 자도 아닙니다. 당신이 공화국 전쟁에서 패한 이유를 생각해 본 적 있으십니까?

---…….

-자신의 신념을 믿고 살아가는 이들이 있었기 때문입니다. 대륙이 수많은 위기를 넘기고 계속해서 발전하는 이유 역시 신념을 믿고 살아가는 이들이 있었기 때문입니다. 유혹이나 힘에 굴복하지 않고 자신이 가치 있다고 생각하는 것을 죽는 그 순간까지 가슴에 품은 이들이 있었기 때문입니다. 지금의 대륙을 만든 것은 바로 그런 이들입니다.

---…….

-악마에게 영혼을 팔아넘긴 당신은 이해할 수 없겠지만…… 저는 믿고 있습니다.

'명예도 팔아먹은 악마 소환사 새끼. 꿀 먹은 벙어리 됐죠?'

---…….

'아무 말도 못 하죠? 진짜 명예로운 사람 보니까 아무 말도 못 하죠?'

-진짜 세상을 바꾸는 건 그대 같은 이들이 아닙니다.

'우리 혜지니 멋있는 거 봐. 진짜. 반하겠다. 야.'

조용히 조혜진을 바라보는 진청의 얼굴이 괜스레 진지해지는 것 같은 느낌.

충분히 조혜진이 빌드를 쌓아 올렸다는 걸 인정하고.

-저는 그렇게…… 믿고 있습니다.

입을 열 수밖에 없었다.

"혜지나. 슬슬 체인지. 체인지. 우리 저 새끼 통수칠 거야. 완전히 믿고 있자너. 걸려들었자너!"

간단한 속임수였다. 너무 간단해서 굳이 이것저것 설명해도 되지 않을 정도로 쉬운 속임수다.

생각해 보면 중간에 플레이어가 바뀌는 것뿐이다. 묘수도 아니었고 내가 독특한 아이디어를 낸 것도 아니다.

하지만 저 악마 소환사의 입장에서도 간단하냐고 묻는다면 아니라고 자신 있게 말할 수 있다. 멀쩡히 게임을 치르던 플레이어가 순식간에 성향을 바꾼다는 걸, 아니, 아예 사람이 뒤바뀐다는 걸 그 누가 예상할 수 있을까.

특히나 이런 경우에는 더욱더. 이런 식으로 빌드업을 쌓는다면 아무리 녀석이라고 한들 먹음직스러운 후두부를 내보일 수밖에 없다.

오히려 녀석이 멍청했다면, 자기 자신에 대한 확신이 없었다면 발버둥 쳐볼 여지는 없었겠지만 놈은 이미 조혜진에 대한 해석을 끝마쳤다.

물론 확인하는 과정은 있었을 것이다. 아니, 지금도 확인하는 과정을 거치고 있을 것이다.

예전에 블러핑을 일삼는 쓰레기에게 걸려 인생이 망가진 전적이 있다고 어디에선가 들은 적이 있었던 것으로 기억.

그 소중한 교훈을 되새기는 것인지는 모르겠지만 조혜진에 대해 조심스레 알아가는 과정을 계속해서 거치고 있다.

지금 이 순간에도 다르지 않다. 녀석은 조혜진이 어떤 사람인지, 그녀가 어떤 성향을 가졌는지, 그녀의 신념, 그녀가 병력을 운용하는 방식, 조혜진에 대한 해석의 확인 과정을 계속해서 끊임없이 되새김질하고 있다. 이제는 자신의 판단을 완전히 믿을 때도 됐건만 시도 때도 없이 정보를 쌓는 모습은 대견해 보이기까지 하다.

하지만 모든 판단이 한 가지 결론으로 도달하게 될 거라고 장담할 수 있다.

왜냐.

'얘는 그냥 눈에 보이거든.'

혜지니처럼 올곧으며 깨끗하고 앞만 보고 나아가는 멍청이가 세상 또 어디에 있을까. 거짓 없으며 진실 되고 명예와 신념을 가슴에 안고 살아가는 이가 또 어디에 있을까.

그녀는 곧게 뻗은 대나무와 같고 흔들림이 없는 창과도 같다. 자기 자신을 절대로 숨기는 법이 없으며 옳다고 생각하는 길을 향해 끊임없이 나아간다. 불의와 거짓과 권력에 굴하지 않으며 가치로 하는 것에 있어서는 물러섬이 없다.

그녀의 전투 스타일과 병력을 운용하는 스타일에서도 이 성향은 그대로 우러나온다. 잘못되거나, 의심스러운 점을 찾아보려 해도 찾아볼 수가 없다. 애초에 그녀는 숨기는 것이 없었으니까. 그녀 본인이 했던 말처럼 그녀는 온갖 음모와 구역질 나는 짓거리가 행해지는 이런 자리와는 어울리지 않는다. 그 누구보다 진청 본인이 그걸 가장 잘 이해하고 있을 것이다.

[인류 진영의 지휘관들이 어쩔 수 없다고 이야기합니다. 때로는 병력을 버리는 선택을 해야 한다고 호소합니다. 지원 부대를 보낸다고 한들, 상황이 나아지지 않을 거라고 말합니다.]

-버리지 않습니다.

[인류 진영의 지휘관들이 당신의 용기와 정의로움을 칭송합니다. 하지만 그것은 어리석은 선택이라고 말합니다. 피해가 누적된다면 이 전쟁은 결국에 패배할 거라고 말합니다. 캐슬락을 버리는 것이 현명한 판단이라 모두가 입을 모아 외칩니다. 캐슬락으로 향

하는 것을 지원할 병사도 없을 거라고 설득합니다.]

-지원할 이들을 보내겠습니다.

[플레이어가 네임드 개체 신창 조혜진에게 퀘스트를 내립니다. 신창 조혜진은 고개를 끄덕이며 창을 잡습니다. 함께할 이들을 모아 별동대를 조직합니다. 이들은 자신들이 임무 후에 목숨을 잃을 거라는 걸 이해하고 있습니다. 모두가 어리석은 선택이라고 이야기합니다. 신창 조혜진은 가끔은 어리석은 선택을 해야 한다고 이야기합니다.]

'이것 좀 보세요. 얘가 이러는데 안 믿고 배기겠어?'

[대륙인들이 입을 모아 신창의 용기를 칭송합니다. 네임드 개체 조혜진은 고개를 젓습니다. 용기가 필요한 일이 아니라고 외칩니다. 누구라도 같은 선택을 했을 거라고 이야기합니다.]

'개뿔, 절대로 안 하지.'

더미 혜진도 조혜진과 성향이 비슷하다는 건 우리 입장에서는 더할 나위 없이 좋은 상황이다.

그 와중에 고개를 끄덕이는 조혜진의 얼굴이 시야에 비친다. 누구라도 같은 선택을 했을 거라는 더미 혜진의 말에 공감하고 있는 것이다.

---알고 계시는 겁니까? 당신도 목숨을…….

-인간은 자신이 가치로 하는 것을 위해 응당 목숨을 내놓을 수 있습니다. 누구라도 같은 선택을 했을 겁니다.

---죽는다면 아무것도 해결되지 않습니다. 당신이 목숨을 잃은 이후에는 그 가치는 종이쪼가리가 될 것이고, 결국에는 아무도 당신이 가지고 있었던 가치를 기억하지 않을 것입니다.

-누군가가 나를 어떻게 기억하느냐가 중요한 것이 아닙니다. 나 자신에게 부끄럽지 않은가가 가장 중요합니다.

---당신은 진짜 악의를 만나보지 못해 그런 말을 지껄일 수 있는 겁니다. 진짜로 구역질 나고 비열한 악의가 무엇인지 느껴보지 못해 아직도 가치를 지킨다느니 희생할 수 있다느니 하는 말을 내뱉을 수 있는 거라 이 말입니다.

-당신이 그런 이유로 무너졌다고 해서 나 또한 그리되리라는 법은 없습니다. 당신의 말처럼 후회할 수도 있고, 내가 가치로 여기는 것들이 무가치하게 변할지도 모릅니다. 그래서 당신은 어떻습니까.

---…….

-가치를 버리고 명예를 버린 지금의 당신은…… 만족하고 계십니까? 당신이 저지른 모든 행동에 따른 결과와는 별개로 지금의 당신 모습에 만족하고 계시는 겁니까.

206개의 뼈 중에서도 가장 아픈 뼈를 제대로 맞은 진청의 표정이 와락 구겨지는 것이 눈에 보인다.

이 설전을 계속해서 이어나가고 싶은지 입술을 조금씩 움직이기는 했지만 결국 할 말이 없는지 묵묵히 명령을 하는 것이 시야에 비쳤다.

진청이 여기서 무슨 말을 더 할 수 있을까. 누구보다도 명예를 소중히 하던 녀석이 스스로 명예를 땅바닥에 밟아 발로 짓이겨 버렸다. 그 행동에 대한 대가를 치르고 있는 녀석이 지금의 조혜진에게 무슨 말을 지껄일 수 있을까.

오히려 분노하고 있을 것이다. 어쩌면 조혜진의 말이 틀렸다는 것을 행동으로 증명하고 싶어 할지도 모른다. 진짜 악의에도 네가 평정심을 유지할 수 있느냐고 그 어떤 비열하고 더러운 수에도 네가 지금의 자신의 모습을 보여줄 수 있느냐고 말하고 싶어 할지도 모르겠다.

아니나 다를까 명예를 버린 악마 소환사의 군대가 인간을 향해 간악한 술수를 부리고 있는 것이 보였다.

하지만 우리 혜지니의 눈에는 흔들림이 없다.

-우리는 이 상황을 해결할 수 있습니다. 힘을 하나로 모은다면 가능합니다.

[인류 진영의 병사들이 플레이어의 말에 미약한 희망을 얻습니다. 네임드 개체 오스칼이 공감합니다. 특수 스킬 연설을 발동합니다. 네임드 개체 박덕구가 특수 스킬 선동을 발동합니다. 파란 길드의 안기모와 김예리가 함께합니다. 합체 스킬 대륙 선동이 발동됩니다.]

-이길 수 있습니다.

[인류 진영이 용기를 얻습니다. 승리와 희망의 노래가 끊임없이 울려 퍼집니다. 해낼 수 있다고 합니다.]

---쓸데없는 짓을…….

"쓸데없는 짓을…… 이라네. 삼류 악역 같은 대사 치는 게 꼭 자기 같자너. 용기와 희망의 힘을 보여주자! 혜지나!"

넌 좀 닥치라고 말하는 것 같은 얼굴이기는 했지만 일단 계속 중얼거려 보자.

"조금 이따 바꿔야 돼. 준비해."

[악마 진영의 네임드 개체 마검사 정진호가 인류 진영의 네임드 개체 신창 조혜진과 조우합니다.]

[전투가 시작됩니다.]

[마검사 정진호가 신창 조혜진을 비웃습니다. 시시한 상대가 나타났다며 무시합니다.]

전선이 맞물려 병력과 네임드 개체들을 뺄 수 없는 상태에서 시작된 전투, 내가 보기에도 지켜내는 것이 불가능한 전투처럼 보이기는 한다.

[인류 진영의 네임드 개체 조혜진이 캐슬락의 시민들을 대피시

키려고 합니다. 마검사 정진호가 조혜진을 비웃습니다.]

사실 이 전투가 중요한 것은 아니다. 어차피 캐슬락은 넘어갈 수밖에 없었으니까.

캐슬락에 고립된 시민과 전투에 지쳐 쓰러져가는 병사들을 탈출시키기 위한 작전. 전력 보존을 위해서라기보다는 희생자의 수를 최소한으로 줄이기 위한 작전이라고 해석하는 것이 맞지 않을까.

아니나 다를까 아래쪽에서는 꽤나 처절한 전투가 벌어지고 있는 중, 더미 혜진과 별동대가 목숨을 걸고 다른 이들을 탈출시키고 있는 장면은 내가 보기에도 조금 숭고해 보이는 장면이기는 했다.

[신창 조혜진이 병력들을 다독입니다. 자신이 길을 열 수 있다고 주장합니다. 신창이 유니콘에 탑승합니다. 시민과 병력들을 이끌고 적 병력을 뚫기 시작합니다. 캐슬락의 시민들이 두려움에 빠집니다. 네임드 개체 조혜진이 시민들에게 용기를 불어넣습니다. 병력들이 이동합니다.]

'멋있기는 해.'

[조혜진이 길을 엽니다. 악마 진영의 군대가 캐슬락에서 탈출하려는 시민들의 발목을 붙잡습니다. 인류 진영의 네임드 개체 조

혜진과 별동대들이 남는다고 이야기합니다. 조혜진이 정진호와 부딪칩니다. 캐슬락의 시민들은 탈출합니다. 조혜진과 별동대들은 끝까지 남아 적들과 싸웁니다.]

'진짜 멋있기는 하다구.'

[캐슬락은 그녀를 기억할 것입니다.]

[악마 진영의 네임드 개체 정진호의 손에 인류 진영의 네임드 개체 신창 조혜진이 숨을 거둡니다. 정진호 역시 치명적인 상처를 입었습니다. 상처가 회복되려면 결코 적지 않은 시간이 소요될 것으로 보입니다. 정진호는 자신의 실수에 대해 분개합니다. 무시할 만한 상대가 아니었다고 중얼거립니다. 조금 더 신중했어야 했다고 중얼거리며 발걸음을 옮깁니다.]

[대륙은 영웅들을 기억할 것입니다.]

---예상하지 못한 손해가 생기기는 했지만…… 이걸로 끝이 아닙니다.

[캐슬락의 시민과 지친 병사들이 탈출에 실패합니다. 악마 진영의 매복한 병사들이 시민들을 붙잡습니다. 인류 진영의 시민들은 악마 진영의 마력 공급원으로 사용될 것입니다.]

---결과가 그리 좋지 않군요.

[악마 진영의 병사들이 캐슬락의 병사들과 시민들을 이끌고 돌아갑니다.]

---이게 현실입니다. 듣기 좋은 말은 누구나 할 수 있습니다. 신념, 정의, 용기. 자기 자신이 가치로 하는 것을 위하여 싸워야 한다느니 스스로에게 부끄럽지 않은 행동을 해야 한다느니…… 하는 말은 누구나…… 할 수 있습니다. 하지만 바라보십시오. 이게 결과입니다.

-…….

---방금의 전투에서 당신은 아무런 결과도 얻지 못하신 겁니다. 자기만족 외에는 말입니다.

'얘가 빼를 너무 맞아서 그런지는 몰라도 혓바닥이 많이 길어졌네.'

내게는 녀석이 자기 자신을 변호하는 것처럼 보인다.

입술을 깨물고 있는 조혜진은 분해 보이는 얼굴을 하고 있다. 진청의 말에 딱히 맞받아칠 말이 없는지 한참이나 뚫어지게 상황판을 바라보고 있었지만 그녀의 행동에 아무런 가치가 없을 리 없지 않은가.

[인류 진영이 네임드 개체 신창 조혜진과 캐슬락의 희생을 기억합니다. 작전은 실패로 돌아갔지만 그녀의 희생은 많은 이들에게 영감을 주었습니다. 인류 진영의 네임드 개체가 우리는 이길

수 있다고 플레이어에게 전합니다.]

---재미없군요.

[온 대륙이 그녀의 희생에 대해 노래합니다. 시민들은 검을 들고 싸워 무서워 도망쳤던 이들도 방패를 들어 올립니다.]

---정말로 재미없습니다.

[인류 진영의 사기가 상승합니다. 인류 진영의 능력치가 상승합니다. 일부 네임드 개체가 특수 스킬을 개화합니다. 커다란 슬픔에 잠긴 파란 길드가 일어나 검을 들어 올립니다.]

'조금 소년 만화 틱 하기는 한데 나쁘지는 않자너.'

조혜진이 이걸 의도했을 거라고는 생각하지 않는다.

뜻밖의 결과에 밝은 표정을 하고 있는 그녀를 보니 내심 기쁜 모양. 자신의 믿음이 배신당하지 않았다는 얼굴이었다.

작은 게임판이었지만 그녀에게 이보다 기쁜 일이 또 어디 있을까. 게다가 그녀의 무모한 행동이 얻은 이점은 겨우 이것뿐만이 아니다.

[캐슬락 시민들에게 걸린 정체불명의 마법이 발동합니다.]

---어…….

[악마 진영에게 붙잡힌 캐슬락 시민들이 폭발합니다.]

---뭐…… 뭐?

[악마 진영의 마력 공급원들이 사망합니다.]

---뭐?

[악마 진영의 마력 공급원들이 사망합니다.]
[악마 진영의 마력 공급원들이 사망합니다.]
[악마 진영의 마력 공급원들이 사망합니다.]
[악마 진영이 치명적인 피해를 입습니다. 다수의 마력 공급원들이 사망합니다. 병력들을 유지시킬 마력이 부족합니다. 악마 진영이 당황합니다. 몇몇 흑마법사들이 절규합니다. 악마 진영의 이설호가 자신의 실수라 중얼거립니다. 예상하지 못했다고 비명을 내지릅니다.]

그들의 희생이 만든 숭고한 결과물. 잊을 수 있을 리가 없지 않은가.
나는 파란색 머리끈을 풀었다. 딱히 무슨 의미가 있는 것은 아니다. 그냥 쇼맨십이었으니까.

자연스럽게 머리를 넘기고 의자를 뒤로 젖힌 이후에는 다리를 꼬아보자. 그리고 어안이 벙벙한 표정으로 나를 바라보고 있는 정하얀에게 입을 열었다.

"하얀아 잘 지냈지?"

---너…… 너…… 너!!!

믿을 수 없다는 듯이 나를 바라보던 정하얀은 이내 닭똥 같은 눈물을 뚝뚝 떨어뜨리기 시작. 내 몸은 아니었지만 분위기가 바뀌었다는 것 정도는 알아볼 수 있을 것이다.

이윽고 품에 돌진하듯 나를, 정확히는 조혜진을 꽉 껴안은 그녀가 느껴졌다.

한소라는 크게 당황한 얼굴로 나를 살피는 중. 정하얀 님? 정하얀 님? 하고 중얼거리는 것을 보니 정확히 어떤 상황이 펼쳐진 건지 이해하지 못하고 있는 것 같았다.

아, 덕구한테도 한마디 해줘야지.

"덕구야. 커피 한 잔 타 와."

"형님…… 형님인 거요?"

"성스러운 창의 부름에 답해 빛의 아들이 그녀의 몸에 직접 강림하셨도다."

"진짜로…… 끄윽…… 형님인 거요?"

---너어어어!!!!!

마지막으로 이 악마 소환사한테도 한마디 해줘야겠지.

조혜진의 얼굴을 이렇게 쓰기는 미안했지만 한쪽 입꼬리를 올리며 턱 끝을 치켜들었다.

최대한 비열하고 야비한 미소를 지으며 재미있어서 참을 수 없다는 듯 녀석에게 입을 열어야지.

기분 끝내주자너.

“아이고…… 또 속으셨습니다. 군사님.”

---이기여어어어어엉!!!!

“푸히헤허하헤헤헤하하핫! 진청아! 시바, 또 속냐!”

이거 중독될 것 같자너.

내려온 보람이 있는 얼굴이었다.

228장
마지막(10)

예상치 못한 상황에 혼란스러워진 장내가 눈에 들어온다.

나도 조금 당황스럽고 갑작스럽기는 했지만 나쁜 기분은 아니었다. 일단…….

'공기가 다르자너.'

윗공기가 나쁘다는 것은 아니다. 신성으로 꽉 차 있는 것은 물론이거니와 수면을 취할 필요도 없는 육체도 편리했으니까.

하지만 확실히 이곳이 행복하다는 느낌이 든다.

"흐어어어어엉…… 끄으윽…… 끄어어어엉…… 히끅…… 히끄윽……."

하얀이는 자기 몸을 제대로 가누지도 못할 정도로 이쪽에 안긴 채로 눈물을 뚝뚝 떨어뜨리고 있다.

아무렇지도 않은 척하고, 어차피 올라갈 수 있다고 호언장담하며 지내기는 했지만 매번 걱정이 이만저만이 아니었을 것이다. 막상 얼굴을 보니 떨어지는 눈물을 참을 수가 없었던 것 같았다.

"흐어엉…… 흐어어어엉……."

이쪽의 몸에 얼굴을 파묻은 채로 계속해서 엉엉 소리를 내고 있으니 뭔가 다른 행동을 취하기도 민망해진다. 머리를 쓰다듬거나 등을 쓰다듬어 주는 것이 전부.

"끄윽…… 흐어으으어엉…… 오빠아…… 끄으윽…… 끄으윽……."

목 놓아 울고 있는 정하얀의 모습에 한소라는 당황한 듯 그녀를 진정시키려고 하고 있었지만 그게 제대로 될 리가 없지 않은가.

"정하얀 님? 정하얀…… 님? 정하얀…… 니임?"

"괜찮습니다. 소라 씨."

"아…… 부길드마스터? 정말로 부길드마스터가 맞으신가요?"

천천히 고개를 끄덕이자 그제야 이해가 간다는 얼굴을 보여 주는 중.

계속해서 혼자 중얼거리며 알아듣지 못하는 소리로 말을 이어나가는 정하얀을 보고서 크게 안심했다는 듯 가슴을 쓸어내리는 것이 눈에 들어왔다.

모르긴 몰라도 정하얀이 돌발 행동을 하는 줄 알고 있었겠지. 한참 게임하는 중이었으니까.

'하얀이 쉽게 진정할 것 같지 않자너.'

"그러니까…… 흐어어엉…… 끄으억…… 끄윽…… 히끄억……."

눈물 콧물 다 흘리며 이야기를 하고 있었지만 정말로 뭐라고 하는지 알아들을 수가 없을 정도로 감정이 격해져 있는 상태였다.

고개를 끄덕이며…….

"그랬어?"

최대한 다정하게 말을 잇자 다시 한번 얼굴을 옆구리 쪽으로 파묻으며 울음소리를 내는 것이 눈에 들어왔다.

계속해서 등을 쓰다듬어 주자 그제야 조금 진정된 듯 최대한 몸을 붙여 의자에 비집고 들어온다.

퍼뜩 정신을 차렸는지 몸을 다시 일으켜 내 얼굴을 살펴보는 모습은 가관. 뭔가 마음에 걸리는 게 있는지 조혜진의 얼굴을 빤히 바라본 그녀는 살짝 고개를 끄덕이며 다시금 아까와 같은 행동을 반복하기 시작했다.

정확히 무슨 행동이었는지는 모르겠지만 조혜진의 몸속으로 들어온 이기영을 자신의 이기영으로 해석할 수 있는지에 대해 고민한 것 같은 느낌. 약간의 아쉬움이 보이기는 했지만 마음속으로 뭔가 합의가 있었고 이건 이기영이 맞다고 결론을 내린 모양이다.

계속해서 우는 와중에도 행복해 보이는 얼굴이 눈에 띈다. 확실히 나도 기분이 덩달아 좋아진다. 한소라와 내 모습을 확인한 이후에는 세상 행복한 표정을 보이고 있지 않은가.

조금은 다른 형태였지만 정하얀이 머릿속으로 그리던 그림이 일시적으로 완성이 됐으니 세상을 다 가진 느낌을 받고 있는 거라고 생각했다.

박덕구도 크게 다르지는 않다. 당장에라도 몸을 꽉 껴안아 주고 싶어 몸이 근질근질할 거라고 장담할 수 있다.

"정말로 형님이냐 이 말이요…… 끄윽……."

"……."

"정말로 형님이 맞는 거요? 정말로……."

덩치 큰 돼지가 커다란 팔로 자신의 얼굴을 쓱쓱 문지르며 오열하는 모습이 보기 편하지가 않다.

"커피나 타 와."

그 와중에도 부탁한 건 충실히 이행하는 중, 손을 부들부들 떨면서 커다란 손으로 커피를 붙들고 자리에 오고 있다. 감정이 주체가 되지 않는지 손에 들린 커피의 반이 쟁반에 엎질러진 것 같았지만 맛은 나쁘지 않다.

어떻게 해야 될지 모르겠다는 듯 커다란 몸으로 기웃거리고 있어 손을 뻗자 냉큼 허리를 굽히는 모습. 머리를 격하게 한번 헝클어주자 몸 전체가 부들부들 떨리는 것이 눈에 보였다.

바닥에는 녀석의 커다란 눈물이 뚝뚝 떨어진다.

"끄으윽……."

조혜진 때와 마찬가지인 것만 같다. 비록 모습은 다르기는 했지만 계속해서 선을 긋는 것처럼 행동했던 전과는 다르게 예전과 같은 모습을 보여주니 크게 안심하고 있는 것 같다.

이대로 계속해서 멀어지는 것이 아닐까 하는 불안감이나, 우리가 아는 이기영이 아닐 수도 있다는 불안감에서 해방된 만큼 기뻐 보인다. 달라지지 않았고 변하지 않았다는 감정이 바깥으로 뿜어져 나오는 것만 같다.

“거, 거…… 잘 지내고 있다고 이야기라도 좀…… 해주면…….”

“지금 확인했으면 됐지, 뭐. 밀린 이야기를 하고 싶은데 시간이 없네. 덕구야 커피 한 잔만 더. 오랜만에 먹으니까 맛있네.”

“거! 연습했다는 거 아니요!”

민망함을 감추기 위해서인지 애써 큰소리를 치는 것 같아 웃음이 나온다. 그 와중에 이쪽이 정리할 시간을 준 진청을 바라보니 한 번 더 웃음이 나온다.

‘매너도 좋아.’

주인공 일행이 오랜만에 만나 회포를 풀 시간을 기다려 주는 상냥한 빌런.

지금에 와서 소리를 지른다고 해서 본인의 턴이 돌아오지 않는다는 걸 깨달은 건지, 아니면 감정을 정리할 시간이 필요했던 건지는 모르겠지만 온갖 감정을 담은 눈으로 나를 바라보는 진청의 모습이 눈에 들어왔다. 으득으득 이가 갈리는지 일그러진 얼굴이 눈에 보인다. 당장에라도 이쪽으로 달려와 내 목을 조르고 싶어 하는 표정이었다.

방금까지 소리를 지르던 주제에 애써 침착하자고 마음을 다잡는 것 같았지만 다시 한번 따꺼운 표정을 보내니 몸이 들썩 움직이는 모습이 보였다.

---이 개자식…… 이 개자식!!! 이 개자시익!!!

'얘 감정 조절 안 되자너. 원래는 이 정도는 아닌 것 같았는데…… 이건 진짜 분노 조절 장애 얻은 거 확실하자너.'

보통의 인간이 가지고 있는 선택적 분노 조절 장애가 아니다. 자신의 마음대로 감정을 조절할 수 없는 상태까지 치달은 모습에는 괜스레 웃음이 나온다. 상냥한 내 성격이 조금 꼬인 건 아닌가 하는 생각이 들 정도였으니 무슨 말이 더 필요할까.

저렇게 기본적으로 침착하고 항상 이성을 유지하던 놈들이 이쪽의 얼굴만 보면 흥분해서 미쳐 날뛰는 꼴을 보니 마음속 깊은 곳이 찌릿찌릿하고 울리는 것 같은 느낌이다. 저 표정은 확실하게 이쪽의 활력소가 되어주고 있는 것만 같다.

---비열한 개자식!! 이 쓰레기 같은 놈!!! 이 더럽고 추악한 사기꾼 자식!!

애초에 자신을 숨기려고 했던 녀석이었다. 어째서 그렇게까지 하려고 했던 건지는 이해할 수 없었지만 만들어진 NPC 흉내를 냈던 녀석이 자신을 숨김없이 드러내고 있는 꼴이 우습다.

반신반의하기는 했지만 이제는 알 수 있을 것 같다. 정확히 놈이 어떻게 이 자리에 있는지는 알 수 없었지만 지금 내 눈앞에 있는 진청은 이전의 일들을 기억하고 있는 것이 맞다. 어쩌면 녀석 본인일 가능성도 충분하다 못해 넘친다.

"뭘 그렇게 흥분하고 그러십니까. 군사님. 지성인답게 차분히 대화로 풀어나가야 하지 않겠습니까."

---이기영…… 이기여어어엉!!

"우리 좋게 끝나지 않았습니까. 누가 보면 안 좋게 끝난 줄 알겠네. 푸, 푸흡……."

---뭐? 뭐라고? 네가 감히 그딴 개 같은 소리를 지껄여!! 네놈이 그딴 소리를 지껄일 수 있다고!! 어떻게 네놈이 감히!!! 감히이!!

"군사님 너무 지나치게 흥분하신 것 같습니다. 오랜만에 만났는데 밀린 이야기도 나누고 못다 한 이야기도 차분히 나누고 싶은데. 아! 커피라도 한잔하시는 게 어떻습니까. 덕구야! 군사님 것도 내어드려라. 푸…… 흐흡……."

---너…… 너…….

"아, 사과는 드려야겠네요. 솔직히 저도 실수한 게 있습니다. 근데 변명거리가 없는 게 아니라니까요. 나름대로 최선을 다했는데 그쪽에서 분탕질을 친 걸 어떻게 하겠습니까. 저도 군사님의 뜻을 최대한 받들고 싶었지만 상황이 여의치…… 푸…… 흐핫…… 여의치 않았다니까요? 그 악마 결사단 개자식들이 말입니다. 군사님의…… 푸하헤헤헤헷!"

---이기여어어어어엉!!!!

"푸흐헤하헤헤헤헷하헤헤헷! 콜록! 푸흐하헤허핫! 콜록! 콜록! 푸하헤허헤헤헤헤핫!"

---이기영 이 개자시익!!!!

자리에서 벌떡 일어나 손을 뻗어오지만 시스템이 허락하지 않는다.

허공에 막힌 듯 씩씩거리고 있는 놈의 표정에 도드라진다.

장담하건대 녀석이 지금 온전한 육체를 유지하고 있었다면 혈압이 터져 죽지 않을까 싶을 정도로 이성을 잃은 것만 같다.

혜진이 얼굴로는 통하지 않을 수도 있다고 생각했는데…… 그녀의 얼굴에 내 표정을 담을 수 있는 것 같아 다행이라는 생각이 들어와 꽂힌다.

이런 절경을 또 어디서 볼 수 있겠는가.

"군사님. 아무리 만들어진 몸, 아니면 원혼입니까? 뭐가 됐든 간에 너무 흥분하시는 건 군사님 건강에 좋지 않으십니다. 처음에 봤던 그 악마 소환사의 모습은 어디에 있습니까. 언제나 이성을 유지하며 카리스마 넘치는 모습으로 공화국을 이끌었던 모습을 보여주셔야 하지 않겠습니까."

---…….

"지금의 군사님은 너무 추하단 말입니다. 푸흐핫! 너무 추해요. 너무 추한 모습이라 웃음이 다 나옵니다. 한때의 숙적에게 보이는 모습치고는 너무 추하지 않습니까."

---…….

'아, 시바…… 너무 갔나 본데.'

1절만 할 걸 그랬네.

기왕이면 조금 더 흥분해 줬으면 싶어서 비웃음을 담은 표정을 계속 보냈지만 1절을 넘어 3절 4절까지 해대니 오히려 이성을 되찾은 것 같았다. 놈이 미쳐 날뛰는 꼴을 보고 싶어 계속해서 도발했던 게 오히려 화근이 된 셈이다.

아니나 다를까 숨을 고르고 있는 것이 보인다. 최대한 내 얼굴을 보지 않으려고 하는 것만 같다. 시선을 피하고 있는 게 보인다.

비웃음을 담은 표정을 다시 한번 직시한다면 아까와 같은 모습을 보일 거라고 생각하고 있다.

---쓰레기 같은 자식.

'본래대로 돌아왔자너.'

녀석도 다리를 꼬고 턱 끝을 치켜들고 있다.

가운뎃손가락으로 상황판을 만지작거리기도 했고 지나치게 과장된 손짓으로 놈에게 커피를 전하기도 했지만 놈은 아무렇지도 않은 표정으로 커피를 받아 들고 평소와 같이 품위 있는 모습으로 커피를 들이켰다.

방금 전의 흥분한 모습을 없는 거로 하려는 것 같아 짜증 나기는 했지만 아무렴 어떠랴.

---네 싸구려 심리전에 걸려들 거라고는 생각하지 마라. 더러운 사기꾼아.

"방금도 꽤나 휩쓸린 것처럼 보였는데…… 이제는 이성을 찾으셨나 봅니다."

'아, 시바 이거 내 얼굴이었으면 효과 더 좋았을 것 같기는 해.'

---그래. 오히려 잘된 것 같다는 생각이 든다. 이렇게 나와줘야지.

"뭐 군사님 생각이야 뻔하지 않겠습니까. 그때의 빚을 갚을 수 있겠다거나 직접 뭉개주겠다거나. 쌍팔년도 악당들이 했던 생각이 뻔히 보인다는 것 아닙니까. 모두가 윈윈할 수 있는 새

로운 방향을 도모해야지요."

---나야말로 네가 무슨 생각을 하는지 뻔히 알 것 같군. 너는 지금 불안해하고 있다.

"제가 불안해할 이유가 뭐가 있겠습니까."

---그야 네가 내게 이길 수 없다는 걸 잘 알고 있을 테니 말이다. 쓸데없는 도발이나 과장된 몸짓 연극이라도 하는 것 같은 모습이 우습더군.

"군사님은 어떻고요."

---네 겉치장은 그 낮은 자존감에서 비롯된다는 이야기를 하고 있다는 거다. 쥐새끼 같은 놈. 네가 무대 위에 올라간 배우마냥 연극을 하고 있는 모습은 겁먹은 동물이 덩치를 부풀리는 모습이나 다름이 없다. 가련하고 불쌍한 놈.

"누가 누구에게 불쌍하다고 하는지 모르겠습니다. 진짜로 불쌍한 사람이 누구인 것 같아요? 명예를 잃은 당신입니까. 아니면 대륙의 신으로 추앙받고 있는 접니까."

---누가 어디에 있는지는 중요하지 않지. 지금 네가 어떤 감정을 느끼고 있느냐가 중요한 것이다. 우습구나. 네 말대로 네가 대륙의 신이 되어 있는 와중에도 내게 열등감을 느끼고 있다는 사실이 말이다. 선천적으로 만들어진 것인지 후천적으로 만들어진 것인지는 모르겠다만 네…….

"정신 나간 악마 소환사 새끼."

---이제야 볼만한 얼굴이 되지 않았나.

"군사님이야말로 혓바닥이 많이 길어지셨습니다. 누가 불안

해해?"

---잃을 게 많은 자는 작은 것에도 불안함을 느끼는 법이지.

"기억 안 나? 공화국 전쟁이 어떻게 끝났는지? 이 멍청한 원숭이 새끼. 심지어 지금이야 두말할 것도 없는데. 뭐?"

---실수였다. 그래. 그때는 내가 패배했다는 걸 인정하마. 하지만 이번에는 다를 것 같은데…….

"다르기는 개뿔…… 새끼야. 방금 크게 당한 건 잊고 있는 것 같은데. 내 눈에는 너야말로 덩치를 부풀리고 있는 겁먹은 짐승으로 보여. 시바. 누가 봐도 내가 유리한 상황인데. 블러핑도 정도껏 해."

---누구나 다 네놈처럼 덩치를 키울 거라고 생각하지 마라.

"아이고. 그래요. 잘 알아들었습니다. 군사님. 우리 대단한 군사님의 넘치는 지혜와 전술이 어디까지 들어 먹히는지 봅시다. 내가 어떻게 할 것 같습니까?"

---…….

"군사님 입으로 말해보세요. 응? 이 새끼야. 그 잘난 입으로 말해보라고요. 제가요…… 네에? 뭘 할 것 같습니까?"

입술을 으득 깨무는 놈의 모습이 눈에 보인다.

'사실 나도 내가 뭘 할지 모르겠어.'

그러니 녀석이 모르고 있는 것도 당연했다.

---개자식…….

하지만 녀석도 나도. 이것 하나는 알고 있을 것이다.

'페이스가 중요하지.'

누구 페이스로 끌고 오느냐가 가장 중요하다.

"하긴 명예도 모르는 악마 소환사가 뭘 알겠어? 그렇지, 하얀아?"

"네…… 네! 명예도 모르는 악마 소환사가 뭘 알, 알, 알겠어요? 헤, 헤헤……."

"그렇지 않아요? 소라 씨?"

"아…… 네…… 악마 소환사는 모…… 르죠……."

필사적으로 가슴을 진정시키려고 하고 있었지만 저도 모르게 얼굴이 일그러지는 건 어쩔 수 없나 보다.

"거, 악마 소환사 놈이 뭘 알겠냐니깐!"

원래 혼자서 때리는 것보다 여럿이 때리는 게 더 아프다.

'어디서…….'

---…….

'동료랑 가족도 없는 게 까불어?'

미국 간 녀석의 동료들은 하늘이 무너져도 돌아오지 않는다.

"거, 악마 소환사 놈은 아무것도 모를 거요! 사탄도 거를 사악한 놈! 저런 놈을 믿고 따르는 공화국의 시민들이 불쌍하다니까!"

'덕구 잘하자너.'

"대륙에 대한 악의로 똘똘 뭉쳤다는 거 아니요. 죽어서까지 이런 짓거리를 저지르다니. 수많은 사람을 봐왔지만 저놈 같은 사이코패스는 처음이요! 더러운 악마의 하수인아! 네게 조금이나마 인간성이 남아 있다면…… 네 죄를 회개하고 빛에 무릎을 꿇는 것이 옳다! 소라 후배도 한마디 하라니까."

"아…… 네…… 이…… 이 악마 소환사…… 어떻게…… 어떻게…… 이렇게 평화로운 대륙에…… 악마를 소환할 수……."

본래 빛이라는 건 함께할 때 더욱더 빛나는 법이 아니겠는가.

'마음속에서 우러나오는 진실된 외침이자너.'

실실 웃으며 녀석을 바라보는 것만으로도 초조해하는 놈의 모습이 보이기 시작했다.

자신이 비난받는 상황에 대한 초조함이라기보다는 애써 다잡은 마음이 흔들릴까에 대한 초조함이라고 해석해도 될 것 같았다. 녀석은 알고 있다. 흔들리면 안 된다는 것도, 페이스에 휘말리면 안 된다는 것도, 쓸모없을 것 같은 기 싸움에 밀리면 안 된다는 것도 전부 이해하고 있을 것이다.

하지만 평정심을 유지하기 쉽지 않으리라.

녀석이 가지고 있던 오만함에 금이 가는 것이 눈에 보인다. 악마 소환사의 생의 유일한 오점으로 남을 성스러운 빛을 보고 있으니 어떻게 평정심을 유지할 수 있을까.

내가 뭘 할 것 같느냐는 질문에 대답하지 못한 것만 봐도…….

'조심해야 된다고 생각하고 있을 게 뻔하자너.'

진청에게 있어 이기영이라는 인간은 어디로 튈지 모르는 종류의 인간이다. 놈은 나를 더러운 사기꾼으로 칭하고 블러핑만을 일삼는 머저리로 표현하고 있지만 머릿속으로도 그렇게 생각하고 있을 리가 없다.

'실패에서 교훈을 얻지 못할 정도로 병신 새끼는 아니니까.'

말 그대로, 놈은 지난 시간을 통해 충분히 교훈을 얻었다. 눈앞에 있는 인간은 예측 불가능한 인간이며 판을 이끌어 나갈 능력은 없지만 판을 뒤집을 능력을 가지고 있다고 판단하고 있을지도 모른다.

어쩌면 조금 더 과대평가하고 있을지도 모르지. 아까 전에 터진 마력 공급원들의 폭사가 놈의 생각에 개연성을 부여해 주고 있지 않을까.

녀석이 내게 경각심을 일구어주는 것 자체는 그리 반가운 상황이라 할 수 없었지만 기왕이면 이쪽을 조금 더 과대평가해 줬으면 좋겠다. 어디서 무슨 수가 터져 나올지 조심하고 계속해서 주의하게 만드는 게 중요하다. 어차피 시간만 지나면 이기는 상황이었고…… 마력 공급원들 다수를 잃은 악마 진영의 말로야 안 봐도 비디오였으니까.

조용히 인상을 찡그리며 다시 한번 상황판을 살펴보는 모습은 가관, 하지만 본대에 커다란 피해가 없는 상황이라는 것을 확인한 이후에는 턱을 쓰다듬는 모습이 보인다.

'싸울 생각이네.'

불리한 상황에서 전황을 바꿀 수 있다고 판단한 것이다.

'이게 싫다니까.'

일반적인 상황이라면 백기를 드는 것이 맞다. 내가 보기에도 보이지 않는 활로를 찾은 녀석을 보니 짜증이 솟아 나온다.

---사담이 길었군. 어떤가. 나도 네가 무슨 짓을 저지를지 궁

금하던 차였다. 계속해야 하지 않겠나. 승기를 잡은 것처럼 보이는데 말이야.

[네임드 개체 노을빛의 김현성이 하늘을 올려다봅니다. 플레이어에게 전달할 수 없는 의사를 표현합니다. 네임드 개체 김현성의 의사는 전달되지 않았습니다.]

'아, 왜 자꾸 얘는 버그 걸리고 난리야.'

---네 다음 수가 궁금하군. 어차피 쓰레기 같은 블러핑일 테지만 말이야. 보여줄 게 남아 있나?

굳이 당황할 필요는 없다. 뭐 이럴 때는…… 본질을 흐리는 게 중요하니까.

딱히 이 게임판으로 한정 짓지 않아도 된다는 것. 녀석이 나를 예측 불가능한 인간으로 여기고 있다면 그렇게 행동하는 것이 옳다.

공략 방법은 게임에서 승리하는 방법이라 명시되어 있기는 하지만 기왕이면 녀석이 여러 가지 가설들을 떠올려 줬으면 좋겠다. 판을 조금 더 키운다거나 녀석이 알지 못하는 공략 방법을 내가 찾고 있다고 말하는 것 자체가 움직이기 편한 환경을 마련하기 쉬울지도 모른다.

'원래 애매할 때는 물타기만큼 좋은 게 없다니까.'

게임판에는 굳이 시선을 두지 않는다. 하얀이와 이야기를 나누기도 하고 커피를 마시거나 자리에서 몸을 일으키기도 한다.

공화국의 병사들과 시민들을 최전선으로 세운 이후에는 할 수 있는 전쟁 준비를 간단하게 마치고 주변을 살핀다. 덕구와 시시덕거리거나 희라 누나가 서 있는 연방의 소식을 접하기도 하고 이런 게임은 아무 상관도 없다는 듯 놈을 향해 비웃음을 흘려보내는 게 중요하겠지.

마냥 무시하기도 힘들 것이다.

"군사님. 이지혜와는 어떻게 만나셨습니까?"

관심을 끌 수 있는 질문일 테니까.

---쓸데없는 질문이군. 누군가에게 제안을 받았을 뿐이다.

"제가 목숨을 잃었다는 사실은 알고 계셨습니까?"

---대답해야 하나. 이런 잡담이 중요한 것인지 모르겠군. 조금 더 전쟁에 집중하는 것이 어떤가.

"글쎄요. 솔직히 중요하지는 않습니다. 이 이벤트도 그다지 중요하게 느껴지지 않기도 하고요. 지금 여기가 어떻게 돌아가고 있는지는 이해하고 계십니까?"

---알고 있다.

"신화 등급의 던전 빛의 아들이 희생된 대륙이 열렸고 군사님이 그 이벤트를 이끌어 나갈 장기말로 사용되고 있다는 것도 알고 있으신 게 맞습니까? 군사님에게는 이 퀘스트가 존재의의이기도 하고 목적 그 자체이기도 하겠지만 제게도 같은 무게로 다가오지는 않는다는 겁니다."

---거짓이로군.

"그렇게 생각하셔도 됩니다."

---너무 티가 나는 거짓말이야. 자신이 없는 건지, 아니면 머리가 맛이 간 건지는 모르겠지만 네 행동이 꾸며진 행동이라는 것에는 반론의 여지가 없다. 머저리 같은 놈. 내가 말하지 않았나. 지킬 게 있는 인간은 약해진다고. 네 목소리가 저 미친 여자와 덩치 큰 머저리한테 들리지 않으면 안 되는 이유라도 있나.

"굳이 들어도 상관없습니다만, 뭐 좋은 게 좋은 거 아니겠습니까."

---초조해하고 있군. 일이 자신의 뜻대로 흘러가지 않는다고 생각하니 당황하고 있어.

"못 본 사이에 거짓말 탐지기가 다 되셨습니다."

---눈에 보이는 걸 입에 담았을 뿐이다. 쓰레기.

"뭘 어떻게 구별하고 계신 건지 모르겠습니다만 군사님의 해석이 옳을 거라고 생각하시는 게 우습게 느껴지네요."

---간단한 이야기다. 모든 게 보여주기 위한 행동이 아닌가. 무대 위에 오르는 배우처럼 덩치를 부풀리며 그 여자의 몸에 깃든 것은 그럴듯하다만 타이밍이 제법 공교롭다고 생각되는데 말이야. 이 작은 전쟁터에 있는 그 여자가 죽었을 때였지 아마. 스스로를 속이면서까지 연기에 치중하고 있는 것처럼 보이지만 내 눈을 속일 수 있다고 생각하지 마라.

"추리 하나는 기가 막히시네."

---그 하찮은 연출조차 네 본심을 숨기기 위한 쇼일지도 모르지. 나를 도발한 것도, 텐션을 올린 것도 그 불안함을 감추

기 위함이라고 생각하면 어느 정도 맞아떨어지는 면이 있을지도 몰라. 아! 물론 네 말대로 이건 확신이 아니라 추측이다.

"네. 네. 네. 군사님 생각이 맞습니다. 맞아요."

---한 가지 더 살을 붙이자면 지금의 행동도 초조함을 숨기는 행동이라 느껴지는군. 너는 불안해하고 있어. 너 같은 자식에게도 소중하게 생각하는 이들이 있을 거라고는 예상하지 못했지만 내 눈에는 지금 네가 실수하는 상황을 가정하고 있는 것처럼 보인다.

'진짜 짜증 나네. 이 새끼.'

---너와는 다르게…… 나는 이 전쟁에만 충실하면 그만이라는 거지.

'진짜 짜증 나.'

하지만 놈은 그 가설에 대해 확신하고 있지는 않을 것이다.

아니, 확신을 억누르려고 할지도 모른다. 내가 그렇게 생각하도록 바라고 있을 가능성도 버리지 않아야 한다는 걸 알고 있을 테니까. 말하자면 놈은 지금 모든 변화나 변수에 대응하자고 생각하고 있는 것이다.

부정할 필요도 없고, 긍정할 필요도 없다. 아니, 다시 말하면 부정해도 상관없고, 긍정해도 상관없다는 거지.

"뭐 부정하지는 않겠습니다."

---맞혔나 보군. 그 여자의 명예가 발목을 잡은 셈인가. 우스워.

"우리 혜지니가 죽지 않기를 바라는 건 사실입니다. 제가 그

녀의 죽음을 막기 위해 이쪽으로 내려왔다는 건 과대 해석된 부분이 있기는 합니다만 뭐 어쩌면 그럴 수도 있겠네요. 그렇다면 제가 이렇게 나와야 속이 시원하시겠습니까."

천천히 감정을 가다듬자 곧바로 눈에서 눈물이 쏟아져 나오는 것이 느껴진다.

계속해서 포커페이스를 유지하던 놈의 얼굴이 잠깐이나마 일그러지는 것이 시야에 비친다.

잠깐이나마 조혜진을 잃는 생각을 해보자. 이기영이라는 인간의 성향을 바꿔 소중한 사람의 죽음에 반응하는 인간이었다고 가정해 보자.

얼마 지나지 않아 손이 덜덜 떨리기 시작한다. 몸이 나락 끝까지 떨어지는 기분이 느껴진다. 분노와 좌절감과 온갖 부정적인 감정이 뒤섞인다. 턱이 덜덜 떨리고 눈에서는 눈물이 끊임없이 떨어져 내린다.

"아…… 으…… 윽……."

이상한 소리가 계속해서 목구멍으로 새어 나온다. 호흡이 가빠져 숨을 쉬기가 힘들다.

머리가 어지럽다. 이상해. 토할 것 같…….

---정신 나간 놈. 네놈은 미친 게 분명해.

'이거 기분 더럽네. 다시는 안 할 거자너.'

"어떤 사람과 대화를 나누는 게 편하시겠습니까. 군사님이 저를 어떤 사람으로 생각하시든 간에 저는 거기에 맞춰 드릴 용의가 있는데……."

---미친놈.

손가락으로 허벅지를 툭툭 두드리자 눈썹이 꿈틀거리는 것이 시야에 비쳤다.

"뭐 어떻게 생각하시든 간에 군사님 마음입니다만 저는 제가 처한 상황에 따라 언제든지 말을 번복하는 개새끼라고 생각하시는 게 편할 겁니다. 멍! 멍! 멍! 멍!"

---진지하게 충고 하나 하지. 네놈의 끝이 어떻게 되든 간에 결국 네놈은 미쳐 버릴 거다.

"그건 군사님이 판단할 문제가 아닙니다. 그러니까 재볼 생각하지 마요. 응? 짜증 나니까. 그래요. 솔직히 기분은 더럽겠네. 내 것이 없어진다고 생각하면 군사님 말처럼 미쳐 버릴지도 몰라요. 근데 뭐 아무렴 상관없다는 겁니다."

---그럴지도 모르겠군.

"이 던전의 클리어 조건이 이기영의 부활 혹은 모든 생명의 끝이라는 거 알아요?"

---알고 있다.

"군사님께서는 후자를 위해 이 무대를 다시 밟으신 거라고 생각하겠지만 제 입장에서는 후자도 상관없다는 겁니다."

---…….

"3회차가 시작되거든."

---…….

"모든 생명의 끝 다음에는 모든 게 처음으로 돌아가서 다시 한번 시작된다 이거야. 조금 슬프기야 하겠지만 뭐 어때? 나는

내 것들과 다시 한번 마주할 텐데. 슬픔은 느끼지도 못할 거야. 방금 봤잖아. 조금 복잡하고 귀찮아질 수는 있어도 결과는 변하지 않는다는 겁니다."

---정신 나간 놈.

"군사님이 제안을 받아들인 이유가 복수 맞지?"

---부정하지는 않겠다.

"복수할 수 있겠어? 나한테 좌절감을 심어줄 수 있겠어요?"

---…….

여기서 한마디 해줘야지.

"선택권을 드리겠습니다. 군사님."

---…….

"복수입니까. 명예입니까."

---…….

"아니면 이런 개자식과의 거래는 받아들이지 않으실 겁니까."

커피를 마시며 히죽거리는 웃음을 보내자 조용히 나를 바라보는 놈의 모습이 시야에 비쳤다.

목소리는 들려오지 않았다.

녀석은 조용히 나를 한번 바라본 뒤 아래를 내려다볼 뿐이었지만 무언가 생각에 잠겼다는 것만은 확실한 것처럼 느껴졌다.

속으로는 아마 여러 가지 생각을 하고 있을 것이다. 믿어서는 안 된다고, 개소리에 불과하다고, 자신을 바로잡고 있으면서도 정확한 계약이나 조건에 대해서도 궁금한 게 많겠지.

단순한 개소리로 치부할 수도 있겠지만 그렇지는 않을 거라고 생각했다.

'얻을 수 있는 게 없거든.'

녀석을 현재 여기에 있게 만든 존재 의의가 하루아침에 물거품이 됐다.

원래 이런 종류의 인간이 항상 그렇다. 이성적이고 자기 잘난 줄 아는 부류, 이득이 없으면 움직이지 않고, 감성보다는 숫자를 보고 움직이는 놈들. 본인이 얻을 수 있는 것들을 위해 개인적인 감정을 포기할 수 있는 부류.

본능이라 이야기해도 무리가 없을 정도로 이런 놈들은 이성적일 때 이성적이다. 생각하지 않으려고 해도 자신이 얻을 수 있는 게 무엇인지에 대해 끊임없이 되새기며 계산기를 쉴 새 없이 두드린다.

쓸모없어진 복수 대신에 취할 수 있는 것에 대해 고민하지 않을 수가 없다.

"형, 형님. 혹시 아까 저 악마 소환사가 뭐라고 한 거요?"

아까 전에 내가 보인 반응이 걱정됐는지 입을 열어오는 박덕구를 향해.

"신경 쓰지 마."

라고 말한 이후에는 곧바로 머리카락을 뒤로 넘겼다.

'아니면 3회차라는 말에 대해서 생각하고 있어?'

지금이 2회차라는 사실이 충격적인 거야? 아니면 시간을 되돌릴 수 있는 방법이 있다는 거에 충격받은 거야? 힌트를 너무 많이 준 것일지도 모른다고 느껴지기는 했지만 아무렴 어때

랴. 녀석이 선택할 수 있는 건 없는데.

지금 굳이 말을 해오지 않는다는 것 자체가 놈이 생각을 정리할 시간이 필요하다는 것을 이야기해 주는 것이나 다름없다.

어느 쪽이 더 이득을 봤는지는 아직까지 정확히 정산할 수 없었지만 본질을 흐렸다는 것에 성공했다는 점에서는 나쁘지 않은 점수를 줘도 될 것 같았다.

'처음 목적이 그거였으니까.'

물타기 자체는 순조롭게 진행되고 있다는 거다.

[악마 진영의 본대가 함성과 함께 진격합니다.]

[인류 진영은 전의를 불태웁니다. 조혜진의 희생을 잊지 말아야 한다고 합니다. 하나가 되면 적들을 몰아낼 수 있을 거라고 주장합니다.]

[검은 백조의 레인저들이 악마 진영이 겪고 있는 문제에 대해 조사하고 싶어 합니다. 전력 분석관들은 악마 진영의 군대가 물러서지 않을 것이라고 이야기합니다. 마지막 전투를 준비해야 한다고 보고서를 보냅니다.]

[인류 진영의 네임드 개체 김현성이 기도를 올립니다.]

[악마 진영의 네임드 개체 이토 소우타가 군대를 이끌고 진격합니다.]

[수성전이 시작됩니다. 악마 진영의 흑마법사들이 시체의 탑을 쌓아 성벽으로 이동합니다. 아군 마법사들이 마법을 퍼붓습니다. 전 지역에서 크고 작은 전투들이 일어납니다.]

'귀찮아 죽겠네.'

확실히 귀찮다. 어떻게든 물고 늘어지며 이득을 챙기려고 하는 게 동시다발적으로 일어나니 대처하기가 마냥 쉽지만은 않다. 적당히 병력을 던져주고 종국에는 서로 원하는 것을 가져가기는 하지만 크고 작은 전투에서 녀석은 이득을 보고 나는 손해를 보는 구조가 계속해서 누적되고 있는 것처럼 느껴진다.

시간이 많이 남지 않았다는 걸 알고 있는 것인지는 몰라도 놈은 이전과 같은 태도를 고수하고 있는 중. 마력 공급원들을 계속해서 충당할 수 있다는 이유에서 비롯된 행동일 수도 있겠지만 내가 생각한 것보다 조금 더 여유가 있는 상황일지도 모른다는 생각이 들어와 꽂힌다.

그 와중에 정하얀은 점점 몸을 붙여오는 중, 절대로 떨어지지 않겠다는 듯이 계속해서 몸을 밀착시키고 있었고 나는 또 나름대로 어찌 되든 상관없다는 입장을 취해야 했기 때문에 그녀와 적당히 이야기를 주고받았다.

나름 즐거운 시간이기는 했지만 솔직히 대화에 집중이 되지는 않는다.

"마, 마법의 신이 돼서 올라갈 거예요."

"나도 전부 보고 있었어. 하얀아."

"소, 소, 소라는 마법의 천사가 될 거구……."

"그래?"

'노리는 게 뭔지 모르겠네.'

먼저 이야기를 꺼낼 수도 없고, 먼저 재촉할 수도 없다. 다시 한번 입을 여는 순간 내가 놈이 거래하는 걸 원한다는 사실을 들키는 것과 다름없으니까.

내가 녀석에게 기회를 준 거라고 생각하게 만드는 게 더욱 더 편하다는 거다.

아니, 실제로도 그 말이 맞다. 뭐가 어찌 됐든 간에 내가 놈에게 기회를 줬다는 건 부정할 수 없는 사실이었으니까.

"군사님답군요."

---너 역시 비슷하군. 철학이 보이지 않는다는 점도 그대로다.

"이런 전쟁놀이에 꼭 철학이 있어야 한답니까."

---중요하지 않다. 어차피 모두가 필요로 하는 것은 결과이니 말이다. 하지만 나는 그런 이들을 존중하지. 대화를 하는 것 같은 기분이 든다, 이 말이다. 본래 이런 종류의 일이 그렇다. 이런 전쟁은 서로에게 서로를 이해시키는 과정이지.

"대화를 좋아하시는지 몰랐습니다."

---저번에도 느꼈지만 네놈과는 대화하는 것처럼 느껴지지 않아. 주관이 없고 이득과 이익에만 반응해 움직이는 것을 내가 뭐라고 말해야 할까. 아니, 어떻게 생각해 보면 색다르게 느껴지기도 한다. 오히려 담백하기도 하지. 이해할 필요도 없고 이해시킬 필요도 없지. 남는 것은 결과뿐이니까.

[악마 진영의 이토 소우타와 인류 진영의 차희라가 조우합니

다. 차희라는 광소를 내뱉습니다. 이토 소우타는 겁을 집어먹었지만 싸워야 한다는 걸 알고 있습니다.]

"무슨 쓸데없는 소리를."

[플레이어의 명령에 따라 본대의 진영이 바뀝니다. 악마 진영 역시 인류 진영의 발에 맞춰 전술을 변경합니다. 계속해서 전투가 일어납니다. 인류 진영의 시민과 사제들은 이 전투는 이 대륙의 역사에 남을 전투라고 이야기합니다. 다시 없을 거대하고 숭고한 전쟁이며 모두가 오늘의 전투를 기억할 것이라고 중얼거립니다.]

---3회차라는 건…….
"궁금하시기는 한가 봅니다."

[인류 진영의 전술 지휘관들이 말도 안 되는 전투가 벌어지고 있다고 감탄합니다. 오늘 이후로 대륙의 전술 교범이 달라질 것이라는 이야기를 주고받습니다. 전쟁 역사의 한 페이지를 장식할 것이 분명하다고 말합니다.]

"블러핑이라고 생각하지 않으신 것도 신기하네."
---단순한 궁금증일 뿐이다. 그러니까…… 너는 이런 상황을 한 번 더 경험했다는 거로군. 굳이 3회차라고 꼬집어 이야기한 것은 네가 다시 한번 할 수 있다는 걸 내게 각인시키기

위함인가.

[인류 진영의 병사들이 깃발을 들어 올립니다. 사제들의 신성력과 마법사들의 마법이 끊임없이 대륙에 흩뿌려집니다. 지원군이 도착합니다. 악마 진영에서도 지원군이 도착합니다. 다시 한번 커다란 전투가 벌어집니다.]

[인류 진영의 네임드 개체 '노을빛의 검사' 김현성이 움직일 수 있다고 이야기합니다. 자신은 나갈 준비가 되었다고 기도합니다.]

"생각하시고 싶으신 대로 생각하시면 됩니다."

[플레이어는 인류 진영의 네임드 개체 '노을빛의 검사'를 사용하고자 합니다. 노을빛의 검사는 플레이어의 명령에 동의합니다. 커다란 노을빛에 악마 진영 병력들의 진영이 무너집니다. 네임드 개체 김현성이 고개를 끄덕입니다.]

"군사님이 이해하기에는 일이 조금 많습니다. 굳이 이야기를 풀어드리기도 우습고."

---이것 하나만큼은 알겠군. 네 말대로 일이 어떻게 흘러가도 아무 상관 없을지도 모르겠다만 네가 내가 협조해 주기를 바란다는 것 정도는 알 수 있겠어. 선택권은 네게 있는 것이 아니다.

[악마 진영은 정진호를 파견합니다. 네임드 개체 정진호가 전쟁터에 합류합니다. 커다란 비명이 울려 퍼지고 아군 병력의 피해가 누적됩니다.]

"선택권은 내게 있지 당신한테 있는 게 아닌데. 우습네요."

[인류 진영은 진영을 구축합니다. 흔들리지 않는다면 잡아낼 수 있다고 말합니다. 창을 높이 들고 전진합니다. 사제들이 플레이어를 찬양하는 노래를 부릅니다. 승리의 찬가가 울려 퍼지며 아군 병력이 힘을 얻습니다.]

"그냥 일이 귀찮아지고 복잡해지는 걸 원하지 않을 뿐입니다. 머릿속에서 생각한 대로 일이 흘러가지 않으면 짜증 나잖아."

슬쩍 전쟁터를 바라보는 놈의 모습이 시야에 비친다. 쉴 새 없이 흘러가는 판을 보고 다시 한번 생각을 정리하고 있겠지.

계속해서 전쟁이 벌어지고 있는 대륙은 누가 유리하다고 말하기 쉽지 않다. 어떤 지역은 완전히 개싸움이 펼쳐지고 있었고 어떤 지역은 깔끔하게 정돈되어 있다.

서로가 가지고 있는 네임드들을 분석해 효율을 끌어낼 수 있는 전쟁터를 배정하고 그 개체를 카운터 칠 수 있는 전략이나 수단을 마련한다.

끊임없이 맞물리고 맞물린 전장은 유기적이라는 말로 표현하기도 부족하다. 스스로 살아 움직이는 것처럼 느껴진다는 것은 조금 과장된 표현이겠지만 시시각각 변하는 전장을 한눈에 파악하기 힘들다.

어처구니없는 수를 던진다. 녀석은 코웃음을 치지만 결국에는 반응할 수밖에 없게 되는 것이 우습다. 머리로는 블러핑이라고 판단하고 있겠지만…….

'몸은 솔직하자너.'

녀석은 저 형편없고 이해할 수 없는 수에 반응할 수밖에 없다.

왜. 지난날에 교훈에서 얻은 게 있을 테니까. 저게 블러핑이 아닐 가능성에 대해서도 생각해야 했으니까.

[인류 진영과 악마 진영이 검과 창을 부딪칩니다. 지휘관들은 전쟁의 신이 자신들을 돌보고 있다고 생각합니다. 이해할 수 없는 전투와 명령이 최선의 결과로 직결된다고 이야기합니다. 전술 분석관들은 더 이상 보고서를 올리지 않습니다. 자신들이 이해할 수 있는 수준을 넘어섰다고 말합니다. 플레이어의 명령에만 따르겠다고 이야기합니다.]

[네임드 개체 실리아의 바람 이토 소우타가 치명적인 상처를 입고 도망칩니다.]

[네임드 개체 전신 차희라가 이토 소우타를 쫓다 함정에 빠집니다. 준비하고 있던 지원 부대가 합류합니다.]

[인류 진영의 네임드 개체 박연주가 사망합니다. 대륙은 그녀를 기억할 것입니다.]

[악마 진영의 네임드 개체 미하일이 사망합니다. 악마 진영은

그의 죽음을 애도합니다.]

시시각각 변하는 전장을 위해 눈과 손을 계속해서 움직인다. 악마 소환사도 조용히 입을 닫고 게임에 집중하고 있는 것처럼 느껴진다. 조혜진의 머리를 땋고 있었던 정하얀도 조용히 말을 살펴본다.

자세를 고쳐 잡자 한소라가 조용히 정하얀을 이끄는 것이 느껴졌다. 집중해야 할 상황이라는 걸 인지하고 있는지 정하얀 역시 조금 떨어진 곳에 자리 잡았다.

한 모금 커피를 마신 이후에도 판을 뚫어지게 쳐다본다. 녀석 역시 다르지 않다.

[인류 진영이 성벽을 버리고 후퇴합니다.]

[악마 진영은 쫓지 않습니다. 제5 전선으로 곧바로 이동하는 것처럼 보입니다.]

[제5 전선의 균형이 무너집니다. 인류 진영이 승리의 함성을 내지릅니다.]

'여기는 이득. 저기는 손해.'

[인류 진영이 커다란 승리를 쟁취합니다.]

'이 새끼 방심했어?'

[인류 진영이 다시 한번 커다란 승리를 손에 넣습니다. 제1 전선의 악마 진영이 전멸합니다.]

'비융신. 비융신 새끼!'

[악마 진영이 인류 진영의 네임드 개체 신념의 방패 박덕구를 생포합니다.]

---…….

"뭐."

---나는…….

"뭐 어쩔 건데?"

---나는 아무 말도 하지 않았다만.

"뭐, 이 씨발 새끼야."

---나는 아무런 말도 하지 않았다고 했다.

"그래서 뭐 어쩔 거냐고! 이 씨발 새끼야!!!"

---…….

"죽여봐."

---…….

"이 새끼야. 어디 한번 죽여보라고."

---…….

"어떻게 되나 한번 보게. 죽여봐. 내가 이번에도……."

어.

"내가……."

내가?

'잃을 것 같아?'

"시이발……."

"형님, 형님…… 괜찮은 거요? 뭐, 뭔 일 있는 거요?"

"넌 좀 꺼져 있어. 새끼야."

"아니…… 무슨……."

'내가 이번에도 잃을 것 같아?'

"뭐 이딴 게……."

"형님!"

"아! 꺼지라고! 이 돼지 새끼야! 일단 좀 저리 가 있으라고!"

쾅 하는 소리와 함께 녀석이 밀려나는 모습이 눈에 들어왔다.

'아니, 시바 이러려고 했던 건 아닌데. 나 힘 세자너.'

조혜진의 근력을 잠시 잊고 있었다. 몇 발자국 밀려난 곳에서 이쪽을 바라보고 있는 시선에는 걱정스러움이 묻어나온다.

창백해진 얼굴과 뭔가 어찌할 바를 모르고 있는 것 같은 몸짓이 눈에 띈다. 정하얀도 다르지 않다. 잠깐 동안 움찔거린 이후에는 조용히 이쪽의 눈치를 살피는 중, 뭔가 손을 뻗으려고 하는 것 같기는 했지만 결국에는 손을 뻗지 못하고 조용히 나를 올려다보는 것이 시야에 들어온다.

한소라도 깜짝 놀란 듯 조용히 정하얀의 손을 끌어당기고 있다.

"아, 아. 어…… 으…… 그러니까…… 오, 오…… 오빠……."

하고 중얼거리는 소리가 들려왔다. 깜짝 놀라 눈에 눈물이 맺힌 모습이 이전에 봤던 모습과 오버랩된다.

'구…… 구해줄…… 켁…… 올 거야…… 오빠는…… 올 거야……'

"뭔데……."

'와줬어. 구하러…… 와줬어.'

"진짜 뭔데……."

'다행…… 다행…… 이제는…… 정말…… 함께…… 사랑……'

저도 모르게 손을 뻗어 정하얀의 머리를 툭툭 두드렸다. 그제야 안심했다는 듯 헤실헤실 웃고 있는 모습이 눈에 보인다.

그녀가 품고 있었던 불안감이 조금은 사그라든 것 같은 느낌, 정하얀과 박덕구가 보기에도 지금 내가 정상이 아닌 것처럼 보이는 것이다. 특히나 한소라의 얼굴은 미치광이 정신병자라도 보는 것 같은 얼굴이었다.

호흡이 가빠지고 머리가 지끈거린다. 어째서 이런 상황이 찾아온 건지 이해하기가 힘들다.

가장 1차원적인 가설은 아마…….

'혜진이 몸이라서 그런 건가.'

강림이 정확히 어떤 부작용을 안고 있는지는 알 수 없지만 현재 내 몸에 일어나고 있는 상황이 정상적이지 않다는 것 정도는 깨달을 수 있었다. 이전에 봤었던 1회차의 기억들이 떠오르는 것을 보면 머릿속 메인 시스템에 이상이라도 생긴 것 같은 느낌.

자기 자신의 머리통에 이상이 있다 없다 자가 진단하는 것도 우습기는 했지만 이런 말로밖에는 지금의 현상을 설명하지 못하겠다.

'1회차의 기억이 흘러들어 온 건가. 아니면…… 가면의 영웅이 머릿속에 들어와 있는 건가…….'

무언가 연관성이 있다는 것만은 확실하겠지. 이전에도 비슷한 일이 한 번 있었던 것으로 기억했으니까.

이기영 그 개 쓰레기 사기꾼 새끼의 블러핑이라고 생각하기도 했었지만 가면의 영웅의 잔재가 머릿속에 남아 있다는 가능성을 아예 내다 버린 것은 아니었다.

외신 전쟁의 마지막에 김현성의 어깨에 손을 올리며 하늘을 가리키고 있는 녀석의 모습이 괜스레 뇌리에 스친다.

내게 말을 걸었던 녀석도…… 분명히 몇 가지 전조가 있기는 했다. 애써 무시하며 머릿속 저편으로 안치시켜 놓았을 뿐이다.

안 그래도 불안정해진 정신 상태에서 박덕구가 스위치를 눌러 버린 거라고 생각해도 되지 않을까. 확실한 것은 없었지만 뭐라도 결론을 내리는 게 맞다는 판단이 선다.

물론 지금 당장 할 수 있는 일은 아니었다.

'이 악마 소환사 새끼.'

조용히 나를 바라보고 있는 진청이 시야에 들어왔으니까.

박덕구와 정하얀은 나를 자극하는 게 별로 좋지 않다는 걸 깨달았는지 조금은 멀리 떨어진 곳에서 이쪽을 바라보는 중.

아까와 마찬가지로 목소리가 들리지 않게 조치를 취한 이후에는 다시금 판을 내려다볼 수밖에 없었다.

온몸이 포박된 채로 발버둥 치는 작은 박덕구의 모습이 시야에 비친다.

'너무 흥분했어.'

안 보여줘도 되는 모습을 보여준 것 같아 입안이 쓰다. 약점을 잡힌 것 같아 기분이 좋지 않다.

'씨발, 너무 흥분했다고. 이 멍청한 새끼. 이기영, 아니, 가면의 영웅 이 나쁜 새끼.'

그렇게 흥분할 이유는 없었다. 아직 게임이 끝난 것도 아니었으니까. 여기서 가짜 돼지가 뒈진다고 한들 이 게임에서 지지만 않는다면 진짜 돼지는 죽지 않는다.

적당히 웃어넘기는 게 합리적인 판단이었다. 대놓고 약점이 있다고 생각하게 만들 이유가 없었다. 아니, 내가 이곳에 와서 한 행동 자체도 문제가 많았을 것이다.

'커피를 너무 많이 마셨나.'

어쩔 수 없었어. 시바 커피가 너무 맛있었자너.

너무 감정을 많이 드러낸 건가.

애초에 더미 혜진의 리타이어와 함께 등장한 것 자체가 부자연스러웠을 수도 있다.

덕구와 하얀이에게 반가워하는 기색을 너무 내비쳤다는 게 원인일 수도 있었지만…… 아마 박덕구를 생포한 것은 우연이었을 것이다.

이지혜에게 여러 가지 정보를 들었을 가능성도 있지만 내가 돼지를 아낀다는 쓸데없는 정보까지 전해줬을 리는 없다.

녀석의 입장에서 아무 생각 없이 찔러본 수에 지나치게 과민 반응했다.

'이러면 안 돼.'

---이제야 대화가 통하겠군.

"원하는 게 뭡니까."

---알고 있을 거라고…….

"인질로의 가치는 없을 겁니다. 죽이실 겁니까?"

---글쎄. 그것이 중요한가. 어차피 네가 이 전쟁에서 승리한다면 저 덩치 큰 바보가 죽든지 말든지는 그다지 상관없는 이야기일 텐데. 아니면 자신이 없는 건가. 전황만 보자면 네게 유리한 판이 깔린 것이 아닌가. 우습군.

'이 개새끼.'

"……넌 눈이 마음에 안 들어. 이 악마 소환사 새끼야."

—나도 마찬가지다. 네가 이렇게 개인적인 문제를 겪고 있을 거라고 예상하지 못했지만…… 뭐 내가 상관할 일은 아니겠지. 아까 전에 한 말은 수정하마. 네놈은 이미 미쳐 있는 것 같군.

'정신 나간 사이코 새끼.'

이 새끼가 원하는 게 뭔지 감도 제대로 오지 않는다. 아니, 물론 생각나는 게 있기는 하다.

'제대로 싸워보자 이거야?'

당장 눈에 보이는 이유는 이것 정도밖에는 없다.

물론 함정일 가능성도 존재한다. 우리는 전사가 아니었으니까. 모든 패를 꺼내며 싸운다는 것은 어울리지도 않고 맞지도 않는다. 오히려 멍청한 짓이다.

대화하기를 좋아한다고 말한 것 자체가 통수의 통수를 위한 빌드업일 수도 있다.

하지만 한편으로는…….

'그럴듯하기도 해.'

공화국의 군사는 자신의 프라이드를 지키고 싶을 테니까. 자꾸만 다른 곳으로 물타기 하려는 내가 아니꼬워 보일 수도 있고……. 진심으로 전쟁에 임하지 않는 것처럼 느꼈을 수도 있다. 놈이 말하는 대화를 하고 싶어 할 수도 있겠지. 복수 대신에 이전의 잘못과 실수를 바로잡는 것을 선택하고 싶어 할

지도 몰라.

결론을 말하자면 내가 싸워야만 하는 상황을 만들고 싶었을지도 모른다는 거다. 그래야 녀석이 자존심을 회복할 수 있을 테니까.

그런 관점에서 생각해 보면 녀석도 자신을 드러낸 셈이라는 이야기가 된다. 자신이 원하는 바를 내가 깨닫지 못할 거라고 가정했을 거라 여겨지지는 않는다.

슬그머니 시선을 돌리자 천천히 나를 바라보는 모습이 다시 한번 눈에 들어왔다.

---계속하지.

나 역시 이것저것 재보고 생각할 여유가 없었던 것은 마찬가지. 일단은 입술을 깨물고 곧바로 판에 몰입할 수밖에 없었다.

전투가 계속된다. 나는 도발을 하기도 하고 밀고 당겨보기도 하지만 녀석은 오롯이 판에만 집중하고 있다.

더 이상 대화하는 게 이롭지 않다고 판단한 것인지는 모르겠지만 나는 놈이 무엇을 말하려고 하는지 대충 눈치챌 수 있을 것 같았다.

'여기서 이야기하자는 거지?'

계속해서 거대한 전투가 벌어진다. 순수한 전술과 전술의 부딪침은 아니었다.

정공법으로는 승산이 없다는 것 정도는 알고 있다. 서로의 병력에 점점 피해가 누적된다. 시간이 흐르면 흐를수록 녀석의 표정에도 초조함이 깃든다. 병력을 잃고 싶어 하지 않는 게 눈에 보인다.

나 역시 마찬가지. 서로 가지고 있는 것이 얼마 없다. 아주 작은 손해에도 서로가 민감하게 받아들일 수밖에 없는 상황이라고 표현하는 게 맞지 않을까.

마검사 정진호가 김현성과 검을 부딪치고 병력과 병력이 뒤엉키기 시작하며 난전이 시작된다.

후퇴와 함정을 반복하고 계속해서 서로에게 맞춰 진영을 바꾸는 병력들이 눈에 들어온다.

아주 세세한 부분까지 컨트롤하려는 모습이 시야에 비친다.

'똑똑하기는 해.'

승기를 잡은 전선에서 패색이 짙어지고, 포기할 수밖에 없을 것 같다고 생각한 전선에서 승전고가 울린다.

유기적인 전장의 흐름을 한눈에 담을 수가 없다. 하지만 눈이 트이는 것처럼 느껴진다.

'시바, 전투 중에 성장하자너!'

역시, 시바, 빛은 이래야지.

스텟이나 특성에는 적혀 있지 않은 눈이 트이는 것 같다.

이 작은 판에 매달려 있는 내 모습이 우스워 보이기는 했지만 점점 집중하게 된다.

코에서 흐르는 코피를 한번 닦은 이후에는 다시 판을 내려다본다. 악마 소환사는 인상을 찌푸리고 있다. 무너진 전선이 신경 쓰이겠지. 거기 함정이야.

눈치챘어? 그럼 이건 어때.

이건…….

'이건 어떻습니까.'

또 뭐야.

'재미있는 수였다. 그렇게밖에 표현하지 못하겠군. 기왕이면 그 여자가 더 좋았을 뻔했다. 이렇게 대면하면 조금 다를 거라고 생각했다만 네놈과는…… 네놈과는 여전히 대화하는 것처럼 느껴지지 않는군.'

'죽어가시는 주제에 원하시는 건 참 많으십니다. 군사님의 마지막을 함께해 주러 여기까지 찾아온 사람한테 할 이야기는 아닌 것 같은데…… 대놓고 다른 사람을 불러오라니. 기본 매너는 지키셔야죠. 네?'

'…….'

'사실 이야기가 없었던 건 아닙니다. 누나도 같이 오고 싶어 하기는 했는데……아무래도 누나랑 같이 오면 싸울 것 같아서 말입니다.'

'…….'

'누나는 당신을 살려두고 싶어 할 것 같거든. 인재 욕심도 많고 어디 쓸 데가 있나 고민해 볼 것 같단 말이야. 나도 설득당할 것 같아서 그냥 혼자 왔어요.'

'…….'

'나도 욕심이 나지 않는 건 아니지만…… 당신은 지나치게 유능해. 우리가 쓰기에는 너무 유능한 사람이야.'

'패배자에게 하는 말치고는 다정하군.'

'언제부터 우리를 알고 있었습니까?'

'그게 중요한가.'

'군사님 때문에 어긋난 계획이 한두 개도 아니고…… 심지어 우리를 이용하기까지 했잖습니까. 몇 번이나. 언제부터 알고 있었는지 궁금한 게 이상합니까? 또 누가 알고 있을지 누가 알겠어요.'

'몇몇은. 그래, 알고 있겠지. 하지만 그게 중요한가. 어차피 네놈들이야 곧 모습을 드러낼 생각이 아닌가. 내 말이 틀렸나……이기영.'

'……역시 당신은 안 돼.'

'칭찬으로 받아들이지.'

'……자 그럼 슬슬 본론입니다.'

'…….'

'예전에 있었던 청소. 그때 그 계획에 동의했던 사람들 명단…… 군사님이 알고 있다는 말을 들었는데…… 공화국으로 망명한 그 새끼. 그 새끼한테 전부 다 들은 거 맞으시죠?'

'이미 네놈도 알고 있는 게 아니었나.'

'알고 있습니다. 다시 한번 제대로 확인하는 것뿐이지.'

'내가 말해줘야 할 이유가 있나.'

'죽는 마당에 자존심 챙기지 마시고 시원하게 입 열어주고 가세요. 어차피 물어볼 사람은 많으니까.'

'……제국의 샤를롯트.'

'말이 통하네.'

'캐슬락의 송정욱.'

'죽였고.'

'교황청의 말렌 추기경.'

'죽였고.'

'다완의……'

'네. 네. 네.'

'실리아의……'

'죽였네요.'

'그리고……'

'……'

'린델의 김현성.'

화아아아아아악.

하는 소리와 함께 시야가 원래대로 돌아오는 것이 느껴졌다.

'린델의 김현성?'

"린델의 김현성."

'이거 1회차인 건가. 나 방금 1회차 본 거야?'

저도 모르게 인상이 찌푸려지는 느낌. 혼란스러운 감정을 재빠르게 억누를 수밖에 없었다.

'갑자기 왜 이래.'

스스로가 놀랄 정도로 뒤죽박죽 감정이 요동친다.

애써 입술을 꽉 깨물거나 허벅지를 툭툭 두드려 봐도 변화가 느껴지지 않을 정도로 스스로가 정상처럼 느껴지지 않는다.

한쪽 눈에서는 눈물이 주르륵 흘러내린다. 애써 눈물이 흘러내리는 눈을 손으로 가려봤지만 녀석이 이쪽의 상태를 눈치채지 못할 리 만무.

'시바, 왜 이렇게 자주 울어.'

뭐라고 설명하기 힘든 생각들이 한꺼번에 쏟아져 나오는 기분은 그리 좋지 않았다. 초조해할 필요도, 당황할 필요도 없을 거라고 생각했지만 내 의지와는 상관없이 몸이 반응하고 있는 느낌이었다.

본래 알고 있었다. 애초부터 예상하고 있던 일이었다.

김현성이 어떤 식으로든 그 사건에 관여했을 거라는 것도, 녀석도 녀석 나름대로의 사정이 있었다는 것도, 내가 알지 못하는 뭔가가 있었다는 것도, 모두 이해하기로 결정을 내리지 않았던가.

그럼에도 불구하고 머릿속 한구석에서는 어마어마한 배신감이 치솟는다. 내가 막으려고 해서 막아지는 감정이 아니라 저 안에서부터 물밀 듯이 밀려들어 오는 감정이었다.

'2회차와 1회차는 구분하기로 한 거 아니었어?'

시바, 솔직히 어쩔 수 없는 거 아니었냐구.

굳이 김현성을 대신해 변론해 보자면 할 수 있는 말은 많다. 당시 샤를롯트의 라인을 타고 귀족의 지위를 받고 있었던 김현성의 입장에서는 대세에 가까웠던 의견을 거절하기 힘들었을 것이다. 그 청소가 정확히 어떤 청소였는지는 알 수 없었지만 제국의 안녕을 위해서라면 결단을 내려야 했을 수도 있다는 거지.

단순히 정치적으로 샤를롯트에게 힘을 실어줘야 했을 수도 있고 제국이나 대륙의 존망이 걸려 있는 청소였을 가능성도 부정할 수 없다. 김현성이 샤를롯트를 제국의 황제로 만들기를 원하지 않은 이유와도 연관이 있지 않을까. 아마 내가 김현성의 입장에 있었더라도 그 계획에 찬성했을 가능성이 높다.

'그게 정말로 합리적이었다면.'

이라는 꼬리표가 붙기야 하겠지만 말이다.

가면의 영웅과 박덕구가 겪게 된 사건 자체를 안타깝게 느껴지기도 하지만 본래 이 시대의, 아니, 국가라는 건 개개인의 사정을 전부 알아줄 수는 없다는 것으로 퉁칠 수도 있고. 녀석의 정치 감각을 생각해 보면 그냥 함정에 빠졌을 가능성 역시 부정할 수 없다.

물론 인간 혹은 도시를 통째로 날린다는 발상을 두둔하는 것은 아니지만 김현성이 회피할 수 없는 상황이 생겼을 수도 있었다는 거라는 게 내 결론이다.

그러니까 그 새끼가…….

아니, 내가 이런 생각을 하는 것도 참 이상해. 애초에 이딴 걸 왜 보여준 거야? 이미 전부 다 끝난 마당에 왜 이런 걸 보게 되는 거냐고. 악마 소환사와 함께 있다는 이 상황이 트리거가 됐다기에는 타이밍이 너무 뜬금없지 않았나.

도대체 어째서 내가 이딴 걸 보고 이런 혼란을 느껴야 하는지 이해가 되지 않는다. 가령 1기영이 내가 이걸 봐주길 원하고, 이런 상황을 이해해 주기를 바라고 있다면…….

'왜야?'

내가 이걸 왜 알아야 하는 거야.

만약 무의식의 발현이라고 해도 분명히 뭔가 이유가 있을 거라고 생각할 수밖에 없었다.

'내가 김현성을 적대시하게 되는 걸 원해?'

아니면 너 대신 복수해 줬으면 좋겠냐구. 김현성이 자신의 의도와는 다르게 행복한 것처럼 보이니 그게 배가 아파서 이런 무리수를 던진 거냐고. 이 더러운 악귀 새끼야.

물론 최근에 조금 일이 있어 일부 슬퍼지기는 했지만 김현성은 나름 행복하지 않았던가. 비록 자신의 친우의 배때기를 직접 검으로 쑤셔 죽이기도 했고……. 여러 가지 죄책감을 떠안으며 살아가고 있는 중에다 정신병 비슷한 걸 걸린 것처럼 보이기도 하고, 결정적으로 스스로 목숨을 끊지도 못하는 상태에 있기는 했지만…… 전체적으로 2회차의 김현성은…….

'행복했자너.'

조금 양심이 찔리기는 했지만 전체적인 그림을 보자면……. 그래, 행복한 게 맞다. 행복하겠지? 괴롭지는 않을 거야. 음. 행복한 거로 하자.

이제 와서 행복한 김현성이 아니꼬우니 과거의 악귀가 등장한 것일까. 아니면 내 무의식이 뭔가를 전해주고 있는 건지 아무것도 이해가 되지 않았다.

한 가지 확실한 것은…….

'나는 그대로야.'

이성을 잃지도 않았고 뭔가가 달라지지도 않았고 그다지 많은 생각이 들지도 않는다. 계획에는 변함이 없고 이후의 이야기에도 달라지는 것이 없다.

'이 악귀 새끼 시바. 네가 그럼 그렇지. 무슨 가면의 영웅은 개뿔.'

가면의 악귀가 나를 좌지우지하려고 한다는 것 자체는 짜증 나기는 했지만 한편으로는 안심이 되기는 한다.

녀석이 원하는 것이 복수의 완성이라면, 정말로 녀석이 내 무의식에 남아 이런 걸 보여줘야 할 이유가 있는 거라면, 그것만으로도 이쪽은 지금의 스탠드를 유지할 수 있다.

육체와 정신의 소유는 온전히 지금의 나에게 있고 녀석은 지금 나를 자극하는 것에 지나지 않는다.

내가 주도권을 가지고 있기 때문에 녀석이 이런 떡밥을 던지고 있는 거라고 봐도 무리가 없다.

배후가 가면의 악귀가 아니라 루시퍼라고 해도 이건 그대로 적용될 수 있지 않을까.

빛기영은 진실의 문을 열고 정의의 빛을 따라가고 있는 거고……. 가면의 악귀와 그 무리들이 불안감에 내 앞길을 가로막고 있는 거지.

천천히 숨을 가다듬은 것은 당연지사, 호흡이 꽤나 거칠어지고 있고 눈에서도 눈물이 흘러나오고 있었지만 테이블을 두 손으로 붙잡고 약간의 시간을 할애하자 곧 모든 게 정상으로 되돌아오는 것 같이 느껴졌다.

녀석의 목소리가 들려온 게 바로 그때였다.

---사정이 많아 보이는군. 쉴 시간이 필요하나? 만약 휴식 시간이 필요하다면…….

"아니요. 괜찮습니다. 이렇게 배려해 주시다니 이거 어떻게 감사의 말씀을 표현해야 할지…… 신사적이십니다. 아주 신사적이세요."

---네가 가지고 있는 개인적인 문제에 대해 공감하는 것은 아니다. 그저 기분 좋은 마무리를 하고 싶을 뿐이지. 그래서…… 어떻던가.

"뭐가 어때요?"

---1회차의 내 모습은.

"뭐? 너 이 개새!"

---정말이었나.

"……."

---반신반의하기는 했지만 이렇게 상황이 이러니 믿지 않기도 힘들군.

"……."

---네가 전부를 기억하는 것 같지 않은데. 회귀의 주체는 네가 아닌 건가. 단편적으로 볼 수 있는 것뿐인가. 아니면…… 무언가 다른 신호탄이 있는 것인가. 재미있군. 흥미로운 이야

기다. 일이 어떻게 된 건지, 또 네가 그걸 어떻게 알게 된 건지는 내 알 바 아니다만…… 재미있는 이야기로군.

'이 미친 새끼 진짜. 짜증 나네.'

---그렇게 이상하게 생각할 필요도 없다. 당연한 것이니 말이야. 네 입으로 직접 말하지 않았나. 지금이 2회차라는 것도, 3회차가 가능하다는 것도, 멍한 얼굴로 무언가를 되새기는 것 같은 행동이나 진실을 깨달은 것 같은 표정도, 한번 찔러봤을 뿐이야. 이렇게 쉽게 걸려들 거라고는 당연히 예상하지 못했지만. 뭐, 그만큼 네게 여유가 없었다는 뜻이겠지.

정말로 재미있다는 얼굴이었다. 잠깐 동안이나마 이 새끼가 함정을 판 게 아닌가 하는 생각을 하기는 했지만 녀석의 얼굴에는 정말로 흥미 외에 다른 감정이 보이지 않는다.

최소한 녀석은 방금 내가 겪은 현상과 관계가 없다.

"뭐 마음대로 생각하셔도 됩니다."

---어떤 모습이었지?

'이 새끼 이미 확신하고 있네.'

"그걸 제가 어떻게 알겠습니까."

---다시 한번 묻겠다. 나는 어떤 모습이었지?

풀어도 별로 상관없으려나. 어차피 놈이 할 수 있는 건 없을 테니까.

"1회차의 군사님은 제 노예로 생을…… 마감……."

---이기영 이 개자식. 난 지금 진심으로 묻고 있는 거다.

"아니, 저도 진심으로 말씀드리는 겁니다. 제 눈에 보이는 그

대로 말씀드리는 건데……."

---…….

"어떻게 된 건지, 정확히 무슨 일이 있었는지는 알 수 없습니다만 군사님이 제게 커피를 타다 바치고 있더군요. 인간 의자가 되어주기도 하고 가끔 스트레스가 쌓이는 날이면 맞아주기도 하셨습니다. 아무 이유 없이 말입니다. 물론 식사 시간이 되면 테이블 밑에서 개처럼 엎드려 사료를…… 허겁지겁…… 가끔은 제가 던진 빵을……."

---이기영.

"아니…… 제가 거짓말하는 거로 보여요?"

---이기영!!

"아니, 시바, 진짜라니까!! 진짜라고!!"

---뭐?

"나도 황당해서 말이 안 나…… 하, 진짜…… 지금 생각해도……."

---뭐…… 이런…….

"인간 이하였습니다."

---그럴 리가…….

"농담이니까 그렇게 심각한 표정 짓지 마세요."

육성으로 외치지는 않았지만 표정은 이 개자식이라고 외치고 있는 듯한 얼굴이었다.

---…….

"군사님은 죽어가고 있었습니다."

---그런가.

"지금과 비슷한 상황이었던 것으로 기억합니다. 죽어가기 전에 처음 만났을 때 했던 게임을 하고 있었고 뭐 이런저런 이야기를 나눴습니다. 군사님은 몰라도 굳이 상관없는 이야기 말입니다. 어째서 죽었는지는 모르니 묻지 마세요. 아마 븅신처럼 또 함정에 걸려서 뒈졌겠죠. 뭐. 뻔하잖아요. 잘난 척하다가 골로 가는 거."

---…….

녀석이 천천히 병력을 움직이는 모습이 시야에 들어왔다.

"거기서는 악마 소환사가 아니었던 것 같았습니다. 최소한 뒈질 때는 공화국의 군사로 뒈졌다는 이야기겠죠. 나름 명예로운 죽음이기는 했을 것 같습니다. 곁을 지킨 사람이 저라는 게 조금 아이러니하지만…… 아! 혹시 1회차에서도 이기영 개자식에게 뒤통수 맞았구나, 이런 생각 하지는 마세요. 1회차는 누나랑 같이 움직였거든. 아마 누나랑 나한테 번갈아 가면서 맞았을 거야."

나 역시 마찬가지고 말이다.

"모르긴 몰라도 부딪칠 일이 꽤 많았던 것 같습니다. 군사님은 우리의 존재를 깨닫고 있었으니까요. 우리들을 이용하기도 했고, 우리가 당해준 것 같기도 하고…… 뭐 표면적으로 드러나지는 않았겠지만 군사님이 그렇게 좋아해 마다치 않는 두뇌 싸움은 질리도록 했을 겁니다."

---…….

"별로 변한 게 없어 보이더군요."

---그런가.

"왜 궁금하기는 궁금하신가 봅니다."

---단순한 호기심이다. 커다란 이유가 있는 건 아니다.

"그러니까 그게 왜 궁금합니까."

---말해줘야 하나.

"그것도 정신병입니다. 군사님. 제게 뭐라 충고할 입장이 아니십니다요."

---너와 나는 다르다. 머저리.

입을 열면서도 본능적으로 말을 옮기게 된다. 정진호와 김현성은 여전히 서로를 죽일 듯이 노려보며 검을 휘두르고 있었고 전장은 어느덧 막바지로 접어든다.

진청 역시 나와 다르지 않다. 대충 중얼거리면서도 시선을 떼지 않는다.

'이 새끼 진짜…….'

솔직히 흥이 식기는 했다. 녀석에게 맞춰주기도 하고 또 녀석이 바라는 대로 나 역시 열심히 머리를 굴리고야 있었지만 이 게임의 결과를 깨달아 버렸으니 어떻게 흥이 식지 않을까.

녀석 역시 내 상태를 깨닫고 있는 것 같았지만 굳이 다른 말을 하지는 않았다. 다만 승리하는 게 목적이라는 듯 계속해서 병력들을 이끌고 내게 진격해 올 뿐이었다.

2회차의 마지막, 또 1회차의 마지막과 마찬가지로 녀석이 택할 건 뻔했거든.

열심히 반항하기는 했지만 결국 수세에 몰린 아군의 병력. 그리고 마지막 결전을 앞둔 자신의 병력 앞에서 녀석은 그제야 만족스러웠다는 듯이 입을 열었다.

---명예.

“네.”

---내가 원하는 것은 복수가 아닌 명예다.

“…….”

조금은 불안한 표정으로 입을 열기도 했다.

---약속은…… 지켜라.

“당연히 지켜드려야지요. 아주 잘 선택하신 겁니다. 군사님.”

---지켜라…….

“당연히 지켜드려야지요.”

---…….

“사실 예상을 하기는 했습니다만 아주 제대로 선택하신 거라고 말씀드리고 싶습니다. 후회 없는 거래가, 서로가 이득을 볼 수 있는 거래가 될 수 있도록 최선을 다하겠습니다.”

---…….

“언제나 고객님의 만족을 위해…….”

---그만…….

“어떻게…… 따로 생각해 보신 방법은 있으십니까? 어디까지 알아보고 오셨어요?”

---그건 네가 해결해야 할 문제가 아닌가. 서로 만족할 수 있는 거래가 무엇인지 이야기를 들어보고 싶군.

"눈에 힘 좀 빼셔도 됩니다, 군사님. 아, 그리고 병력들도 조금 치워주시고요. 기왕이면 덕구도 돌려주시면 감사할 것 같습니다. 정 불안하시면 덕구만 줘요. 피차 만족할 만한 거래를 찾는 과정에 굳이 이런 게 필요하겠습니까. 서로가 서로를 신뢰해야 진정성 있는 관계가 성립되는 건데…… 군사님께서 이렇게 고압적으로 나오시니, 혹여나 저를 신뢰하지 않으시는 건지……."

---나는 너를 신뢰하고 있지 않다. 누가 네놈을 신뢰할 수 있을까.

"왜 자꾸 시비조로 나오시고 그러십니까. 다 좋자고 하는 건데. 덕구야, 군사님한테 커피 한 잔 타드려라."

꿈뻑꿈뻑 눈알을 굴리며 몸을 일으킨 박덕구가 얼떨떨한 얼굴로 나를 바라보는 것이 눈에 들어왔다.

---필요 없다.

"그렇게 작은 행동들이 사람을 상처 주는 겁니다, 군사님. 진심을 담은 호의를 거절하시니 눈물이 다 나오려고 합니다."

---개소리. 나는 너와 말장난을 하고 싶은 게 아니다. 이기영. 이 병력들은 안전장치다. 네놈이 개 같은 헛짓거리를 하지 못하게 만드는 안전장치 말이다.

"거…… 드, 드쇼. 악마 소환사 양반……."

박덕구가 타 온 커피를 슬그머니 마시며 이쪽을 바라보는 녀석의 모습이 시야에 비친다.

슬쩍 목구멍으로 커피를 넘긴 이후에 인상을 찡그리는 걸 보니 녀석의 입맛에는 그다지 맞지 않는 모양. 슬그머니 한쪽 구석으로 커피를 치운 녀석이 다시금 차를 홀짝이는 게 눈에 보였다.

"안전장치가 필요할 이유가 뭐가 있겠습니까. 군사님에게도 득이 되고 제게도 득이 되는 장사인데. 누가 손해 보고 말고 할 게 없습니다. 군사님. 우리 같은 인간들 이런 거에 환장하잖아요. 서로 윈윈 되는 장사. 아무도 손해 보는 사람 없고 깔끔하게 가지고 싶은 것만 가지고 가는 장사 말입니다."

---부정하지는 않겠다. 하지만…….

"대륙 최고의 명예 컨설턴트의 입장에서 보면 솔직히 지금 군사님의 이미지를 살리는 건 거의 불가능에 가깝습니다. 소라 씨?"

"아…… 네…… 부길드마스터."

"지금 베니고어 넷에 들어가서 군사님과 관련된 게시물 서치하고 바로 읽어주세요."

"아. 지, 지금…… 말씀이신가요?"

"네, 적당한 거라도 괜찮습니다. 조회 수 높은 거로요."

"정말로…… 읽어드려야 하나요?"

"네. 하나도 거르지 말고 읽어주세요."

"아…… 네."

조용히 고개를 끄덕이는 모습, 여신의 손거울을 만지작거리는 모습이 눈에 들어왔다.

나 역시 주머니에 있던 손거울을 꺼낸 것은 당연지사. 곧바로 여신의 손거울로 시선을 돌리자…….

'뭐야, 이건.'

[내 게시글]

[제목 : 요즘 시국에 이런 글을 남기는 것도 조금 그렇지만…… 엘프에게 고백받은 것 같습니다. 아니, 솔직히 잘 모르겠습니다. 여러분의 조언이 필요합니다. (댓글 : 1,024)]

[작성자 : ㅍr랑색이 좋아]

[많은 분이 현재 일어나는 일이 걱정스럽고, 우려하고 계시다는 건 알고 있습니다만 복잡한 심경을 아무한테도 말씀드릴 곳이 없어 푸념처럼 글을 올립니다. 본론부터 말씀드리면 엘프에게 고백받은 것 같습니다. 정확히 말씀드리기에는 뭣 하지만 에베리아 왕국의 고위직에 있으신 분입니다. 서로 왕래가 많은 것은 아니었습니다. 중요한 회의나 여러 가지 일들 때문에 스치듯 마주치는 것이 전부였고 함께 식사를 하거나 차를 마신 것 역시 손에 꼽을 정도로 적습니다. 당연히 그분이 제게 호감을 가지고 있을 거라고는 생각하지 못했었습니다. 사건의 발달은 이렇습니다. 그분의 여동생 되시는 분께서 제게…… 중략…… 그분께서 '제가 당신에게 다른 감정을 가지고 있다는 게 딱히 말도 안 되는 이야기라고는 생각하지 않습니다'라고 하더군요. 저는 아무 말도 하지 못했지만…… 현재 시국이 좋지 않은 터라 이걸 어떻게 말씀드려야 할지 고민입니다. 제대로 거절하는 게 좋을까요? 아니면 일이 해결된 이후에 말씀드리는 게 좋을까요? 당장 말씀드릴 상황이 아니라는 걸 알고 있고, 이런 이야기를 드릴 시기도 아니라는 걸 알고 있지만 혹시나 제가 그

분을 무시하는 것처럼 느껴지지는 않을까 걱정입니다. 엘프들에 대해 잘 알고 계시는 분들의 조언을 기다립니다.]

[아이디 미정 : 지랄을 하네. 아주 지랄을 해. 소설을 써라 진짜. ㅋㅋㅋㅋㅋㅋㅋ]

[ㅍr랑색이 좋아 : 네?]

[아이디 미정 : 소설도 이 정도면 정성이네. 근데 너무 구림. 장난하는 것도 아니고 님 예전에도 이상한 주작 글 들고 온 사람 아님? 이번에는 갑자기 엘프한테 고백을 받았댄다. 저기요. 소설을 쓰려면 좀 제대로 쓰셈. 지금 에베리아 통제됐는데 무슨 에베리아 왕국의 고위직을 만나셨다고 참나ㅋㅋㅋㅋㅋㅋ 내가 어이가 없어서 웃음이 다 나온다. ㅋㅋㅋㅋ]

[린델마을주민 : 요즘 시국도 시국인데…… 이런 글은 조금…… 그렇기는 함. 아이디 미정 님 말에 동의하는 게 아니라 에베리아가 대륙 모험가와 관광객들을 억류하고 있는 현 상황에서 이런 글은 조금…… 분위기 파악 못 하는 것처럼 보인다고 해야 되나?]

[ㅍr랑색이 좋아 : 제가 글을 올린 이유는 여러분에게 조언을 받고 싶어서입니다. 말씀 그대로 분위기가 좋지 않으니 어떤 식으로 행동해야 할지 조언을 구하는 차원에서…… 결코 여러분들을 기분 나쁘게 하거나 지금의 상황의 심각함을 모르고 있는 것은 아닙니다.]

[흙수저 : 이 사람 예전부터 주작 글 많이 올리기는 했지. 기억상실증 썰도 있었고…….]

[ㅍr랑색이 좋아 : 정말 주작 아닙니다.]

[아이디 미정 : 비추나 드셈.]

[나나나나난 : 저도 엘프들한테 고백받았었는데…… 문화 차이 때

문에 힘든 점도 있지만 지금은 그중에 하나랑 잘 사귀고 있어요. 나이 차이가 조금 많이 나서…… 아무튼 거절하시더라도 너무 매몰차게 거절하지는 마세요. 엘프들은 고백에 실패하면 종종 스스로 목숨을 끊는…….]

[ㅍr랑색이 좋아 : 네? 정말입니까?]

[천연사러버 : 논란 글로 신고했습니다. ^^;;]

'아니, 얘는 이걸…….'

내 손거울이 아니라는 것 정도야 금방 깨달을 수 있었다.

그 사건 직후 올린 글인 것 같아 리플과 조혜진의 반응을 조금 더 살펴보고 싶었지만 애써 시선을 돌릴 수밖에 없었다. 왠지 모르게 양심이 찔린 것 같기도 했고, 판도라의 상자를 열어버린 것 같은 기분이었으니까.

'일단 넘겨.'

고객님이 먼저다. 명예 컨설턴트 이기영은 언제나 고객을 최우선으로 모시는 프로가 아니었던가.

'얘 진짜…….'

민망함에 헛기침을 시작하기 무섭게 입을 열어오는 한소라가 보인다.

"진청? 아…… 그 악마 소환사 새끼? 욕, 욕도 읽어야 하나요?"

—…….

"숨김없고 투명하게. 우리 회사의 모토 아닙니까."

"공화국에 중소 규모의 길드를 운영하고 있는 길드마스터다. 당연히 그 악마 소환사 새끼랑은 함께 일한 적도 있었고 같이 식사한 적도 있었지. 참 웃기지. 그때까지만 해도 그 새끼가 공화국을 책임지고 이끌어 나갈, 우리들을 변화시킬 수 있는 인재인 줄 알았다는 게……."

'청이 형아 표정 안 좋자너.'

"결국에는 전부 자기 욕심이고 연기였다는 거지. 그 새끼한테 속아서 군사님 군사님 하면서 따라다닌 것만 생각하면 요즘도 잠을 제대로 잘 수가 없을 지경이다. 악마 소환사 새끼. 죗값도 제대로 치르지 않고 뒤져가지고…… 나는 그 새끼가 조금이라도 더 고통받았으면 좋겠다. 기만자. 사기꾼. 더러운 악마 소환사."

――…….

"리, 리플도 읽어드려야 하나요?"

"정직함! 투명성!"

"아…… 네. 나도 진청 그 자식 밑에서 잠깐 일한 적이 있기는 했지…… 폼은 더럽게 잡고 다니던 새끼였음. 자기는 다른 척, 자기는 특별한 척, 남들보다 우위에 있는 척, 세상을 내려다보는 척. 당시에는 정말로 뭔가 다른 사람이라고 생각했었지만……."

"지마안?"

"그 특별함이 악마와의 계약에서 나온 특별함이라는 걸 누가 알았겠냐고."

"여론이 이래요. 여론이 이래…… 계속해 주세요. 소라 씨."

"군사님을 두둔하는 리플이 달려 있네요."

---…….

"그 뒤로는 악마 소환사 개새끼 해봐…… 라는 글이 리리플로 달려 있고요. 다음 글로는…… 네…… 그…… 사진인데…… 합성되고 그려진 사진들…… 악마의 몸에 군사님의 얼굴이 달려 있다거나…… 네…… 보, 보여 드려야 되나요?"

"아니요. 고객님의 멘탈 보호를 위해 그건 공개하지 맙시다."

당연하지만 녀석의 얼굴이 찌푸려지는 것이 눈에 보인다.

"아무튼 뭐 이렇다는 겁니다. 군사님."

---전부 다 네놈이…….

'또 빡치려고 하자너.'

"아닙니다. 군사님. 실제로 저는 군사님의 명예를 위해 불철주야 동분서주 뛰어다녔다니까요. 갑자기 나타난 결사단들이 모든 계획을 물거품으로 만들기 전에는 군사님의 이미지 세탁 2주년 계획이 착실하게 진행되는 중이었습니다. 억울하시겠지요. 그 심정 당연히 이해할 수 있습니다. 하지만 가끔 자기 손을 떠난 일들도 일어나지 않습니까. 그 경우가 딱 그랬어요. 저도 예상하지 못했던 상황이었습니다."

호흡을 고르고 있는 것 같은 느낌이 든다.

"실제로 결사단이 등장하기 전과 후의 차이의 여론이 급변한 걸 보면 알 수 있지 않습니까. 저는 약속을 지키지 않은 것이 아닙니다. 약속을 지키지 못한 것이지요. 군사님의 누명 제가 벗겨 드리겠습니다. 진청 군사야말로 이 땅을 위해 희생한 진정한 영웅이었다는 걸 제가 다시 증명하겠습니다."

---입에 발린 말을 할 필요도 네놈을 내세울 필요도 없다. 영웅이었다는 걸 증명할 필요도 없고 필요 이상의 일을 벌일 필요도 없다. 내가 악마 소환사가 아니라는 것만 밝혀줬으면 좋겠군.

"겨우 그걸로 되겠습니까."

---나를…….

"더 확실한 거로 합시다. 군사님도 아마 실망하지 않으실 겁니다."

기왕 이렇게 된 거 확실하게 일을 처리하는 게 좋지. 뭔가 상황이 이상하게 돌아가고 있다는 것을 느끼기는 했는지 박덕구 역시 조용히 진청을 바라보는 것이 눈에 들어왔다.

"그게 무슨 소리요……? 진청 군사가 악마 소환사가 아니었다는 소리요?"

"……."

"아니, 어떻게 그럴 수가…… 있단 말이요. 도대체…… 이게 어떻게 된……."

"설명하자면 길다. 덕구야. 한 가지 확실한 건…… 군사님은 지금도 자신의 안에 있는 악마와 싸우고 있다는 거지……."

---쓸데없는 소리를…….

"소라 씨. 대륙 전체에 지금 이곳에서 일어나고 있는 일들을 내보내세요."

---쓸데없는 짓 하지 마라, 이기영! 경고했다. 분명히 나는!

한소라보다 정하얀이 더 빠르다. 대륙 전체에 이곳에서 일어나고 있는 일들이 보이기까지는 정말로 순식간…….

대륙인들의 반응을 보여야겠다고 생각했는지 이곳에서도 밖의 상황을 볼 수 있게 배려하고 있다.

멍한 표정으로 하늘 위에 떠 있는 여신의 거울을 바라보는 이들이 시야에 비친다. 도대체 무슨 일이 펼쳐지고 있는지. 어째서 파란의 신창 조혜진과 죽은 줄로 알았던 악마소환사가 함께 있는 건지, 지금 도대체 어떤 일을 벌이고 있는지 궁금한 거겠지.

악마 소환사…… 진청…… 이라고 중얼거리는 이들과 두려움에 몸서리치는 대륙인들.

자신이 원하고 또 원한 일이었겠지만 이런 방식은 아니라고 말하고 싶어 하는 진청이 눈에 보인다.

하지만 지금 뭐라고 말을 내뱉을 수 있을까. 전 대륙이 자신을 지켜보고 있는 상황에서 놈이 무엇을 말할 수 있겠는가.

나는 곧바로 두 손을 가슴 쪽으로 모으며 절박한 목소리로 입을 열었다.

"이…… 이겨내셔야 합니다. 군사님. 당신은 이겨낼 수 있습니다."

---제길…….

"악마와 싸우실 수 있습니다. 제게 말하지 않았습니까! 이겨내실 거라고 빛을 위해 함께 싸우실 거라고 말씀하시지 않으셨습니까!"

눈물을 흩뿌리는 건 당연했다.

'우리 혜지니 스크린 데뷔하자너.'

조금 더 감정을 담아야지.

"제발…… 흐윽…… 제발 돌아오세요. 군사님…… 이겨내서야 합니다! 마음속에 있는 작은 빛을 되찾으셔야 합니다."

아마 녀석도 어쩔 수 없다는 걸 알고 있을 것이다.

아니나 다를까. 조용히 입을 여는 모습이 눈에 들어왔다.

'왜 그렇게까지 수치스러워하고 그래?'

---나는 이미 어둠에 잠식되었다. 빛…… 빛의 선택을 받은 딸이여.

아무래도 녀석은 연기에 재능이 없나 보다.

---제…… 제기라알…… 제길…… 제기랄…….

'그래도 눈치는 빨라서 좋아.'

연기력에 조금 문제가 있기는 했지만 확실히 이쪽이 뭘 원하고 있는지 이해하고 있는 것 같았다.

굳이 이런저런 설명을 하지 않아도 본인이 어떤 말을 해야 할지, 어떤 자세를 취해야 할지 알고 있다는 건…….

'좋자너.'

이쪽의 호흡에 따라와 주는 것만으로도 박수를 보내야 함이 옳다.

물론 얼굴이 많이 일그러져 있기는 하다. 후회하는 듯한 표정이기도 했고 꼭 이래야 하는 건지 고민하고 있는 것 같기도 했다.

전체적으로 보면 수치스러워하는 얼굴이라는 느낌이 강하다. 쥐구멍이라도 있다면 들어가지 않을까 싶기도 했지만 놈이 쥐구멍에 들어갈 리는 없겠지.

애초 이게 가장 확실한 방법이라는 것에는 녀석도 이견을 제시할 수 없을 것이다. 뒤통수가 언제 터질지 걱정했으니 또 나름대로 안전하게 느껴지기도 하겠지.

생각해 봐, 대중에게 직접 밝히는 것보다 더 좋은 방법이 어디에 있겠어. 나도 신성 좀 벌고. 그렇지 않나.

슬쩍 박덕구를 바라보니 녀석에게 미안해하는 얼굴을 보내는 게 눈에 들어왔다.

'당연하기는 해.'

그동안 악마 소환사라고 녀석을 눈앞에서 매도하며 본인이 할 수 있는 온갖 나쁜 말을 쏟아내지 않았던가.

현재 상황이 뭔지 정확히 이해하기는 힘든 것 같았지만 그건 이 상황을 지켜보고 있는 대륙인들 역시 마찬가지. 오히려 배경을 설명할 수 있는 기회라고 느껴진다.

아니나 다를까 조용히 고개를 끄덕이는 박덕구의 얼굴이 보인다.

"그, 그게 무슨 소리요…… 그럼……."

"……."

"모든 게 오해였다는 거요?"

'단순히 오해뿐이겠어? 내가 진짜 설정 기깔 나는 거로 하나 잡아줄게.'

아껴 쓸라고 안 쓰고 있었던 설정이고 배역이었는데…… 솔직히 진청한테는 아깝기는 해. 그래도 어쩔 수 없자너.

"단순한 오해가 아닙니다. 박덕구 님."

"형……."

'형님이라고 부르면 안 되지. 시바.'

"아, 아니…… 혜…… 혜진 누님……."

그래. 나는 지금 조혜진이야. 그 누구보다 정의를 사랑하고 파란색을 좋아하고 가끔 베니고어 넷에 고민 상담 글을 올리는 혜지니.

"군사님은 싸워오고 계셨던 겁니다."

"그게…… 무슨……."

"군사님께서는 세상에 드러나지 않은 싸움을 하고 계셨습니다. 세간의 눈이 닿지 않는 곳에서…… 빛의 그림자로서 악마와 끊임없는 고통 속에서 싸우고 계셨습니다. 자신의 몸이 바스러질 거라는 걸 알면서도 군사님은 싸워오셨습니다. 어쩌면 이런 결과를 알고 계셨을 수도 있었을 겁니다. 자신의 몸이…… 언젠가는……."

"아…… 아니…… 그게……."

개연성은 나중에 불어넣어 주면 그만이니까. 일단은 이렇게 해주는 게 옳지.

"언젠가는 악마에게 먹혀 버릴 거라는 것을 알면서도 말입니다!"

눈물 한번 흩뿌려 주자. 눈물 몇 방울이 공중으로 흩날려

줘야 또 맛이지.

'혜지니 얼굴이 이래서 좋아.'

신뢰감 가득한 얼굴, 딱 어울리자너.

대사가 오글거리기는 했지만 원래 이런 건 오글거리는 게 또 맛이다. 무리수 같은 설정은 연기력과 진심을 담은 목소리와 눈빛으로 호소해 보도록 하자.

모든 걸 깨달아 버린 것 같았던 박덕구 얼굴도 한번 비춰줘야지.

어째서 이전에 내가 그렇게 혼란스러워했는지에 대한 개연성을 스스로한테 부여하고 있는 거 봐. 이기영이 느낀 혼란과 흘린 눈물은 어디까지나 진청의 삶에 대해 공감해 주기 위함이었어.

그래. 덕구야. 네가 정답을 고른 것 같아.

"그…… 그게 정말이라는 거요? 그럼 어째서…… 어째서……."

"군사님께서는 상징이 되고자 했던 겁니다."

"상징……."

"스스로 공포의 상징이 되는 길을 선택하셨습니다. 저는 아직도 부길드마스터와 진청 군사님, 아니, 빛의 아들과 빛의 그림자가 나눈 대화를 기억하고 있습니다. 대륙에는 알려지지 않을, 영원히 묻어야만 했던 이야기였습니다. 당신도 기억하고 계시지 않으십니까. 기억하지 못할 리가 없습니다. 그렇지 않습니까?"

---그…… 그…….

'아, 이 병신 새끼 이걸 못 받네.'

어떻게 해야 좋을지 도무지 정신을 차리지 못하고 있는 얼굴이었다.

'아, 호흡 못 따라오자너. 템포 못 따라오는 거 봐. 빛의 딸 발언은 우연이었어? 아니면 수치심이라는 게 폭발하기 시작했어?'

"그…… 그 대화가 뭐요?"

'덕구야, 시바, 사랑한다.'

"그것은 계약이었습니다. 악마에게 몸이 먹혀 버린 자신의 명예를 회복시키지 말라는 부탁이었습니다. 군사님께서는 악마 소환사로 남으시길 원하셨습니다. 한평생을 악마와 싸워온 그림자는 죽어서까지 그림자로 남길 원하신 겁니다. 그게 군사님의 마지막 모습이었습니다. 모든 걸 짊어지고 스스로 악의 상징으로…… 웃음거리로…… 인류의 배신자로…… 대륙을 하나로 만들기 위해…… 그렇게 남으시길 원하셨던 겁니다."

'아, 이 새끼 왜 이렇게 표정이…… 정신 안 차려?'

"이런…… 말도 안 되는 현실이…… 어떻게 이런 말도 안 되는 현실이 있단 말이요…… 이래서는 안 된다니까."

"현실입니다. 우리가 부정해서는 안 될 현실입니다. 진청 군사의 영혼이 다시 한번 악마에게 강탈당한 것은 어쩌면 과거의 대륙의 잘못일 수도 있습니다. 그의 명예와 끝을 무시한 우리의 잘못입니다. 군사님. 저는 군사님이 제게 남긴 말씀을 아직도 가슴 속에 품고 살아가고 있습니다."

---…….

"아무렇지도 않다고 하셨습니다."

"……."

"빛의 아들의 대륙에 기여한 것에 비하면 이 정도 희생은 별것 아니라고 하셨습니다. 악마에게 패배한 것은 나의 죄이니 담담히 악마 소환사로서의 끝을 받아들인다고 하셨습니다. 평생을 그림자로 살아가겠다고 하셨습니다. 하지만…… 하지만…… 이런 끝은 너무 비참합니다. 부길드마스터께서도 이런 군사님의 모습을 원치 않으실 겁니다."

"……."

"빛의 아들께서도 군사님께서 밝은 곳을 향해 발을 옮기시길 바라고 계실 겁니다."

'시작해, 덕구야.'

"형…… 형님이라면 분명히 원하고 있을 거요! 이, 이런 일이 있을 거라고는 생각하지 못했다니까……."

"……."

"거, 군사 양반! 할 수 있다니까. 평생을 악마와 싸워왔다고 하지 않았나! 평생을…… 평생을 말이요. 벗어나지 못할 리가 없다니까. 거…… 거 미안합디다. 그런 사정도 모르고 악마 소환사라고 군사님을 모욕해서 정말로 미안합디다."

확실하게 울먹거리고 있는 모습이 시야에 비친다.

그야말로 감정을 담은 대사를 치는 박덕구의 모습은 내가 봐도 박수를 보내게 만들 정도였다. 이전에 자신이 했던 발언들을 후회하고 있는 우직한 얼굴, 진심으로 참회하는 것만 같은 숭고한 모습. 어느덧 녀석의 눈가에는 촉촉한 눈물이 맺히기 시작했다.

"믿고 있습니다. 군사님."

슬쩍 한소라를 바라보자 그녀 역시 입을 열기 시작한다.

"군…… 군사님. 이제는 괜찮아요. 더 이상…… 더 이상 그림자 속에 숨지 않으셔도 돼요."

'대사 좋고.'

정하얀은 일단 가만히 있어줬으면 좋겠다.

"대륙은 하나가 될 수 있었습니다. 네. 부길드마스터도 그런 이야기를 하시고는 했습니다. 아무리 군사님의 뜻이라고 한들, 아무리 군사님의 마지막 부탁이었다고 한들, 군사님의 진실된 모습을 대륙에 알리지 못하는 것에 대해 가슴 아파하셨습니다. 그만큼 군사님의 뜻이 강직하시기도 하셨지만 부길드마스터께서는 알고 계셨던 겁니다."

――…….

"군사님을 정말로 명예롭게 하는 게 어떤 것인지를 알고 계셨을지도 모릅니다. 보세요. 군사님."

한쪽 눈에서 눈물 또르륵.

"대륙은 하나가 될 수 있었습니다."

슬쩍 카메라 쪽으로 시선 돌리기. 우리 혜진이 데뷔는 완벽해야지.

"우리들은 커다란 위협으로부터, 종말의 예언으로부터, 천사의 탈을 쓴 악마로부터 대륙을 지켜냈습니다. 군…… 군사님의 덕분이었습니다."

대놓고 엉엉 우는 건 감정 과잉이자너. 그냥 눈물 몇 방울 뚝뚝 떨어뜨리면서 드라마에 나올 것 같은 대사 쳐주는 게 제일 좋다니까. 목이 메는 것 정도는 괜찮아. 공화국 애들이 원래 국뽕 맞으면 정신 못 차리니까.

다른 애들이야 그냥 그러려니 하는 것도 공화국 애들은…….

"공화국의 비밀 결사단들과 함께 그림자 속에서 대륙을 지켜낸 당신 덕분이었습니다!"

미쳐 날뛴다니까. 아니나 다를까 벌써부터 국뽕을 한 사발 들이켜고 있는 공화국민들의 모습이 눈에 들어온다.

연세가 지긋하신 분들은 이미 눈가가 촉촉해진 지 오래. 여기저기에서는 중얼거리는 소리가 들려오기 시작했다.

-군사님은 악마 소환사가 아니었어.

-그림자의 영웅…… 알려지지 않은 대륙의 영웅…….

'공화국 중심으로 여론 조작하면서 베니고어 넷 좀 관리하면 그래도 1년 안에는 세탁되겠네…….'

-군사님은 악마 소환사가 아니야. 진청 군사님은…….

-믿고 있었다니까. 내, 내가 뭐라고 했어. 군사님은 악마 소환사가 아닐 거라고…… 분명히…….

-지지 마세요! 진청 군사님! 악마 따위에게 지지 마세요!

-공화국의 오호대장군. 공화국의 희망이자 등불! 당신이 지켜낸 공화국입니다.

'이야. 공화국 새끼들은 국뽕 들이켜는 솜씨가 진짜 보통이

아니야.'

교국보다 더하면 더했지 절대 덜하지는 않다는 생각이 든다. 어떻게 보면 국뽕의 정석이라고 할 수 있을 정도로 놈들의 눈에는 자부심이 가득하다.

솔직히 이 새끼들은 이제 아니라고 해도 억지로 믿을 것 같아. 아니면 그냥 무조건적으로 믿고 싶을지도 몰라. 왜냐고? 이 새끼들이 조금 스트레스가 많았던 것 같거든.

교국과 공화국은 원래 태생부터가 라이벌 관계에 있었다는 걸 생각해 보면 당연히 알 수 있는 이야기다. 교국이 대륙을 지킨 영웅을 둘이나 탄생시킬 동안 공화국은 뭐 제대로 한 게 없었다는 걸 생각해 보면 더욱더 그렇다.

대륙을 지키기 위해 싸운다는 일념과 국가의 자존심을 지키겠다는 생각 하나로 많은 자원과 인력을 투자했지만 실상은 빛의 아들의 희생과 노을빛 검사의 하늘 가르기 엔딩에 묻히기 바빴다.

교국의 네임드가 빛을 위해 힘을 냈을 때 공화국의 네임드라는 것들을 악마 소환이나 하며 악마들과 결탁하기 바빴으니. 윗대가리들은 물론이거니와 일반 국민들의 자존심도 상했을 거라는 건 굳이 말하지 않아도 모두가 알 수 있는 이야기.

그런 국가적 자존심을 회복시킬 수단이 등장했다. 악마 소환사가 아니었단다.

'이게 세탁기지. 그지?'

보이지 않는 곳에서 악마의 세력과 싸웠던 그림자 영웅이었단다. 비밀 결사단과 악마와 전투 중에 몸을 빼앗기기는 했지만 자신의 최후의 최후까지 싸우고 종국에는 대륙을 위해 스스로 명예를 저버린 위인이었단다.

'솔직히 욘나 멋있자너. 그림자 영웅.'

공화국 놈들이 국뽕에 차올라 정신을 놓는 것도 무리가 아니다.

실시간으로 올라오고 있는 베니고어 넷 역시 호황. 공화국 중심으로는 진청을 응원하는 게시글밖에는 보이지 않는다.

물론 스크린 데뷔에 성공한 조혜진 역시 반응이 좋다.

-군사님!

'진짜 장관이다. 장관.'

-저희들은 군사님을 믿고 있었습니다.

'이 새끼들도 태세 전환 진짜 장난 아니야.'

-군사님이 악마 소환사가 아니라는 걸 믿고 있었습니다…….

'얼마 전까지는 신나게 갈구더니…….'

-군사님! 힘내십시오! 공화국민들이 응원하고 기도하겠습니다.

'아이고야…….'

-믿고 있었다고! 젠장!

모두의 힘을 하나로.

아무리 수치스럽다고 한들. 아무리 이건 아닌 것 같다고 생각한들. 아무리 자신이 원하는 방향이 아니라고 한들. 이쯤 되면 선택권이 없는 것이나 마찬가지.

나도 눈물 몇 방울 더 떨어뜨리고 책상 탁 치면서 부끄러운 뻔한 대사 갈겨줘야지.

"그림자는 빛이 없으면 생기지 않는 법입니다. 당신의 안에는 아직도 빛이 남아 있어요."

결국 궁지에 몰린 녀석이 머리를 붙잡는 것이 시야에 비쳤다.

---크…… 크윽…… 크으윽…….

거짓말 하나 보태지 않고…….

---크아아아악…….

내가 다 숨고 싶어지는 모습.

녀석의 동공은 분명히 흔들리고 있었다.

229장
마지막(11)

지진이라도 온 것이 아닐까 하는 착각이 들 정도로 무자비하게 흔들리는 동공이 보인다.

'갑자기 왜 이렇게 불쌍해 보이냐.'

심지어 이렇게 하면 되냐는 듯 눈치를 보고 있는 모습을 뭐라고 설명해야 할지 모르겠다. 놈도 알고 있을 것이다. 이 스토리텔링을 이어가기 위해서는 본인이 뭘 해야 하는지, 어떤 스탠드를 취해야 하는지, 모르고 있을 리가 없다. 그 결과에서 우러나온 것이 바로 저 행동이었을 것이다.

---크으윽…… 크윽…….

"힘을 내쇼! 모두가 믿고 있다는 거 아니요! 모두가 응원하도 있다니까! 군사님이 본래대로 돌아오기만을 기다리고 있소! 내가…… 내가 뭔가 도울 게…… 도울 게 있나."

---크아아아윽…… 제길…… 내 머, 머, 머릿속에서 나가라…… 이…… 악…… 악…….

그럼에도 불구하고 눈치를 보고 있는 것을 보면 본인의 행동에 자신감이 없는 모양, 마치 이렇게 하는 게 맞냐는 듯 무언의 물음을 보내고 있는 것처럼 느껴졌다. 이상할 정도로 초조해 보이는 모습이었다.

'아니, 진짜 근데 미치겠네. 이 새끼 연기 왜 이렇게 못해?'

디아루기아보다 최악처럼 느껴진다. 아니, 최소한 그녀는 역병 드래곤으로 자신의 하이 커리어를 찍어보기라도 했으니 비교하는 것 자체가 무의미하다.

평소에 표정 숨기는 건 잘하는 양반이 왜 이러는지는 모르겠지만 뭐라고 코멘트를 남기기 힘들 정도로 최악이다. 배역과 스토리가 아깝게 느껴질 정도의 구더기 감정선. 그림자의 영웅이라는 타이틀도 만들어줬건만…….

'집중 안 해? 수치스러워하지 말고 집중해야지. 시바. 장난이야? 이게 장난처럼 보여? 여기에 걸린 게 얼마나 많은 줄 아냐고.'

조금 더 아껴두는 게 좋을 뻔했다. 그림자의 영웅을 꺼내는 게 아니었다.

다급한 표정으로 한소라를 바라본 것은 당연지사. 그동안의 경험으로 촬영 기법들을 쌓아 올린 한소라 카메라 감독의 눈에도 지금 이 순간이 위기처럼 보이는 모양이다.

결국에는 입술을 꽉 깨문 그녀가 이리저리 손거울을 움직이는 게 눈에 보였다. 현장의 긴박함을 그대로 전하는 것은 물론 진청의 어색한 표정을 숨겨주기 위함이겠지.

이거 사운드에도 노이즈 들어가야 되는 거 알지? 치지직 소리랑 같이 악마 목소리 좀 같이 넣어줘야 돼.

굳이 말하지 않아도 알아서 처리하는 모습은 이미 프로의 그것. 여러 가지 특수 효과로 인해 그나마 나아지기는 했지만 그래도 저 어색함은 커버칠 수가 없다.

차라리 조금 단촐한 설정이었다면 어땠을까. 연기력과 감정선을 필요로 하지 않는 스토리텔링이었다면 어땠을까.

---크으윽…… 나는 지지 않는다.

'뭘 지지 않아? 도대체 뭘. 뭔데? 그렇게 꿋꿋하게 지지 않는다고 이야기해?'

내 각본이 쓰레기가 되어가고 있다는 사실에 저도 모르게 허벅지를 툭툭 두드리게 되는 상황, 어떻게든 진청에게 도움을 주려는 박덕구가 아니었다면 이미 망했어도 진작에 망할 뻔했다.

"형, 형님! 이거……."

"군사님! 긍지를 지키세요!"

---크윽…… 크하…… 하하하…….

"악마가 튀어나오려고 하고 있다는 거 아니요. 이거 어떻게…… 진청 군사의 모든 걸 앗아간 더러운 악마가 나오고 있다니까! 형님! 구해야 하는 거 아니요? 남몰래 대륙을 지켜온 그림자의 영웅이 이대로 악마에게 먹히게 내버려 둘 수는 없소."

---제길…… 제길…… 제기랄…… 이기영…….

'방금 감정선은 좋았는데.'

—크윽…… 그 누구도…… 나를 막을 수 없다.

대사가 왜 이렇게 일차원적인지 모르겠다.

"아니요. 군사님은 이겨낼 수 있습니다. 제가 함께하겠습니다. 부길드마스터도 말씀하셨습니다. 그림자를 만드는 빛은 아주 작지만 그 어떤 것보다 더욱더 빛나고 있다고 말입니다."

원래 이런 대사 외칠 때는 자신한테 확신이 있어야 되는 거라고. 싸구려 소설책에서나 나올 것 같은 대사에 힘이 실리는 이유가 바로 감정선 때문이라니까.

우리는, 시바, 진짜로 목숨을 걸고 있으니까. 여기에 힘이 실리는 거야. 이게 실제 상황이고 정말로 죽을 수도 있으니까 사람들이 지켜봐 주는 거라고.

물론 혜진이 외관이 연기의 완성이기는 해. 그래도 스스로한테 부끄러워하면 안 되지. 하는 사람이 부끄러워하면 보는 사람도 부끄러워지는 거야. 조금 더 당당해져 봐.

약간은 간질간질해지는 대사들을 계속해서 공급하며 조언하려고 해봤지만 이건 이미 심폐소생술이 불가능하다.

결국에는 이대로 가는 것밖에 방법이 없다고 생각하니 괜스레 입안이 쓰다.

한 감독이 과감한 결단을 내린 것은 바로 그때였다.

'워.'

렌즈를 아예 아래로 내려 더미 월드를 비추기 시작한 것.

거대한 악마의 군세들이 얼마 남지 않은 인류를 향해 성큼성큼 발걸음을 옮기는 모습이 눈에 들어온다. 더 이상 물러설

곳이 없는 빛의 군대는 하나로 똘똘 뭉쳐 악마들을 맞이할 준비를 하고 있다.

---전진하라. 악…… 악마의 군세여.

초근접으로 촬영을 하기 시작하니 어린애들 장난처럼 느껴지지도 않는다. 게임을 하는 것이 아니라 다른 차원에서 전쟁을 치르고 있는 것만 같다.

다른 목소리는 들려오지 않았지만 적당히 효과음과 버무려진 전장은 대륙인들의 공포심을 채우기에는 충분했다.

"승리해야 합니다. 빛의 군대여! 이 전투에서 승리하는 것만이 군사님을 어둠에서 구원할 수 있는 유일한 방법입니다."

---네…… 네놈들의 뜻대로 될 것 같으냐…… 이만 포기…….

"절대로 군사님을 포기하지 않을 겁니다. 저희들뿐만이 아닙니다. 공화국의 국민들도, 현재 싸우고 있는 교국의 영웅들도, 대륙을 지켜낸 모든 이들이 모두 군사님을 포기하지 않을 겁니다."

---제길…… 내가 왜…… 제길…….

"나아가자 빛의 군대여!"

거대한 빛무리가 쏟아져 내린다.

[인류 진영의 네임드 개체 '노을빛의 검사' 김현성이 환하게 웃습니다. 지켜보고 있으실 줄 알고 있었다고 이야기합니다. 마지막 싸움을 함께하자고 이야기합니다. 이번 이야기의 끝이 어떻게 될지 알 수 없어 불안하지만 플레이어가 원하는 것이라면 따르겠다

고 이야기합니다.]

'이 새끼, 이거 버그 어떻게 해야 돼. 누나. 만들 때 수정 좀 하지. 근데 더미 월드 이렇게 쓰니까 또 괜찮기는 해.'

몇 가지 실험 정도는 해보는 게 좋을 것 같다.

[인류 진영의 네임드 개체 김현성이 함성을 내지릅니다.]

[인류 진영의 병력들이 놀라움을 표현합니다. 환한 빛무리에 모두가 용기를 얻습니다. 인류 진영의 병력들은 플레이어에게 조언을 구하지 않습니다. 마지막 전투라고 이야기합니다. 순수한 빛과 어둠의 전투가 시작될 거라고 합니다. 함성을 내지릅니다. 그들은 방패를 두들기고 발을 굴리며 마지막 전투를 위한 승리의 노래를 내부릅니다.]

"나아가자!"

"나아가자니까! 군사님을 구하는 거요!"

[악마 진영이 발걸음을 옮깁니다. 마치 대지가 울부짖는 것 같은 소리들이 들려옵니다. 인류 진영은 공포에 떨지 않습니다. 하늘에서 내리는 따뜻한 빛이 자신들이 가야 할 길을 이끌어줄 거라고 소리 지릅니다.]

---저들을 죽여라. 전부…… 전부 죽여!

'그거 진심 아니지?'

[마지막 전투가 시작됩니다. 역사의 한 페이지를 장식할, 이 대륙의 역사의 영원히 남을, 마지막 전투가 시작됩니다!]

어둠에 휩싸인 악마들과 빛의 휩싸인 군대가 부딪치는 광경은 뭐라 말하기 힘들 정도로 경이롭다.

성기사들은 고함을 내지르며 악마에게 저항하고 언데드들은 끝까지 아군 보병을 물고 늘어진다.

전술과 전략의 싸움과는 거리가 멀다. 순수한 어둠과 빛의 격돌이라고 할 수 있을 정도로 그들은 필사적이고 처절하다. 더미 월드인지 모르고 봤다면 꽤나 손에 땀을 쥘 만한 전투가 됐을 것이다.

당연하지만 이 모습을 바라보고 있는 대륙인들의 반응이야 두말할 것도 없다.

대륙 곳곳에서 전투와 전쟁이 일어나고 있다. 싸우고 있는 이들도 있고 싸우고 있지 않은 이들도 있지만 이들의 마음은 모두 같다. 빛이 승리할 거라는 믿음. 어둠은 결국 빛의 앞에 무릎을 꿇을 거라는 믿음. 이 위기를 다시 한번 헤쳐 나갈 수 있을 거라는 믿음이다.

-제발…… 부탁드립니다.

-지지 마라! 제기랄! 악마 놈들에게 본때를 보여줘!

-빛의 아들이 함께하고 있습니다.

곳곳에서 기도를 하고 있는 시민들이 눈에 띈다. 전투를 벌이고 있는 이들 역시 위 전투에서 승전고가 울리기를 기대하고 있다.

-지지 마라! 교국이여! 빛의 군대가 악마의 군세를 밀어붙이고 있는 것을 보라! 우리들도 저들과 같이 승리할 것이다! 빛의 아들이 우리들을 지켜보고 계신다.

-힘을 내자. 모두 두려워 말고 하늘 위를 보라! 함께 대륙을 지켜냈던 우리의 전우들 역시 다른 전장에서 피를 흘리고 있다. 우리의 승전보는 그들에게 커다란 힘이 될 것이다.

당연하지만 굳이 이게 가짜라는 사실을 말해줄 필요는 없다. 효과는 대단했으니까.

모두에게 희망과 용기를 주는 전투다. 다시 한번 자극을 줄 수 있는 숭고한 전투다.

처절하지만 빛에 둘러싸인 더미들의 눈빛에 두려움이란 없다. 신이 자신들을 지켜봐 줄 거라고 생각하는 신앙은 그들 자신들의 목숨을 기꺼이 내어주게 만들 정도로 헌신적이다.

"군사님."

---…….

"정신 차리세요. 군사님."

---크윽…….

"이 전쟁을 끝낼 수 있는 것은 군사님뿐입니다. 부길드마스터 역시 그렇게 말씀하셨습니다."

---나는…….

아직도 몰입을 못 한 건 조금 그렇기는 해.

하지만 상황이 워낙 좋아 녀석의 연기력을 무마시켜 주는 것만 같다. 기도를 올리고 있는 공화국 국민들과 자신에게 힘을 보내고 있는 이들을 힐끗 바라보는 녀석의 모습이 시야에 비쳤다.

빛을 내보이자 반사적으로 머리를 부여잡는 모습이 보인다. 빛의 반응하는 몸이라는 세세한 설정을 잡은 건 좋았지만 표현하는 것에는 한계가 있는 것 같았다.

다른 건 못해도 빛 쏘기 하나는 잘하는 만큼 천천히 녀석에게서 환한 빛이 피어오르는 효과를 주입하기 시작.

슬슬 타이밍이라고 생각했는지 붉어진 얼굴로 입을 여는 것이 눈에 띄었다.

---나는…… 나는 지지 않는다. 더러운 악에 굴복하지 않을 것이다.

날 보면서 이야기 하는 게 조금 그렇기는 한데, 감정선은 좋아.

---나는 공화국의 진청이다. 이런 것 따위에 굴복할 성싶으냐.

근데 대사가 너무 구려. 너무 옛날 느낌이야. 물론 클래식이 나쁘다는 건 아닌데……. 아니, 오히려 클래식 한 건 좋은 건데 네 입에서 나와서 그런지는 몰라도 조금…… 그래. 구태여 공화국의 진청이다, 라고 자기소개하는 것도 너무 좀…….

그래도 받아줘야지.

"네. 당신은 진청입니다. 평생을 악마와 싸워온, 죽어서까지 대륙을 지키고 싶어 한 진청입니다."

---나는 공화국의 진청이다. 제길…… 제길!

거대한 빛이 악마의 군세를 덮친다. 빛에 의해 모든 어둠이 허물어지는 그 찬란한 광경은 말로 표현하지 못할 정도로 아름답다.

[인류 진영이 기적을 목격합니다. 대부분의 병력들이 빛이 곁에 있었다고 눈물을 쏟아냅니다. 악마 진영의 악마들이 사라지기 시작합니다. 악마들의 힘이 약화됩니다. 악마 진영의 네임드 개체 정진호가 아쉽다는 듯 웃습니다. 하지만, 분명히 다음 기회가 있을 거라고 이야기합니다. 인류 진영의 네임드 개체 김현성이 하늘을 올려다봅니다. 쏟아지는 빛을 바라보며 손을 뻗으며 조용히 눈을 감습니다.]

"군사님……."

---그…… 그 누구도 내 긍지를 더럽힐 수는 없…… 다…… 나는 더러운 악에 굴복하지 않는다.

[인류 진영의 병력들이 악마의 군세를 몰아냅니다. 아니, 악마 진영이 스스로 무너지기 시작합니다. 오늘의 찬란한 빛은 그들의 가슴속에 영원토록 남을 것입니다.]

"……."

[모두가 환호성을 내지르며, 전투가 마무리됩니다.]

그리고.

"그럼…… 어?"

몸이 위쪽으로 붕 떠오르는 느낌이 들기 시작했다.

"어……."

감았던 눈을 뜨자 적막함이 감도는 공간이 눈에 들어왔다.

"아……."

'원래대로 돌아왔구나.'

떠들썩해진 주변이 순식간에 조용해지니 적응이 되지 않는 듯한 느낌이다.

"아버……."

하는 소리가 들려온 곳을 바라보니 오랜만에 보는 것 같은 세라핌이 시야에 들어왔다.

슬그머니 커피를 들고 나를 올려다보고 있는 얼굴. 곧바로 한 모금을 마신 이후에는…….

'맛 없자너.'

눈물을 뚝뚝 떨어뜨리며 땅바닥에 쏟아져 내린 커피를 닦고 있는 모습이 보이기는 했지만 별로 시선을 두지는 않았다. 두 손으로 자신의 얼굴을 가리고 있는 조혜진이 보였기 때문이다.

어마어마하게 붉어진 얼굴을 보니 내가 몸에 강림해 있을 때도 이쪽의 상황을 볼 수 있었던 모양. 자신이 올린 게시글을 내가 봤기 때문인지, 첫 카메라 데뷔에 감격 때문인지 모르겠지만 정신을 차리지 못하고 있는 것만은 확실해 보였다.

"혜지나?"

-닥쳐라. 이 새끼야.

혼자 소곤거리는 목소리였지만 오늘따라 크게 들려오는 것만 같다. 혜지니가 욕 했자너.

"왜 그래요? 좋은 일이라니까."

-제발 닥쳐…….

거의 울 것 같은 표정이지 않은가.

"이걸로 스타덤에 오르는 게 확실해질 거라니까요. 사실 혜지니 업적에 비해서 사람들에게 조금 덜 알려진 경향이 있기도 한데. 그게 다 홍보를 안 해서 그래요. 홍보를……."

-…….

"이젠 그럴 일은 없을 겁니다. 아마 혜진 씨 자주 가는 커뮤니티에도 오늘 있었던 일들 전부 올라갈 거고…… 아! 그리고 혹시나 해서 하는 말인데 혜진 씨 손거울 본 건 실수였지 고의가 아니었습니다. 뭐, 본 내용도 그렇게 중요하지는 않았으니까…… 너무 나무라지 마세요. 정식으로 사과드리겠습니다. 다만 앞으로 그런 궁금한 일이 생기면 이상한 커뮤니티보다는 친구한테…… 상담을……."

-제발…… 제발 닥치라고. 조금만…….

"정신 차려야죠. 애들이 이상하게 생각하잖아. 혜진아."

사실 그리 이상하게 보고 있는 것 같지는 않다. 도대체 왜 저러고 있는 걸까 하는 느낌은 있었지만 언뜻 보면 빛의 승리에 감격하고 있다고 착각할 수도 있으니까.

분위기를 보니 아직까지 내가 위로 올라갔다는 걸 알아차리지 못한 모양이다. 귀신같이 냄새를 잘 맡았던 정하얀도 혼란스러운 장내 때문인지 아직까지 같은 포지션을 유지하고 있었고 원래 눈치가 없었던 박덕구야 여전히 호들갑을 떨고 있었다. 아마 녀석이 분위기를 혼란스럽게 하는 데 일조하고 있으리라.

"작별 인사는 해줍시다. 애들 실망하겠네."

그제야 조혜진 역시 정신을 차린 느낌. 말도 없이 갑자기 사라졌다고 하면 하얀이나 덕구가 실망할 거라는 걸 그녀가 모를 리가 없지 않은가.

이제는 정신을 차려야 한다고 생각했는지 조용히 심신의 안정을 가다듬고 있는 것을 보니 고개가 끄덕여졌다.

"소소한 효과는 이쪽에서 내줄 테니까. 대신 인사 좀 해줘요. 뭐 간단히 해도 괜찮고 모르겠으면…… 아니, 그냥 혜진 씨가 적당히 해주시면 됩니다. 최대한 빨리요. 하얀이가 눈치채기 전에."

조금 화가 났을지도 모른다는 생각에 동정심을 유발하는 것은 기본. 기운이 없다는 듯 목소리에 힘을 빼자 조혜진이 손가락을 꼼지락거리는 게 눈에 보였다.

결국에는 미세하게 고개를 끄덕이며 조용히 입을 열기 시작했다.

뭐라고 말해야 할지 혼란스러워하는 것 같기는 했지만 일일이 코치해 주는 것보다는 이게 나을 것이다.

자리에서 몸을 일으키며 천천히 고개를 돌리는 동작은 발군. 연기를 한다기보다는 정말로 내 입장을 대변해야겠다는 마음에서 우러나오는 행동처럼 보인다.

표정에서부터 잠깐 동안 떨어지는 게 아쉽다는 얼굴이 드러난다.

아마 모두가 깨닫고 있을 것이다. 이다음에 조혜진이, 아니, 조혜진이 연기하고 있는 이기영이 무엇에 관해 이야기할지 모를 수가 없다. 씁쓸한 웃음이 머금고 있는 얼굴이 보인다.

-이제 가봐야 할 것 같네.

생각했던 것보다 더 괜찮다. 조금 진지한 면이 있기는 했지만 말이다.

-그게 무슨 소리요?

-말 그대로 이제 가봐야 한다는 거야. 여기서 할 수 있는 건 전부 한 것 같고. 시간이 그리 많지 않거든…… 계획하고 있는 게 있어. 자세하게 말할 수 있는 단계는 아니지만 반드시 다시 돌아올 거니까 너무 호들갑 떨 필요 없다.

-정, 정, 정말이요?

-물론…….

"너무 확신을 담아서 말하면 애들 엄청 기대하는데."

-짧은 시간이었지만 이런 형태로나마 만날 수 있어 너무 즐거웠어. 하얀이도 덕구도 소라 씨도 잘 지내고 있는 것 같아서

보기 좋고…… 그리고…….

-안, 안, 안 돼…… 안, 안, 안 돼…….

-금방 다시 볼 수 있을 거야. 하얀아.

-어, 어…… 어…….

당연하지만 정하얀이 문제. 돼지 새끼는 예상대로 눈물을 일발 장전하고 있었지만, 정하얀의 경우에는 그 정도가 더 심했다.

닭똥 같은 눈물을 뚝뚝 떨어뜨리는 것은 기본, 허겁지겁 달려들어 와 조혜진을 놔주지 않겠다는 듯 꽉 껴안고 있는 모양새가 조금 슬퍼 보이기야 한다.

엉엉 소리 놓아 우는 소리가 계속 들려오니 조혜진도 당황한 기색이 역력했지만 일단은 그녀를 진정시켜야 한다고 생각하는지 천천히 머리를 쓰다듬고 있다.

이제 슬슬 떼어내려고 하는지 손에 힘을 줬지만 이미 껌딱지처럼 달라붙은 그녀가 떨어질 리 만무. 쟤는 어떻게 조혜진의 근력을 버티고 있는지 모르겠다. 아무리 마력으로 근력을 보조하고 있다지만 기본 근력이 없어서는 저렇게 버틸 수 없을 것이다.

-어어어어엉…… 끄윽…… 흐어어어엉…….

-빨, 빨리 돌아올 수 있을 거야.

-히끅…… 끄으으윽…… 가지 마요. 가지 마…… 히끅…….

-정, 정하얀 님. 그러시면 안 돼요. 부…… 부길드마스터가 곧 돌아오신다고 하셨잖아요.

-최대한 빠르게 돌아올게.

-가지 마! 가, 가, 가지…… 흐어어어엉…… 가지 말라구…….

어떻게 해야 하냐는 듯 창 쪽을 바라보는 모습이 눈에 보인다.

하지만 딱히 코멘트를 해줄 수가 없다. 정하얀의 억제기가 그녀를 진정시켜 주기를 기다리는 게 최선이겠지.

아니나 다를까 한소라가 정하얀을 달래고 있는 모습이 눈에 보인다. 사실 전혀 진정되는 것 같지 않기는 했지만…….

-금방 돌아오신다고 하셨으니까 금방 돌아오실 거예요. 부길드마스터도 힘드실 거예요. 그러니까…… 이만 놔…… 주세요. 정하얀 님…….

-흐어어엉…….

-거, 형님도 힘드실 거요. 누님 마음도 이해되지만 일단은…… 보, 보내줘야 한다니까. 형님 입으로 직접 말하지 않았나. 금방 돌아올 거라고. 계속 혜진이 누님 몸에 살 수도 없으니까. 형님 몸으로 돌아온다는 거 아니요. 일단은…… 보내줍시다.

-그래. 하얀아. 곧 돌아올 거야. 기다릴 수 있지?

일단은 말없이 고개를 절레절레 젓고 있었지만.

-기다릴 수 있지?

한 번 더 물어보니 못 이기는 척 고개를 끄덕거리는 모습이 눈에 보인다.

대신이라고 하기에는 뭣 하지만 은근슬쩍 자신이 기다려야 하는 것에 대한 보상을 원하고 있는 것 같기도 했다. 원래 항상 해줬으니 말이다.

하지만 조혜진이 그런 그녀의 의사 표현을 알아챌 수 있을 리 만무. 다시 한번 머리를 쓰다듬고 그녀의 옷매무새를 정리해 주고 있는 것이 시야에 비쳤다.

손으로 직접 눈물을 닦아주고 눈을 마주치며.

-다 괜찮을 거야.

라거나.

-하얀이를 믿으니까.

라고 말해주거나.

-하얀이도 믿을 수 있지?

이 정도로.

조혜진이라면 할 수 없을 것 같은 말들을 계속해서 해주고 있으니 정하얀도 마지못해 고개를 끄덕이고 있다.

은근히 애 다루는 솜씨가 괜찮은 것 같아 보여 고개를 끄덕이게 된다.

"내가 하면."

-내가 하면.

-나는 더 잘할 수 있다. 거, 귀에 딱지 앉겠소. 거, 자꾸 눈물 나오게 하지 말고 후딱 가라니까. 어차피 돌아올 거 아니요.

-그래. 나중에 보자. 돼…… 지 새끼. 소라 씨도 고생하셨습니다.

-아…… 네. 부길드마스터. 안녕히 들어가세요.

괜히 이제 간다, 나 진짜로 간다. 안녕 같은 말은 하지 않았다. 그저 잠깐 동안 조혜진이 눈을 감고 약간의 빛이 번쩍이는 것이 전부.

조용히 눈을 뜬 조혜진이 다시 한번 머리를 묶는 것으로 다시 그녀의 몸으로 되돌아 왔다는 것을 알리는 게 좋지 않을까.

조혜진 역시 내 생각과 같은지 풀어져 있는 머리를 묶으며 입을 열었다.

-잠깐 동안…….

-정말로 간 모양이요.

-네. 이미 전해 들으셨겠지만 최대한 빨리 돌아올 테니 기다려 달라고 하셨습니다. 반드시 내려오겠다고 말입니다. 부길드 마스터도 많이 아쉬워하고 계신 것 같습니다.

-거, 우리도 들었다니까. 뭔가 씁쓸하기는 합디다. 아, 오해할까 봐 하는 소리이기는 한데 혜진 누님이 돌아온 게 아쉽다는 게 아니요. 그냥 형님이랑 같이 있을 수 없다는 게 씁쓸한 거지.

-저도 알고 있습니다.

-혜진 누님도 수고 많았다니까.

-정하얀 님. 이제…….

-아…… 으응…….

-괜찮으십니까? 하얀 씨?

-…….

-정하얀 님은 괜찮으실 거예요. 그렇죠?

-응…….

별로 괜찮아 보이는 모습은 아니었다.

처음부터 내려오지 않았다면 상실감이 덜 하지 않았을까. 본래 줬다 뺏는 게 가장 짜증 나자너.

정하얀의 입장에서는 지금의 상황이 그렇게 느껴지는 모양이다. 본래 감정이 들쭉날쭉 변하는 만큼 순간적으로 우울한 감정이 몸을 덮친 것이다.

천천히 조혜진의 몸에서 그녀를 떼어낸 한소라가 어깨를 두드려 주기가 무섭게 부르르 어깨를 떨며 고개를 들지 못하고 있다.

으그윽 하는 억지로 눈물을 참는 소리가 계속해서 들려와 한소라도 많이 당황한 것 같다. 한쪽 손으로 눈물을 연신 닦고 있었고 사실 빠른 시일 내에 멘탈이 회복될 것 같지도 않았다.

-정하얀 님…….

-…….

-힘…… 힘내세요. 곧 돌아오신다고 하셨으니까요. 만약에 안 내려오셔도 마법의 신이 되시면 되죠. 저, 저도 마법의 천사로서 최선을 다할게요.

-그…… 그래?

-네. 마법의 천사 한소라…….

'부끄럽지도 않나 봐.'

확실히 부끄러워하고 있기는 하다. 물론 조혜진보다 더 부끄러워하는 것 같지는 않았지만 말이다.

한 차례 미션을 끝낸 이후에도 부끄러움이 사라지지 않는 얼굴, 잠깐 동안 옆을 바라본 이후에는 다시 한번 입을 여는 것이 보인다. 마무리 지어야 하는 게 있기 때문이겠지.

-덕구 씨.

-…….

-잠깐 하얀 씨와 함께 바깥에 이상이 있는지 확인해 주실 수 있으십니까.

-믿어주쇼.

박덕구가 정하얀과 한소라를 챙기며 밖으로 나간 이후에는 조용히 그녀를 바라보는 인물에게 입을 열었다.

---끝났군. 제기랄…….

-…….

---이 미친…… 제기랄…… 이건…… 이런 건…… 그 개자식은 지금 보고 있나? 여기를 내려다보고 있는 건가? 제기랄…… 제길! 이기영 개자식…… 이…… 사기꾼 자식.

-죄…… 죄송합니다.

---네게 사과를 받고 싶지는 않다. 너 역시 나와 같은 상황일 테니. 제길…… 제기랄…… 그림…… 그림자의 영웅 같은 건 바라지도 않았단 말이다. 나는 단지…….

고개 들어. 혜지나. 왜 죄인처럼 그러고 있어. 우리는 잘못한 거 없어. 내가 부끄러워? 진짜로 부끄러워? 그림자의 영웅이 부끄러웠냐구…….

---이제 와서 이런 말을 한들 무슨 소용이 있을까. 내게 이

런 말을 토로하는 것도 우습군. 제길…… 아무튼 간에 나는 더 이상 엮이고 싶지도 연관되고 싶지도 않다…… 내 생각대로 된 건 아니긴 하지만 그래도…… 제길…… 그래. 게임…… 아니, 전쟁은 너희들의 승리다. 나는 이제…….

-저…….

---너와는 꽤 즐거웠다고 말하고 싶군. 이름이 조혜진이라고 했던가…… 괜찮다면 마지막이니만큼 차 한 잔은 더 즐기고 싶군. 조금만 기다려 주겠나.

-저…… 정말로 죄송합니다.

---뭐?

-부길드마스터가…… 이걸…… 아직은 끝낼 수 없다고…… 전해달라고 하셨습니다. 있는 그대로 전해 드리자면…… 기왕 이렇게 된 거…….

"일 좀 하고 가라고 빨리 말 좀 해요. 연방 건 좀 같이 해결하자고 합시다."

---뭐?

고개를 살짝 돌리자. 가면을 쓴 은발의 남자가 조용히 아래를 내려다보는 것이 보였다.

---주제도 모르는 벌레들이 기어오르고 있구나.

입꼬리를 한껏 올리고 있는 붉은 전신의 모습도 말이다.

-그거 나한테 한 소리야?

[신화 등급의 던전 빛의 아들이 희생된 대륙의 메인 이벤트, 역

병 군주가 시작됩니다.]

'보낼 땐 보내더라도 이건 좀 해결해 주고 가야지.'

희라 누나를 믿지 못하는 것은 아니다. 누나라면 어둠의 역병 군주고 나발이고 뚝배기를 산산조각 내줄 거라는 것 정도는 알고 있었으니까.

하지만 전쟁이라는 게 둘을 케이지 안에 가둬두는 게 아니지 않은가. 아마…….

'생각보다 까다로울 거고…….'

난이도로 따지자면 꽤 높다고 봐도 되지 않을까. 대충 보기에도 역병 군주 쪽은 어느 정도 스펙업이 끝나 있는 것 같이 느껴진다.

정확히 빛의 아들이 희생된 대륙의 던전 시스템이 어떻게 만들어졌는지는 알 수 없었지만 교국 혁명과 악마 소환사로 경우를 생각해 보면 어느 정도 상향 조정을 거친다고 봐도 될 것 같았다.

저게 어떤 타입인지에 따라 공략 난이도나 방법이 달라질 가능성도 있겠지. 교국 혁명에 등장했던 혁명 추기경의 경우에는 제대로 된 의사를 전달할 수 없었던 NPC였다는 걸 생각해 보면 더욱더 그렇다. 대륙 던전의 디자인에 어마어마한 신성을 들였을 테니 비용 절감 측면에서 그런 방식으로 디자인되었을 수도 있었다.

하지만 애초에 교국 혁명의 이벤트는 오스칼과 병사들이 메인. 이벤트의 큰 축을 담당하는 이벤트 보스라고 보기에는 무리가 있었다. 말 그대로 혁명추기경은 단순히 정해진 행동 패턴에 따라 밟고 움직이는 NPC 그 이상도 이하도 아니었다는 거다.

진청의 경우에는 조금 다르다. 지혜 누나가 어떻게 녀석을 데리고 왔는지는 알 수 없다. 하지만 녀석은 분명히 과거를 기억하며 의사를 표현하고 있었고 독특한 공략 방식 역시 탑재되어 있었다.

당연히 본래의 진청에게 저 게임으로 현실의 목숨 줄을 쥘 수 있는 기능 따위는 없다. 종류는 조금 다르지만 녀석도, 판속의 정진호나 이토 소우타처럼 상향 판정을 받았다고 생각하는 게 옳다.

"이건 이야기니까."

이미 과거로 묻힌, 역사 속으로 사라진 이야기였지만 본래 이야기라는 건 과장되기도 하고 여러 가지 종류의 보정을 받기도 한다. 지금 내가 보고 있는 둠기영이 상향 판정을 받으면 받았지 결코 하향 판정을 받지는 않았을 거라는 게 이쪽의 생각이었다.

"중요한 건 저 안에 들어 있는 게 어떤 거냐는 거겠죠. 군사님이야 영혼을 데려왔을 수도 있고, 아니면 단순한 사념체 있을 수도 있어요. 군사님 본인에게 이런 말을 하는 게 조금 미안하기는 하지만 자기가 원본이라는 인식이 있기는 합니까?"

――원본이라는 인식이야 있다. 하지만 그게 잘못된 정보라

는 가능성을 배제할 수는 없겠지. 저 역병 군주의 안에 무엇이 들어가 있는지 고민하고 있는 건가.

"사실 별로 상관은 없지만 궁금하기는 합니다. 역사 속에 기록된 역병 군주는 아주 냉혹하고 카리스마 있고 무자비하기도 했거든요. 좀 멋있기도 했고…… 뭐 그런 설정이었습니다."

-설정?

"신경 쓰지 말고 계속 전달해 주세요, 혜진 씨. 잠깐 말실수 나온 거니까."

---그러니까 지금 저게 만들어진 인격이라는 건가.

"아마 확률이 크다고 느껴집니다."

---구태여 걱정하는 이유를 모르겠군. 만들어진 인격은 만들어진 인격일 뿐이다. 대륙을 관장하고 있는 시스템이 정확히 어떤 식으로 돌아가는지에 대해 알 수 없지만 저게 조잡한 데이터 덩어리라면 걱정할 필요도 이유도 없을 터.

"원본과 비슷할 수도 있어서 드리는 말씀입니다. 지금 당신이 운영하고 있는 게임판, 이상하다고 생각해 본 적은 없어요? 그거 단순한 게임이라기에는 너무 원본 같이……."

---미친놈.

"지혜 누나가 만들었어요."

---미친 연놈들.

"저희가 개인적으로 가지고 있는 시스템을 이용해서 만들어냈지만 신성을 이용하니 제법 그럴듯한 결과물이 나오더란 말입니다. 원본과 흡사한 프로그램을 만들어내는 데 성공한 거

예요. 사실 예상한 게 아니기는 합니다. 근데 이걸 보세요. 정말로 원본과 흡사하지 않습니까?"

---정말로 기가 차는…… 미친 연놈들이로군.

"왜 그래요? 자기도 흥미롭다고 생각하고 있으면서. 노을빛의 검사 같은 오류도 간혹 보이기는 하지만…… 그런 오류를 제외하고는 이 데이터 덩어리는 완벽에 가깝습니다. 스스로 사고할 수도 있고 진화하기도 합니다. 아주 잘 만들어진 인공지능이라고 봐도 무방해요. 우연의 결과물이라고 하지만 단순한 데이터 찌끄래기로 판단하는 건 이 시스템을 만든 누나에 대한 모욕이라고요."

내 말을 전달하던 조혜진이 잠깐 멈칫거리는 게 눈에 보였다.

뭔가 할 말이 있는 것처럼 보이기는 했지만 일단은 말을 전달하는 것에 집중하고 있다.

---그럼…….

"네. 어쩌면 지금 역병 군주 안에 들어가 있는 게 그 시스템으로 만들어진 인격일 수도 있다는 거예요."

여러 가지가 거세됐을 가능성이 높다. 그래 봐야 시스템 덩어리이기는 하지만 덤기영은 여러모로 위험했으니까.

실제로 세라핌에게 한 방 먹였다는 걸 생각해 보면…….

'말이 필요 없는 거고.'

일개 데이터 덩어리가 외신에게 한 방 먹였다는 것은 위업이라는 말로도 부족하다.

'아무튼…….'

모든 인격과 기억을 날려 버리고 베이스가 되는 정신에 둠기영을 집어넣었다든가. 혹은 지혜 누나와 따로 계약을 맺었을 수도 있다.

어쩌면 둘 다일 수도 있겠지. 녀석을 꼬드기는 과정에서 계약을 맺고, 잔가지를 쳐내 완전한 역병 군주를 연기할 장기말을 만들었을 수도 있다는 거다. 누나는 제법 둠기영을 좋아했으니까.

'효율적으로 비용을 절감할 수 있는 가장 좋은 수였을 테니까.'

나였어도 같은 선택을 했을 거라고 장담할 수 있다. 진짜 네임드 개체를 만들려고 생각했을 테니 조금 더 정성을 쏟는 게 맞다고 생각했겠지.

어떤 거로 놈을 꼬드겼든 간에 아마 철저한 장기말을 연기하고 있을 것이다. 아니, 연기가 아니라 놈은 자기 자신을 정말 역병 군주로 여기고 있을 거야. 잔가지는 전부 다 쳐냈으니까. 더미 월드의 기억 따위는 스스로 쳐냈을 거다.

'계약 내용은 뭐였을까.'

관심을 가질 만한 이야기는 아니다. 뭐, 더미 월드나 그곳에 사는 주민들의 처우 문제겠지.

누나가 약속을 지킬 거라고 장담할 수도 없고, 솔직히 저게 진짜 둠기영을 베이스로 다른 인격을 때려 박은 무언가인지도 모르겠다. 모든 게 단순 가정일 뿐이고…… 하지만…….

'위험하기는 해.'

던전의 네임드 몬스터 판정을 받았다는 건 그것만으로도

의미가 있다. 루시퍼와 누나가 과장된 역사를 기반으로 설계한 육체에 제법 쓸 만한 데이터 덩어리가 들어간다면…….

'악몽이자너.'

교국과 라이오스스의 소식을 전해 들은 연방 전쟁의 수뇌부들의 눈에 긴장감이 감돈다.

오만한 눈빛으로 더러운 벌레들을 내려다보고 있는 둠기영의 모습은 확실히 클래스가 느껴지기는 한다.

녀석의 뒤에 도열해 있는 거대한 악마 군단과 바로 옆을 지키고 있는 역병 드래곤. 리무르아나 로노베, 다른 악마 사천왕들은 보이지 않았지만 도노반을 비롯한 짜가 악마들이 시야에 비친다.

꽤나 먼 거리에서 저들을 바라보고 있는 병사들이 붙잡은 창이 떨리고 있었다. 이전의 전투를 기억하고 있었던 연방의 모험가들은 도살장으로 끌려가는 가축 같은 표정을 짓고 있었다.

역병 군주라는 이름에 걸맞게…….

-차희라 님.

-보고.

-전투가 불가능한 지역들입니다. 정확히 말하면 역병에 오염된 지역으로 어떤 방법으로도 정화가 불가능합니다. 고위급 모험가들로 역시 한 시간 정도 버티는 것이 전부이니…….

-사실상 못 쓰는 전장이라 이거네. 다음.

-역병 군주가 소환한 유령들이…….

-따로 대응팀 만들어서 처리해. 연방 시민들의 대피는?

-일단 말씀하신 대로 연방 시민의 대피를 최우선으로 진행하고 있습니다. 고위급 사제와 쓸 만한 연금술사들 전부 차출해 감염된 이들과 그렇지 않은 이들을 구별하고 있지만 아무래도 숫자가 숫자인 만큼 인력이 부족합니다.

-네 생각.

-본대에서 인력을 충원하는 게 좋을 것 같습니다. 물론 전선 유지가 힘들어질 수는 있지만…….

-그럼 그렇게 해.

-진심이십니까?

-전쟁터는 빠르게 비워둬야지. 거추장스러운 것보다는 이게 나아. 다른 곳에서 온 연락은 있나?

-없습니다.

-사흘 안에 진입할 준비를 끝낸다.

-…….

-사흘 안이야.

-최선을…… 최선을…… 다하겠습니다.

맵 자체가 그리 좋아 보이지는 않는다.

확실히 상향 판정을 받기는 한 모양인지, 약간의 유령들만 움직일 수 있었던 이쪽과는 다르게 척 보기에도 많은 규모를 움직일 수 있는 것 같다. 심지어 역병에 오염된 지역까지 생성할 수 있단다. 저 정도면…… 사실상 리디자인됐다는 말이 잘 어울린다.

희라 누나야 뭐 본인 스타일 그대로 병력들을 운용할 거라는 게 그대로 느껴진다.

사실 효율적이기도 하다. 저게 가장 누나답기도 하고……. 사람을 너무 잘 믿는 게 흠이기는 하지만 믿을 사람과 믿지 못할 사람을 구분하는 능력이 탁월하기도 하니……. 항상 하는 생각이지만 우리 회귀자보다 더 이상적인 군주상에 가깝다.

구태여 단점을 찾아보자면 차희라 본인이 집단에 억압되어 있다는 것.

가만히 있어도 사람들이 모이는 종류의 지도자가 있다. 이유야 여러 가지겠지. 최영기 녀석이 말한 것처럼 은혜를 입었을 수도 있고 단순히 차희라의 이름과 행보에 끌려서 찾아온 이들도 있을 것이다.

어떻게 보면 축복받은 재능이지만 그녀에게는 집단이 쇠사슬처럼 느껴질 것이다. 그녀는 자기 사람들을 버릴 수 없다. 김현성이 차희라를 재본 것도 그런 이유였을 것이다. 그녀는 대륙의 온전한 멸망을 받아들일 수 없거든.

"그러니까 도움이 필요한 거지."

---말하지 않았나. 나는 더 이상…….

"이건 부탁이 아니에요. 군사님. 반협박입니다. 그림자의 영웅이 되셨으면 그림자의 영웅 같은 행보를 걸으셔야죠."

-라고 말씀하셨습니다…….

"그리고 왜 이러실까. 군사님도 솔직히 재미있을 것 같잖아요. 진짜으로 게임 한 판 더 해본다고 생각하세요."

---…….

"이번에는 진짜 재미있을걸."

---…….

"진짜로 재미있을 텐데. 기왕 하는 거 즐겁게 합시다. 어차피 군사님은 그림자 영웅이니까. 다시 한번 스크린 무대 밟지 않게 배려해 드릴게. 여기는 희라 누나가 주인공인 것 같거든."

---제길…….

이 새끼 고민하네.

더 이상 연관되는 건 최대한 지양하고 싶어 하는 것 같았지만 원래 게임이라는 게 그런 법이 아니겠는가. 막판 하고 싶어지면 찐막 하고 싶어지고 찐막이 끝나면 찐찐막이 하고 싶어지고.

겸허히 본인의 마지막을 받아들이고 싶어 했으니 가기 전에 한 판쯤은…… 하는 생각이 드는 것도 무리가 아니리라.

게다가 상대가 역병 군주래자나. 게이머로서의 혼이 불타오르지 않는 게 이상하지.

---뭘 도와주면 되지?

"전반적인 병력의 운용과 보급이랑…… 아니, 그냥 처음부터 끝까지 군사님이 한다고 생각하세요. 물론 결재는 제가 첫 번째로 하고 마지막에는 희라 누나한테까지 결재받아야 할 겁니다. 말만 잘하면 처음부터 끝까지 군사님이 원하는 대로 할 수도 있구."

---28시간이다.

"네?"

---28시간 안에 출정 준비를 끝내놓는 것으로 하지. 조혜진. 지금 당장 저 전초 기지에…….

-네. 연결하도록 하겠습니다.

의아한 얼굴로 여신의 거울로 얼굴을 비치는 차희라가 눈에 보인다.

---나다. 28시간 안에 출정 준비를 끝내겠다.

-…….

---지금 당장 내가 알아야 할 데이터들과 잡다한 일을 처리해 줄 부관들을 연결해라.

'이 새끼 계속 존댓말 하더니 바로 반말 박아버리네. 완전히 자기를 놨자너.'

차희라의 입장에서는 조금 당황스러울지도 모르겠다. 갑자기 모르는 회선으로 연결이 들어왔더니 그림자의 영웅 진청이 정보를 요구하니 얼마나 황당하겠는가.

하지만 그다지 신경 쓰지는 않는 모양. 이윽고 화면을 뚫어지게 쳐다보던 차희라가 조용히 입을 열었다.

-맡기지. 통신 채널 연결해.

---어떻게 하고 싶나. 원하는 게 있나?

-둥지로 갈 거야.

행선지가 결정된 모양이다.

'리무르아 없는 리무르아의 둥지네.'

당시 총지휘관으로 있었던 차희라가 병력을 퇴각시킬 수밖에 없었던 장소였다.

-그런데 부길드마스터.

"네?"

-정말로 괜찮으신 겁니까?

"뭐가요?"

-아니…… 아무것도 아닙니다.

"뭐 이상한 거라도 있어요?"

-아니…… 그저 괜찮으신 건지 궁금해서 그렇습니다.

'너무 담담하게 이야기했나.'

"트라우마가 다시 일어날까 봐 그래요?"

-네…… 여러 가지로.

"물론 힘들지 않다면 거짓말이겠지만…… 이겨내야죠. 당시에 제가 일으킨 일들을 보는 건 가슴 아픈 일입니다. 하지만 이렇게 막아낼 수 있는 기회가 있으니 오히려 다행이라는 생각도 드네요."

-그렇게 말씀하시니 다행이지만…… 그래도…… 이번에는 조금 쉬는 게 좋을 수도…… 있을 것 같습니다.

"제대로 기억하지 못할 뿐이지 전부 알고 있어요. 마주할 준비는 되어 있습니다."

'얘는 갑자기 왜 이래.'

무척 걱정스러운 것 같은 얼굴이 눈에 띄었다.

18시간이라는 커트라인에 맞추기 위해 붉은 용병과 연방의 부관들과 정신없이 이야기를 나누고 있는 진청을 한번 바라본 이후에는 다시 한번 창을 꽉 쥐는 모습.

내가 생각해도 너무 별것 아닌 것처럼 얘기했다는 판단이 선다. 역병 군주가 끝난 뒤 길드원들에게 보호 조치의 이름을 빙자한 감금을 당했다는 걸 떠올려 보면…….

‘이해가 가기도 해.’

아무래도 조혜진이 너무 편해졌기 때문이리라.

대충 말을 해대기는 했지만 조금 더 꿋꿋한 포지션을 이어 나가는 것이 조금 더 설득력이 있었을지도 모르겠다.

그래. 슬프지만 빛기영은 자신이 저지른 일들과 과거의 죄를 마주할 준비가 되어 있는 거야. 이미 로렌과 베니고어가 이쪽의 죄를 사해주기는 했지만 그래도 내가 짊어져야 할 죄책감은 사라지는 것은 아니거든. 지금 와서 그거 주작이었다고 말할 수 있는 상황도 아니니까.

-정말로 마주할 준비가 되어 있는 건지 솔직히 잘 모르겠습니다.

“그게 무슨 소리예요?”

-그저 부길드마스터가 걱정돼서 그렇습니다.

“…….”

-그냥 기우에 불과했으면 좋겠습니다만…… 부길드마스터가 제 몸으로 들어왔을 때…….

“아, 그러고 보니 궁금하네요. 강림했을 때 대상자의 혼은 어떻게 되는지 궁금했었는데.”

-많이 느끼지는 못했습니다만 어째서 강림이 신의 축복이라고 불리는지는 대충 알 것 같았습니다. 조금이나마 부길드마스

터에 대해 알 수 있었으니까요. 부길드마스터가 계신 곳이나 상태가 어떤지 따위를 대략적으로 느낄 수 있었습니다. 부길드마스터가 정말로 신이 되신 것이 맞다면 아마…… 저는 신의 대리자니…… 그런 일련의 과정들을 통해 부길드마스터를 이해할 수 있었을 겁니다. 말로는 표현할 수 없지만 말입니다.

"뭐…… 그건 아마……."

-저는 거기가 어떤 곳인지, 정확히 부길드마스터가 어떤 곳에 있는지는 모르지만…….

"아마 혜진 씨의 영혼? 영혼이라고 하는 게 맞는지 모르겠네. 뭐 혜진 씨의 영혼이 격리되어서 그렇게 느낀 모양입니다. 여기 디아루기아도 있고, 베니고어랑도 잘 지내요. 로렌도 가끔 놀러 오기도 하고. 제 상태에 대해서도 제가 제일 잘 알아요. 항상 그랬고 앞으로도 계속 그럴 겁니다. 솔직히 아까 전에는 조금 혼란스럽기는 했습니다만……."

-조금 말씀드리기 조심스럽지만 제 생각에는 부길드마스터가 감정들을 억누르려고 하는 것처럼 느껴졌습니다. 정확히 설명을 못 하겠지만…… 좁은 상자 안에 꾹꾹 눌러 담는 것처럼…….

"확신할 수 있어요?"

-아뇨. 하지만 저는 지금 이 상황이 좁은 상자를 터지게 하는 것은 아닌지 걱정이 됩니다. 저 일이 있고 나서 부길드마스터가 힘들어한 걸 생각해 보면…….

'사실 그렇게 힘들지는 않았어.'

힘들어하는 연기를 하기는 했다. 아니, 생각해 보니 힘들었던 것 같기도 하다.

시바, 사람을 2주 동안 감금을 했는데 어떻게 안 힘들었겠어. 바깥이랑 통하는 정보도 완전 차단해 버리고 방문도 바깥에서 걸어 잠가 버리는데…….

"걱정하지 않으셔도 된다니까요."

-굳이 부길드마스터가 아니어도 됩니다. 진청 군사님께서 힘을 빌려준다고 하시니 조금은 쉬는 편이 나을 거예요.

"아니……."

-솔직히 보여 드리고 싶지 않단 말입니다.

"뭐가요."

-악마의 힘에 휘둘리고 정신이 세뇌당한 채로 인류의 적이 변해 버린 저걸…… 네가 보지 않았으면 좋겠다고.

"이미 다 알고 있는데 뭐."

-듣는 것과 실제로 보는 것은 다릅니다. 저건 부길드마스터가 아니었어요.

'둠기영이 진짜 충격적이기는 했나 보다.'

표정이 좋지 않은 것을 보니 내가 연기 하나는 기가 막히게 해낸 모양이다.

'얄궂은 재능이야. 진짜.'

마치 악의 화신과도 같은 모습, 감정이 없는 것 같은 눈, 모든 것을 무가치하게 내려다보는 듯한 표정. 가면을 쓴 채로 악마에게 둘러싸여 있는 그것의 모습은 내가 봐도 소름이 돋는 모습이었다. 얘가 이 정도니까 다른 애들이 공포에 떨지.

그것은 상징성이기도 했을 것이다. 인류의 빛이 어둠에 완전히 물들어 버렸다는 공포는 다른 무엇보다도 더 상징적이다.

조혜진뿐만이 아니라 이미 많은 이들이 두려움에 떨고 있는 것이 보인다.

-아아아악! 으아아아악!! 제발…… 제발 죽여줘. 제발…… 제발 죽여…… 달라고…….

-으어…… 아…… 아파…… 아파요. 사제님…… 괴롭습니다.

-조금만 더 힘을 내세요.

-사제님…… 너무 괴롭습니다. 너무…….

잘못된 곳에 발을 들여 역병에 감염된 이들의 모습은 참혹하다는 말로도 부족하다.

-플레나…… 이제 괜찮으니…… 이만 돌아가. 여기 있으면…… 위험하다는 거 알고 있잖아.

세포가 썩어들어 가고 있다는 말이 어울릴지도 모르겠다. 기본적으로 몸을 구성하는 것들에 끊임없이 대미지를 넣어주고 있는 종류였고 고위급 사제들이 회복 주문으로 육체를 안정시키는 것보다 무너지는 것이 더 빠를 정도였다.

심지어…….

'스스로 죽을 수도 없겠네.'

아주 오랫동안 끊임없는 고통을 주도록 설계되어 있는 종류의 역병. 아마 계속해서 역병이 몸을 좀먹는다면 마치 방사능에 피폭된 사람처럼 변해 버릴지도 모르겠다.

지금 이들의 상태가 그나마 온전해 보이는 이유는 고위급 사제들이 이들의 몸을 억지로 돌려놓고 있기 때문이다.

당연히 몸은 고통스러울 수밖에 없다. 대미지를 입고 회복되고, 대미지를 입고 회복되고, 대미지를 입고 회복된다.

유혈이 낭자한 장소는 아니다. 오히려 계속해서 거대한 신성력이 쏟아져 언뜻 보면 신성해 보이기까지 한 장소.

자리한 이들이 계속해서 고통에 찬 비명을 내지르는 게 아이러니해 보일 정도로 환한 빛으로 가득 찬 공간이었다.

'이런 걸 보면 충격받지 않을까 걱정해 주는 것도 이해가 가자너.'

교대로 신성력을 공급하고 있는 사제들의 몸 역시 감염된다.

불안한 얼굴로 본인의 팔뚝에 생긴 반점들을 바라보는 한 사제가 눈에 들어온다. 고위급 사제의 면역 체계까지 뚫어버린 것이리라.

내색하지는 않고 있었지만 본인이 모시는 신의 이름을 조용히 읊조린 이후에는 다시 한번 신성력을 공급하고 있었다.

격리된 쪽 바깥에 있는 감염자들의 가족과 친구들은 자신들을 들여보내 달라고 울부짖고 있는 것은 덤.

일반 병사들이 최대한 통제하고 있었지만 저들이 굳어 있는 얼굴을 보니 쟤네들 역시 마음이 편치 않은 것 같다.

'지옥도가 따로 없어. 솔직히 결단이 대단하게 느껴지기도 하고.'

감염된 이들은 한둘이 아니다. 냉정하게 말하자면 감염자들을 끌고 간다는 것 자체가 상식적이지는 않다. 이미 전투 요원으로 쓸 수 있는 이들도 아니었고…….

사실 악마 군단과 전쟁을 벌이는 데 소위 사제 하나하나가 얼마나 도움이 되는지를 떠올려 보면 여기에 투입되어 있는 사제들은…….

'아깝다는 거지.'

장담하건대 현재 전선을 유지하고 있는 이들 가운데 이 선택에 의문을 가지고 있는 놈들이 한 트럭은 될 것이다. 명령이 내려왔으니 따르겠지만 충언 한 발 장전하고 있는 놈들이 꽤 되겠지. 이곳의 지휘관이 차희라가 아니었다면 말이다.

무장을 걸치고 막사를 빠져나오고 있는 모습이 눈에 보인다. 붉은 용병의 부관들을 데리고 향하고 있는 곳은 감염자들이 있는 구역.

'행보가 정치인이야.'

출전하기 전에 감염자들을 한번 만나려고 하는 거겠지.

위험하다고 만류하는 놈들도 없다. 차희라가 가겠다고 했으니 막지 않는 것이다.

-제발…… 들어가게 해주세요. 제발…….

-동생이 무사한지만 확인하게 해주시면 안 되겠습니까.

-제 눈으로 직접 확인하고 싶습니다.

-가까이 오지 마세요. 가까이 오시면 안 됩니다. 물러서세요!

-부탁드립니다!

-제기랄! 물러서라는 말 안 들려!

전선에 있어야 할 차희라가 모습을 드러내자 인파들이 몰려드는 것이 보인다.

'선거 나가는 거 아니자너.'

여기저기에서 커다란 소리가 튀어나오고 있는 모습, 조용히 차희라가 입을 연 것은 바로 그때였다.

-아…….

-…….

-지금 본부에서는 이 사태를 수습하기 위해 최선을 다하고 있습니다. 감염자들이 심각한 상태가 아니라고 말씀드릴 수는 없지만 이들이 허망하게 목숨을 잃는 일이 없도록 최선을 다하겠습니다. 여러분들은 본부에서 마련한 안전한 장소에서 대기해 주십시오. 감염자들의 신원 파악이 끝나는 즉시 대책 본부에서 그들의 상태를 전해 드릴 것이며…… 짧은 시일 내에 좋은 소식을 전해 드릴 수 있도록 하겠습니다.

-그…… 그걸…….

-시민 여러분들은 부디 협조해 주시길 부탁드리겠습니다. 병사들에게 협력해 주십시오.

-협력해 주십시오!

-협력해 주시길 바랍니다!

-협력해 주십시오!

기다렸다는 듯이 깃발을 들어 올리며 인파들을 통제하는 병사들이 눈에 보인다.

차희라는 계속해서 신성력이 떨어지는 장소에 진입해 감염자들을 살피고 있다. 조용히 그들을 격려하거나 위로의 한마디를 건네는 것뿐이었지만 저들에게는 최고 지휘관이 이런 곳에 찾아왔다는 것만으로도 힘이 될 것이다. 저 역병이 차희라의 신체에 흠을 끼칠 수 없겠지만 그걸 모르는 이들은 더 감동하겠지.

몇몇은 분명 동기 부여가 된 모양이다. 붉은 용병의 길드원들이야 두말할 것도 없었다.

-버텨라.

-네…….

-며칠 안에 해결할 거니까.

-심려를 끼쳐…… 드…… 려…… 죄송…….

함께 온 부관들은 심지어 농담 따먹기를 하고 있다.

-이렇게 계속 누워 있으면 근 손실 오겠다. 새끼들아.

-……조장…… 정말로…… 역…… 병…… 걸리면…… 근 손실…… 옵니…… 까?

-나도 몰라.

아니, 농담이 아닌가. 쟤는 마법산데 왜 근 손실을 걱정해.

분위기가 적응되지 않는다. 떡대들이 우르르 몰려와 누워 있는 떡대에게 농담을 던지거나 심지어 툭툭 치기도 한다.

보호구를 착용한 사제들이 그들을 만류하고 있었지만 도통 분위기가 가라앉지 않는다. 비명을 지르던 놈들까지 분위기에 취했는지 피식피식 웃음을 흘리고 있으니 확실히 여기도 이상한 놈들만 모인 곳이구나 하는 생각도 들었다.

‘여기서 시작했어도 재미는 있었겠어.’

-가자.

-네.

-네.

-네.

전선으로 향하는 전사들을 축복하기 위한 뿔피리 소리가 울려 퍼진다. 누군가는 깃발을 들어 올리고 누군가가 북을 두드렸다.

아마 이때 즈음이었을 것이다. 본대가 출정을 12시간 남기고 있는 이 시점이 역병 쓰레기가 전선 너머에 있는 누군가를 인식한 순간이었을 것이다.

---벌레치고는…… 나쁘지 않군.

그 말에. 공화국의 악마 소환 쓰레기 역시 입꼬리를 올리며 중얼거렸다.

---자, 이제 어떻게 나올 테냐. 만들어진 가짜 놈.

아니, 이제 악마 소환사는 아니기는 한데……. 원래 빌런들끼리 싸우는 게 조금 더 흥미진진하니까. 그냥 속으로만 그렇게 부르도록 하자.

한쪽은 대륙 전체를 공포에 떨게 만든 타락한 역병 쓰레기. 사실상 연방이라는 집단이 국가로서 기능하지 못하게 만들 정도의 피해를 끼친 것은 물론이거니와, 많은 이들의 가슴에 씻을 수 없는 커다란 상처를 남긴 빌런이었다. 물질적 피해나 국가적 손해는 정산할 수가 없었을 정도. 멸망과 예언의 날은 외신 전쟁이었지만 많은 이들의 기억 속에 커다란 충격을 안겨준 것은 27군단 소환 사태였을지도 모른다.

다른 한쪽은 설명이 필요 없는 악마 소환 쓰레기. 27군단 소환 사태 이전에 악마 소환 쓰레기가 있었다. 평화로웠던 대륙에 전쟁이라는 방아쇠를 당겨 인류를 혼돈에 빠뜨린 장본인. 자신의 부하들 마저 언데드로 만들어 인류에게 창을 들이밀게 한 진짜 악마. 최초의 악마 관계자는 이토 소우타였지만 역시나 악마의 위험성이나 경각심을 심어준 것은 공화국의 악마 소환 쓰레기가 아닐까.

4인의 외신이나 이질적인 빛을 제외하고는 대륙을 가장 대표하고 있는 빌런이 바로 요 둘이다. 단순히 힘만 센 멍청이들이 아니라 음습하고 비열하며 인간성 따위는 밖으로 내던진 악당. 그런 빌런들이 서로를 인식하며 두뇌 싸움을 벌이고 있는 것은 어찌 보면 진귀한 광경이기도 했다.

'솔직히 좀 로망이기는 하자너.'

개인적으로 진흙 속에서 영웅이 탄생하는 이야기를 좋아하기는 했지만 이런 이야기도 싫어하는 것은 아니다.

자신들이 더 위에 있다고 생각하는 쓰레기 둘이 서로 물고 헐뜯으며 점점 더 개싸움으로 치닫고 종국에는 파멸로 가라앉는 빌런 대격돌. 조금 마이너하기는 하지만 항상 말하듯 원래 나쁜 놈들끼리 싸우는 게 가장 즐거운 법이 아니겠는가.

귀찮다는 듯한 얼굴을 하고 있는 역병 쓰레기였지만 상당히 자존심이 강한 설정이었던 만큼 아마 머릿속이 조금은 복잡하지 않았을까.

아마 그것은 의구심이었을 것이다. 어느 순간 갑자기 전선의 기류가 바뀌었다는 걸 눈치채지 못할 리 없었을 테니까. 안에 있을 때는 보이지 않지만 바깥에 있으면 보이는 것이 있다.

전선을 유지하고 있는 병력들은 평소와 같은 일을 하는 것처럼 느끼지만 조금 넓게 보면 그렇지 않다. 크고 작은 백십여 개의 전선들이 한순간을 기점으로 행동 방침을 바꾼다는 것은 꽤나 장관이고 절경처럼 느껴진다.

---우습군.

'그렇게 우습기도 느끼지 않을 거야.'

당장 본대와 본대가 격돌하거나 커다란 전투가 벌어지는 것은 아니다. 진청의 목표는 본대가 나아갈 수 있는 환경을 마련, 아니, 본대가 목표에 도달할 수 있게 준비하는 것이었으니까.

28시간 안에 출정 준비를 끝내놓는다는 것은 차희라가 움직이는 부대가 적의 심장까지 닿는 것을 도와주겠다는 의미였을 것이다.

조금 과장해서 말하자면 그 일련의 과정들은 전략 시뮬레이션 게임이나 다름이 없다. 자원을 채취하여 병력을 생산하는 것은 아니다.

하지만 기존에 있는 병력들을 재정비하고 부대를 새로 지정해, 싸울 수 있는 최적의 장소와 최적의 시간을 마련하고 커다란 전투를 위한 끊임없는 소모전과 전선의 줄다리기를 동시에 시행해야 한다. 적보다 더 좋은 위치를 선점하고 적이 가지고 있는 수에 대응하며 까다롭다고 생각하는 병과들을 소모시키는 과정.

그런 의미에서 역병 쓰레기가 뿌려놓은 씨앗은 최적의 선택이라고 말할 수 있을 정도였다.

분명히 역병 쓰레기는 자신이 원하는 배경을 만들어놓았다고 생각하고 있었을 것이다. 까다로운 지형을 침범 불가 지역으로 만들고, 효과적인 방법으로 적 사제와 병력들을 동결시켰다. 단순히 인류에 대한 증오로 감염 지역을 만들었다기에는 거미줄처럼 많은 것이 얽혀 있다. 여러 가지 변수를 허용하지 않는 최선의 전장을 만드는 것에 성공한 것이다.

'아니…… 최소한 성공하는 도중이었을 거라고 장담할 수 있어.'

차희라가 정말로 무능했다면 여기까지 끌고 올 수도 없었을 것이다. 그녀는 지능형이라고 부르기에는 애매했지만 결코 적지 않은 지식을 보유하고 있었고…… 무엇보다 유능한 이들을 많이 거느리고 있었다.

물론 그녀가 가지고 있는 것 중에 가장 가치 있는 것은 바로 육감. 설명할 수 없는 전장도 저절로 깨닫게 되고야 마는 육감이었다.

그녀의 본능은 전투에서만 발휘되는 것이 아니라 전술에서도 영향력을 미친다. 들어가야 하는 타이밍과 후퇴하는 타이밍을 깨닫고 있으며 머리로 생각하기 전에 몸이 먼저 그것을 느끼고 있을 것이다. 촉박하지만 출정 기간으로 3일을 주겠다고 말한 것도 최대한 빨리 본대를 이끌고 가야 한다는 본능에 기인한 것이리라.

차희라가 생각한 72시간. 악마 소환 쓰레기는 그 72시간을 28시간으로 단축할 수 있는 능력을 가지고 있었다.

감염 지역들을 묶고 최적의 루트를 마련한다. 잉여 병력들을 소모시켜 역병 쓰레기가 자리 잡은 전선의 주요 병력들을 밀어낸다.

'쓰레기자너.'

역병 쓰레기가 중요하지 않다고 생각하는 전선을 재해석해 녀석이 군침을 흘릴 수밖에 없는 전선으로 재정의한다.

미리 준비되어 있지 않았다면 이렇게까지 쉽게 일이 진행되지는 않았을 것이다.

-와아아아아아아아아아아아!!!

-밀어내! 밀어내라!

-적 병력이 얼마 남지 않았다! 밀어내!! 밀어내란 말이다!

-덤벼! 새끼들아! 이 악마 새끼들!

한 전선에서 일어나고 있는 전투는…… 작지만 이 전쟁의 판도를 바꿀 수 있는 무게감 있는 전투였으며 악마 소환 쓰레기가 역병 쓰레기에게 던지는 경고장이었다.

---만들어진 가짜는 만들어진 가짜일 뿐인가.

'이 새끼 신나 보이네.'

이제 연관되고 싶지 않다고 말했던 주제에 몸은 솔직하다.

조용히 차를 홀짝이고 있는 모습에 오만함이 보인다.

---있어도 그만 없어도 그만이다. 벌레가 발악하는 꼴이 가상하기는 하다만 겨우 그것뿐이야. 발버둥 치는 것에 불과하다.

역병 쓰레기 역시 턱을 올리며 입을 열고 있지 않은가.

---가짜 놈은 빼앗기고 싶지 않은가 보군.

"상황이 좀 어때요? 좋게 돌아가고 있기는 합니까?"

---언제나 같은 이야기다. 취하고 싶은 것이 있으면 내놓아야 하는 것도 있는 법이다. 만들어진 가짜 놈이 챙긴 이득에 대가를 치르는 것뿐이지.

'땅따먹기라는 게 원래 그렇기는 해.'

놈이 차지하고 있는 전선을 유지하기 위해 치러야 하는 비용. 많은 전선을 가지고 있다는 건 곧 한정적인 병력을 전선에 분배해야 하는 것을 의미한다.

악마 소환 쓰레기가 내던진 한 수는 커다란 둑에 새고 있는 여러 개의 구멍을 막을 수 있냐고 묻는 것이나 진배없다.

---이 벌레는 병력들을 버릴 셈인가.

---버리는 것이 아니다. 희생시키는 것도 아니지. 그저 묶어두는 것뿐이다. 가짜 놈이 가지고 있는 병력과 함께 말이다.

---모두 죽여주지.

---이 가짜가 할 수 있다면 말이다. 죽일 수 있을까.

---도노반을 파견하겠다.

---지키고 싶다면 할 수 있는 것은 네임드 개체를 파견하는 게 전부일 터. 하지만 다른 전선들은 어떻게 막을 수 있을까. 보여 봐라. 가짜 놈.

---나머지는 가치가 없는 전선일 뿐이다. 사용할 수 없게 만들면 그만이다. 제법 재미있는 흉내를 낸다만 네놈이 영향을 끼칠 수 없는 힘에는 어떻게 대응할 수 있을까. 벌레의 무능력함이 가엽구나. 이것 역시 전술이다. 벌레의 머리로는 반칙처럼 느껴지겠지만 말이다.

---지휘관이나 네임드들이 가지고 있는 능력들은 본래 전장에 영향력을 끼치게 마련이다. 대단해 보이기는 하다만 그래봤자 전염병 살포나 감염 지역을 만드는 시답지 않은 짓거리. 범위가 정해져 있고 발동 조건이 존재한다면 막을 수 없는 것도 아니야.

---하등한 인간 놈이.

---재미는 없지만 원본보다 낫구나. 가짜 놈.

'진짜 개판이다. 개판이야.'

기를 쓰고 기 싸움을 하고 있는 것이 보인다.

'빌런들이라 그런지 시바 지독하다. 지독해. 두 놈 다 하나도 양보 안 하려고 하자너.'

본래 줄 건 주는 것이 맞지만 줘야 하는 것도 끝까지 붙들고 있다가 놓아주는 것이 보인다.

자신이 왼쪽 뺨을 맞는 대가로 오른쪽 뺨을 강하게 때릴 수 있다면 웃으면서 왼쪽 뺨을 내놓는 모습이 그리 좋아 보이지는 않는다.

'확실히 역병 쓰레기랑 나는 성향이 다르기는 해.'

아마 이지혜의 설정이지 않을까. 어떤 차이점이 있다고 설명하기는 애매했지만 놈이 더 과감하고 결단력이 있는 것처럼 보이기는 한다.

이쪽이 싸움을 회피하고 빙빙 돌아가는 성향을 가지고 있다면 저쪽은 걸어오는 싸움을 피하지 않는다. 나는 확률이 높은 곳에만 주사위를 던지지만 저쪽은 애매한 쪽에도 주사위를 던지기를 주저하지 않는다. 확률에 대한 확신이 아닌 자신에 대한 확신이었으며 역병 쓰레기의 설정답게 하등한 인간 놈들을 우습게 여기는 행태였다.

적절한 예는 아니고 조금 과대 해석한 것일 수도 있겠지만 누나가 내게 조금 더 단순해져도 된다고 말하는 것 같기도 했다.

'이 누나 둠기영 참 좋아했지.'

마치 서로 마주 보는 것처럼 혼잣말을 중얼거리고 있는 두 빌런의 피 튀기는 신경전.

---벌레들을 쓸어 담을 시간이군. 네 오만함이 낳은 결과다. 하등한 놈.

---이 멍청이는 자신이 둘러싸여 있다는 건 알고 있나.

---함께 쓸어주지.

---예상하고 있었다는 건가. 재미있군.

멋있어 보이기는 하는데…….

혼잣말하는 거 보면 막 사회 부적응자처럼 보이기는 해. 나쁜 의미는 아니고…… 아니, 눈빛 보니까 사이코처럼 보이네.

진짜 사이코 같어, 너네 둘이.

---…….

"왜 그러세요? 군사님."

---뭐지? 나는…… 이봐. 듣고 있나. 연방 13연대 지휘관. 나는 너희들에게 해당 지역을 벗어나라는 명령을 내린 기억이 없다. 지금 당장 복귀하도록.

-13연대 지휘관 스미스 대령입니다. 본 연대는 19분 29초 전에 같은 통신 채널로, 분명히 홀슈아 계곡으로 향하는 명령을 전해 받았습니다. 이상이 있는지 다시 한번 확인 부탁드립니다.

"아, 그거 가만히 놔둬요. 그거 따로 병력들을 좀 쓸 데가 있어서. 그러니까…… 홀슈아 계곡으로 향할 겁니다."

---뭐?

"홀슈아 계곡 점령전 벌이려는 거 아니었어요? 할 거면 확실하게 해야죠. 그렇지 않습니까?"

---…….

"……."

---뭐?

"……뭐요?"

---이…… 이 멍청한 놈! 제기랄!

"아니, 왜 욕을 하고 그래요? 놓치고 있는 게 있는 것 같아서 도움 좀 주겠다는데."

---이 머저리 같은 놈! 제길! 네놈이 전부 다 망쳤다. 건드리지 말라고 말하지 않았나!!

"아니…… 이 새끼 왜 이래? 홀슈아 계곡 점령한다면서! 기존 병력 가지고 그게 돼?"

---병력이 부족하다는 건 알고 있었다. 13전선에 있는 병력들을 이동시키면서까지 점령할 이유가 없었단 말이다. 점령이 불가능하다면…….

"잉여 병력 소모시키고 끝나기에는 아쉬운 전선이에요. 스미스 대위 관상을 보니까 딱 점령할 관상이라서 그래. 지휘관 기록이랑 스펙 좀 열어서 살펴봐요. 군사님도 여기 점령하면 이득 아닙니까."

---아까운 병력만 버리게 생겼군. 제기랄…… 제기랄! 이기영 이 일생에 도움이 안 되는 머저리 같은 놈. 됐다. 굳이 설명하기에도 입 아프지. 어차피 네 머저리 같은 방해 공작은 이미 예상하고 있었다. 잃어버려도 상관없는 병력이다. 혹시나 해서 다시 한번 말하지. 다음에는 절대로 건드리지 마라. 의미 없는 블러핑으로 내가 짜놓은 판을 망치지 말란 말이다.

'이 사이코 새끼. 시바, 언제는 안 한다며. 이제는 됐다며.'

빌런이라 그런지 성격도 거지 같아.

슬그머니 조혜진에게서 통신 채널을 떨어뜨리는 것을 보니 정말로 이쪽의 행동이 본인이 짜놓은 판을 망치고 있다고 생각하는 것 같다.

근데 그거 알아? 나는 스미스 대령 믿어. 멋있는 수염 달고 있는 스미스 대령 믿는다구. 여기 잭 팟이야.

-연방 13연대 지휘관 스미스 대령입니다. 홀슈아 계곡 전선의 점령 완료 보고를 드립니다. 미리 전달해 주신 명령에 따라 14전선의 지원을 위해 병력들과 합류할 예정입니다. 피해 보

고 상황은 병력이 움직이는 중에 정리해 보내드릴 예정이며…… 명령에 이상이 있는지 확인 부탁드립니다.

---…….

"……."

---이…… 이상 없다. 그대로 진행하도록.

"……."

---나쁘지 않군.

"뭐요……."

---이기영…….

"네? 뭐라고?"

---사과…… 사과하도록 하지.

"쓰레기 같은 머저리라 잘 안 들리는데. 뭐라고요?"

---실언이었다고 이야기했다.

"뭐라고?"

주먹을 꽉 쥐고 있는 놈의 모습이 시야에 비쳤다.

"원래 아는 만큼 보이는 법입니다."

---…….

"전체적으로 상황을 살피고 큰 그림을 그린다는 게 나쁜 의미는 아닙니다. 저도 큰 그림 그리는 거 좋아합니다. 그게 기본이라는 거 누구나 다 알고 있는 사실 아니에요? 작은 이득을 굴리고 불려 나가는 것도 좋아한다니까요. 하지만 포인트가 되는 부분을 잡아서 집중적으로 조정해 주는 것도 무척 중요합니다."

---……

"군사님이 왜 그 자리에 있게 된 건지 생각해 보세요. 너무 부끄러워하지 않으셔도 되고요. 모르는 건 죄가 아니지 않습니까. 다만 본인이 이해할 수 없는 수를 던졌다고 남을 머저리 취급하는 건 옳은 태도가 아닙니다. 제가 어떻게 알았을까요. 제가 어째서 그런 판단을 내렸는지 이해할 수 있으십니까?"

'입 다무는 거 봐.'

아무 말도 못 하죠?

애써 이쪽의 말을 무시하려고 하는 것 같았지만 자꾸 궁금증이 이는 것은 어쩔 수 없는 모양. 쓰레기 같은 방해 공작이라고 생각했던 것이 최선의 결과로 돌아오자 의아하기는 한 것 같았다.

아마 불가능할 거라고 생각했을 것이다. 사실상 흘슈아 계곡 점령전은 허상이었으니 말이다.

적 병력의 시선을 끌기 위한 수로 써먹으려고 준비하고 있었던 전투, 사실상 점령하는 게 불가능한 지역이라고 생각해 소모전으로 써먹으려고 했던 전선에서 들려온 승전보.

아예 신경을 끄고 있었던 놈의 입장에서는 되감기라도 하며 전장을 복기하고 싶을 것이다. 아마 모든 전장이 정리된 이후에 곧바로 흘슈아 계곡 전투를 복기하지 않을까.

자존심 때문에 당장 물어보지 못하고 있는 모습이 하찮게 보인다.

---실언이었다고 말하지 않았나.

하지만 궁금증이 크기는 한지 은근슬쩍 간을 보려고 하는 것이 보인다.

---흥미롭기는 하군.

"그래?"

---어째서 전투에서 이길 수 있었던 거지? 아니, 어떻게 알고 있었던 건지…… 별로 관심은 없다만 네가 말하고 싶다면 들어보도록 하지.

"스스로 깨달으셔야죠."

---개자식.

"원래 모르면 맞아가면서 배우는 겁니다. 아무런 노력도 없이 남의 노하우만 슬쩍 하려는 못된 심보가 구역질이 나올 지경이네요."

---…….

"자, 이제 누가 머저립니까."

---말 걸지 마라. 이기영. 지금 바쁘니까.

"누가 머저리죠?"

---개자식.

'솔직하지 못 하자너.'

사실 이쪽이 가지고 있는 마음의 눈을 잘 써먹었을 뿐이었지만 놈이 짜증 내는 것을 보니 기분이 좋기야 했다.

제대로 전장을 확인할 수도 없기 때문에 아마 더 궁금하지 않을까. 정확히 무슨 명령을 전달받은 건지 스미스 대령에게 물어보고 싶은 마음을 꾹 눌러 담고 있을 것이다.

사실 세세한 전술을 지정해 준 것도 아니다. 간단한 부대 지정과 공략 포인트를 집어주기는 했지만 그건 말 그대로 간단하다고 말할 수 있을 정도. 어디까지나 훌슈아 계곡을 점령한 것은 스미스 대령의 개인적인 능력이었다.

'어디서 이런 게 여기 숨어 있었어?'

조금 불안해하는 것 같은 스미스 대령의 얼굴이 눈에 띈다.

얼굴의 반을 뒤덮은 수염이 깔끔하게 정리되어 있는 모습. 각진 얼굴에 깊이 있는 눈동자가 보인다.

'주인공이 힘을 숨김이네.'

흔하지는 않지만 가끔씩 있는 경우다. 특히나 이런 경우는 더욱더 흔하지 않다.

나쁘지는 않지. 수복하는 연방 전선의 지휘관이라는 거. 괜찮은 자리이기도 하고 딱 적당히 해먹을 수 있는 자리이기도 해. 하지만 녀석의 능력을 생각하면 부족하다 못해 쓸모없는 자리이기까지도 하다.

조용히 살고 싶었던 건지, 귀찮은 일에 휘말리기 싫었던 건지는 모르겠지만 놈은 자신의 재능을 드러내고 싶지 않았다는 것만은 부정할 수 없는 사실이었다. 연방 연대장이 무슨 부귀와 영광이 있다고, 딱 봐도 자기 사람들 챙기려고 얻은 직책일 게 뻔하고…… 너는 운이 없다고 생각해.

녀석 역시 운이 없다고 생각했을 것이다. 자신의 병력에게 훌슈아 계곡으로 향하라는 건 그곳에서 최대한 많은 병력들을 소모시킨 이후에 뒈지라는 말처럼 들렸을 테니까.

살아남으려면 점령하는 수밖에 없다. 지키고 싶은 걸 위해 힘을 드러낼 수밖에 없었을 것이다.

-스미스 대령님. 괜찮으시겠습니까.

-이미 엎질러진 물이다.

'그래. 그런 자세 좋아.'

이미 엎질러진 물이니까. 조금만 더 엎질러지자. 추정 전투력은 이전의 8좌 이상, 고유 전설 등급의 직업 마탄의 사수, 간단하게는 손가락으로 마력을 쏘아내는 능력자, 높은 신체 능력이 있기 때문에 중장거리, 심지어 초 근접전에서도 영향력을 끼치는 전투 직군.

고유 능력은 소비된 마력을 재장전하는 리로드. 지휘관으로서의 능력이야 두말할 필요도 없고, 전장을 보는 눈도 뛰어날 수밖에 없겠네.

이런 놈을 안 쓰고 참을 수 있겠냐구. 발견한 것은 우연이었지만 사용한 것은 실력이다.

"혜지나. 스미스 대령이랑 연결해. 조금만 봐주게."

-알겠습니다. 부길드마스터.

"아, 그리고 군사님한테 주요 지역 몇 개 가지고 간다고 전해줘. 홀슈아 계곡, 라이칸리아 분지, 그리고……."

-전달하겠습니다.

"아마 별말 없을 거야. 여신의 거울 띄우고. 한번 시작해 보자."

-너무 무리하지 마세요.

"무리는 무슨."

이런 건 무리라고 할 수도 없다.

통신 채널이 연결됐는지 표정이 한층 더 굳은 스미스 대령의 모습이 눈에 보였다.

눈을 질끈 감기까지 하는 모습은 본인의 존재가 드러났다는 걸 깨달은 것 같은 얼굴. 본인 입으로 이미 엎질러진 물이라고 중얼거렸지만 막상 땅바닥에 굴러다니고 있는 물통을 보자니 속이 쓰린 것 같았다.

'원래 전쟁이라는 게 그래. 새로운 영웅이 등장하거든.'

예상했던 것처럼 진청은 아무런 말도 하지 않는다. 아까의 비밀이 궁금했는지 조용히 수십 개의 거울을 꺼내고 있는 조혜진을 바라볼 뿐이었다.

스미스 대령을 비치고 있는 거울, 타 전선의 병력과 합류해 새로운 전선으로 이동해 새로운 전선으로 발을 디딘 스미스 대령이 입을 열고 있는 것이 눈에 보였다.

-전선에 도착했습니다.

"아. 스미스 대령."

-네.

"자네는 지금부터 13연대를 지휘할 필요가 없네."

커피를 홀짝이며 다시 한번 입을 열었다.

"내가 직접 자네를 쓸 예정이니 그렇게 알게. 포인트로 찍은 전선에 단독으로 이동하게나. 나머지는 전부 알아서 해줄 테니."

-지금 제게 죽으라고 명령을 내리신 겁니까. 다시 한번 재고를 부탁드립니다.

'내가 스미스 대령을 왜 죽여? 이렇게 유능한 인재를.'

"자네는 죽지 않을 거야. 대륙의 영웅이 될 수 있는 기회지. 움직이라면 움직이게 명령에 불복종한다면……."

-확인했습니다.

이윽고 전선에 도착한 스미스 대령이 곧바로 몸을 움직이는 것이 눈에 비쳤다. 이동 속도는 빠르지 않지만 놈의 공격 속도와 그 범위는 그렇지 않다.

순식간에 마력을 태우고 다시 한번 탄창을 충전하고 다시 한번 마력을 태우고 탄창을 충전한다. 악마 군대의 사이로 수십 수백 개의 마력을 쏘아대는 모습은 가히 장관, 솔직히 이쪽과 궁합이 나쁘지 않다는 판단이 선다. 그래 봤자 수준이 낮기야 하지만 한 전선을 맡기기에는 충분할 정도.

거대한 도끼를 종이 한 장 차이로 피한 이후에는 놈의 머리에 한 방, 날아오는 검을 막은 이후에는 놈의 눈에 한 방.

언제나 그렇듯 계속해서 지원들이 놈에게 떨어진다.

-탕! 탕! 탕! 탕! 탕! 탕탕탕!

화려해. 근데 군더더기가 없네.

마나통이 적은 게 흠이야. 리로드라는 고유 능력을 가지고 있지만 마나통이 적으니 능력을 남발할 수밖에 없다.

딜레이되는 시간이 있다는 게 약점인 것 같았지만 내가 쓴다면 약점을 커버할 수단은 많다.

전장을 보는 눈이 나쁘지 않은 만큼 본인이 어떤 역할을 해야 하는지 따로 설명하지 않아도 된다. 네임드 개체가 전장에서 보여줄 수 있는 힘을 최대한으로 보여주고 있는 것이다.

놈 역시 카타르시스를 느끼고 있다. 불안한 눈빛은 그대로였지만 전장과 일체화하는 감각은 칼밥 먹고 사는 놈들이 다 그렇지 뭐.

'고유 능력을 사용하면 할수록 피로감을 느끼는 건가.'

조금만 더 젊었다면 더 쓸 만했을 것이다.

이 모든 일련이 과정을 지켜보고 있는 조혜진을 진청도 은근슬쩍 바라보고 있다.

지금 어떤 걸 하고 있는지 궁금했겠지. 근데 너 이거 당해봤잖아. 물론 그때랑 지금은 비교도 안 되지만 아무튼 맞아보지 않았나. 아픈 기억이 되살아나지는 않을지 걱정되기는 했지만 사실 지금 걱정되는 것은 진청의 멘탈이 아니다.

'우리 역병 쓰레기 멘탈이지.'

"뒤통수 크게 맞았을 거야. 그렇지 않아요?"

---똑같은 방법으로…… 질리지도 않는 건가.

"잘 알잖아요. 효과적입니다. 이 대 일이라는 건 이래서 좋아요. 효율적으로 적재적소에 뒤통수를 후려칠 수 있잖아. 악마 군단 무너지는 거 보여요? 이거 예상하지 못한 거라니까."

지금껏 진청을 견제하고 있었던 역병 쓰레기의 입장에서는 홀슈아 계곡을 중심으로 퍼져 나가고 있는 새로운 전장에 의아함을 느끼고 있을지도 모르겠다.

아니, 의아함을 너머 분노를 느끼고 있을 것이다. 하등한 벌레들에게 속수무책으로 무너지고 있는 전선이 있다는 것만으로도 속이 타들어 가겠지. 본인이 직접 컨트롤 하고 싶었지만 그럴 수 있겠어? 악마 소환 쓰레기가 두 눈 시퍼렇게 뜨고 있는데. 할 수 있겠냐구. 둘이 신나게 치고받고 있을 때 이쪽은 꿀 빨자너.

'인간의 힘을 얕보지 마라. 더러운 역병 쓰레기 자식. 이게 정의의 힘이야.'

"스미스 대령 죽을 각오로 움직이게나. 자네가 움직일수록 자네가 아끼는 부하들이 하나라도 더 살아남는 거야."

'이게 빛의 힘이라고. 역병 쓰레기.'

"신 대륙 보호 관리 위원회의 정책에 불응하고 있었군. 자네는 사전 신고를 해야 했던 것 같은데. 어째서 힘을 숨기고 있었나."

-죄송합니다. 하지만…….

"지금은 아무 말 하지 말게. 명령에 따르는 것만이 자네가 살길이야. 전쟁 영웅으로서 대륙에 이름을 남기게. 내가 손을 써주도록 하지. 최소한 자네가 아끼는 연대는 좋은 방향으로 처리해 줄 수 있도록 조치하겠네."

'보고 있어? 동료들을 위해 싸우는 빛은 절대로 어둠에게 무너지지 않아.'

아니나 다를까. 일그러진 얼굴이 보인다.

감정을 크게 드러내지는 않는 것 같았지만 눈가가 파르르 떨리는 모습과 굳어 있는 몸은 녀석이 얼마나 화가 나 있는지 보여주는 것만 같다.

하등한 벌레들에게 거하게 당하고 있으니 오히려 부족하게 느껴지는 반응이다. 길길이 날뛰고 소리치는 게 당연한 반응, 하지만 그런 반응이 품위 없다고 생각하는지, 분노를 속으로만 삼키고 있었다.

'나였으면 소리 질렀자너. 진짜.'

물건 하나는 집어 던졌을 거야.

완벽하게 흘러가고 있다고 확신하고 있던 상황에 찬물을 한 번이 아니라 두 번이나 끼얹었다. 놈이 나를 베이스로 만들어졌다면 분명히 금이 가는 상황에 분노하고 있을 것이다.

그다음이야 뻔하지 뭐.

---죽여주마. 반드시 네놈들에게 가장 고통스러운 지옥을 선물하겠다.

'한 놈은 이미 지옥에 있는뎁쇼.'

---내가 가만히 있을 줄 알았나 보군.

'뭐?'

---선물이다. 하등한 놈들. 자신의 무력함을 저주하며 죽어라.

의자에 비스듬히 기댄 녀석이 손가락을 튕기는 모습이 눈에 들어온다.

기다렸다는 듯 라이오스가 떨리기 시작한다.

바깥에 나가 있던 박덕구가 나를 부르는 소리에 일이 어떻게 진행되고 있는지 곧바로 깨달을 수 있었다.

어떻게 된 것인지는 모르겠지만, 어떻게 놈이 이걸 할 수 있는지는 모르겠지만, 지금 라이오스의 위에 떠 있는 마력이…….

"떨어지고 있는 거네."

---…….

"너, 이 씨발 악마 소환사 새끼야! 이 배신자 새끼!"

---내가 아니다. 제길…….

"이 새끼가 은혜를 원수로 갚아?"

---내가 아니란 말이다…… 내가…… 제기랄…… 이건 도대체…….

"연기하는 것 봐. 혜진아. 이 배신자 새끼 목 빨리 날려!"

---이기영! 이 미친 개자식! 내가 아니라고 몇 번이나 말하지 않았나!

"정하얀 불러! 하얀이! 우리 하얀이 불러! 내 사랑 하얀이 불러! 빨리 하얀이 부르라고!"

-부길드마스터!

"……막을 수 있겠지?"

아마 막을 수 있을 거야. 무조건 막을 수 있을 거야.

"이 배신자 새끼! 그림자의 영웅을 받고도 뒤통수를 쳐?"

---내가 한 게 아니라고 말했다! 제기랄! 그리고 그림자의 영웅은…….

"그럼 뭐야. 이 새끼야. 이게 뭔데요? 군사님."

---지금 알아보지.

"뭐 떨어지지 않는다고 개소리 지껄이시더니 꼴이……."

---막아낼 수 있을 거다.

나도 그렇게 생각하기는 해.

"근데 그걸 어떻게 장담할 수 있겠어? 어차피 군사님이 뒈지면 저거 사라지는 거 아닙니까. 애초에 그런 시스템이었으니까. 나도 이런 말 하기 싫은데 그냥 깔끔하게 희생합시다. 어차피…… 그림자의 영웅이었으니까…… 진짜로 살아 있는 것도 아니고 슬슬…… 나도 쓸데없는 걱정하기 싫은데…… 이제 마무리합시다."

---내 통제에서 벗어났다는 건 던전의 법칙을 벗어났다는 말이나 다름이 없다. 내 존재가 사라진다고 해서 저 마력이 사라질 거라고 장담할 수 없지. 더군다나 지금 내가 빠지면 아쉬운 것은 네가 아닌가. 조금만 차분히 생각해라. 지휘 본부가 직접 타격받은 것뿐이다. 흔히 일어나는 상황이야.

"일반적인 상황에서나 흔히 일어나는 상황이지. 안 그래요? 위에 있는 마력은 당신이 띄운 거고, 악마 소환 쓰레기가 우리를 배신한 게 아니라면 역병 쓰레기가 위에 있는 시스템을 해킹했다는 소린데. 시바. 그게 말이나 된답니까."

---던전의 시스템을 해킹한 것이 아닐 것이다. 굳이 한마디 얹어보자면 허락을 받았다고 표현하고 싶군. 빛의 아들이 희생된 대륙은 일반적인 던전이 아니야. 너 역시 메인 이벤트, 악마 소환사를 그대로 동결시키고 나를 이용하지 않았나. 얻는 게 있으면 잃는 게 있는 법이다. 묶여 있는 이벤트의 요소 중 하나를 그 가짜 놈이 사용했을 뿐이야. 당연히.

"마력이나 물리적인 힘으로 해결할 수 없었던 전과는 이야기가 달라졌을 거라는 거네요."

---사실상 메인 이벤트 악마 소환사와 내 역할은 이대로 끝났다는 거지. 덕분이라고 해야 될지 모르겠지만 이런 것도 가능해진 것 같군.

조혜진의 어깨에 살짝 손을 올리는 모습이 눈에 들어온다.

"손 떼. 이 새끼야."

---시험해 본 것뿐이다. 서로에게 물리력을 행사할 수 없었던 저번과는 다르게 이제는 그게 가능해 보이는군. 어쩌면 이 장소를 벗어날 수 있을지도 모르겠어. 굳이 그럴 필요는 없겠지만 말이다.

"……."

---무엇보다 그 미친 여자가 이걸 막지 못할 거라는 생각이 들지는 않는다만. 물론…….

물론 그대로 떨어지지 않을 것이다. 진청의 말대로 지금 라이오스 위에 있는 마력 덩어리가 던전의 통제를 벗어난 마력이고 정하얀의 힘으로 받아칠 수 있는 마력이 맞다면, 녀석이 저걸 그대로 떨어뜨릴 리가 없다.

아니나 다를까 떨어지고 있는 마력에 유령이 달라붙고 있는 것이 눈에 보인다.

칙칙한 색으로 변하기 시작하는 마력은 대충 보기에도 위험하다고 느껴진다.

하늘을 올려다보던 정하얀은 아무렇지도 않은 표정으로 주문을 외우고 있지만, 옆에 있는 한소라의 표정을 보니 사태가 얼마나 심각한지 깨달을 수 있었다.

점점 더 덩치를 키우는 마력은 교국과 공화국에까지 영향력을 끼칠 수 있을 정도로 성장하고 있었고…….

종국에는…….

-쾨아아아아아아아아아아아앙!!!

큰 소리와 함께 마력이 투명한 장벽에 부딪히기 시작했다.

-…….

커다란 목소리로 주문을 외운 정하얀은 팔을 뻗었고 멍하니 그걸 바라보고 있었던 박덕구는 뛰어들어가 방패를 세운다.

마력을 휘감았던 유령 하나가 정하얀을 향해 쇄도하는 것을 본 녀석은 처음 라이오스 사태가 일어났던 것과 같은 모습으로 정하얀을 지키고 있다.

한소라 역시 다르지 않다. 힐끔힐끔 정하얀을 바라보며 주문을 외우고 사방에서 손을 뻗어오는 유령들과 맞서고 있다.

'시바.'

연기 같은 것들이 정하얀의 방벽을 뚫고 들어온 것은 바로 그때.

깜짝 놀란 정하얀이 다시 한번 주문을 외우자 정체불명의 연기도 투명한 마력의 벽에 막힌다.

인상을 찡그리는 것이 시야에 들어온다.

-쾨아아아아아아아아아아아아아아!!

-아아아아아아아아아아아아아!!

공중에서 으직으직거리는 비상식적인 소리가 들려오고 있다.

무리 없이 막을 수 있을 거라고는 생각하고 있었지만 점점 더 초조해지는 얼굴이 시야에 비친다.

항상 정하얀의 표정을 관찰하다 보니 저게 어떤 뜻인지 알 수 있을 것 같다.

'마음대로 되지 않는 거야.'

일이 잘 풀리지 않으니 스트레스를 받고 있는 것이다. 심지어 마력 방벽의 곳곳에 균열이 생겨나기 시작했다.

아니지, 정확히 이야기하면 균열은 아니지. 오히려 무시한 채로 떨어지고 있다는 표현이 더 어울려.

마력의 영향을 받았는지 점점 몸을 일으키는 썩은 시체들의 모습은 절로 인상을 찌푸릴 정도였다.

'소환 마법.'

급하게 다시 한번 캐스팅을 외우고 있는 정하얀, 소환 의식 자체를 마력 방벽으로 캔슬할 수 없을 테니 곧바로 다른 방법을 찾고 있는 것이리라.

그사이에 모습을 드러낸 언데드들은 땅바닥을 딛고 일어서 주문을 유지하고 있는 파티에게 들이닥치고 있었다.

이전과의 차이점은 내가 자리에 없다는 것뿐이지 않을까.

'그 와중에 돼지는 개떼처럼 몰려들고 있는 이들에게 점점 밀리고 있고…….'

물론 저 돼지의 방어력이 언데드들에게 뚫릴 거라고 생각하지는 않지만 한 손으로 열 손을 막을 수는 없는 법이다.

계속해서 몸에 달라붙어 오는 녀석들을 떼어내며 정하얀을 지키고 있지만…….

'아냐. 위험하지는 않을 거야.'

진짜 위험한 것은 언데드가 아니라 위에서 떨어지는 마력이었으니까.

저 언데드들은 정하얀의 캐스팅을 방해하기 위험이지 직접적으로 해를 끼치기 위함이 아니다.

-누님! 누님! 거, 소라 후배도 이리로 오라니까!

한소라의 팔을 잡아당기고 정하얀과 함께 꽉 껴안고 있는 모습, 일일이 막을 수 없으니 그냥 몸으로 막겠다고 생각하고 있는 것이리라.

커다란 몸으로 한소라와 정하얀을 꽉 껴안고 등으로는 언데드들을 막아내며 뚝심 있게 버티고 있는 모습이 대견하기는 했지만 저건 정답이 아니다. 박덕구의 몸으로 저 질량을 전부 다 견뎌낼 수 있을 리 없을 테니까.

-내가 버틸 거요! 내가 버틸 거라니까!

-이야아아아아아아아아아아아아아아!!!

-정하얀 님! 정하얀 님!!!

-안심하쇼. 형님이 오기 전까지 누님을 지킨다고 약속했으니까! 약속한 건 지킨다는 거 아니요!

-정하얀 님! 괜찮으세요? 정하얀 님!

-거, 소라 후배도 같이 지켜줄 거요.

---키에에에에에엑!

---키에에에에에에에에엑!!

-거 주문만 외우쇼! 주문만! 내가 딱 버티고 있으니까! 무서

워하지 마쇼!

-정하얀 님!!

정하얀의 손을 꽉 잡고 눈을 감고 있는 한소라가 눈에 띄기는 했지만 정하얀은 시선을 돌리지 않는다. 계속해서 하늘을 올려다보며 주문을 외우기에 여념이 없다.

집중력이 극한까지 치달은 것이 느껴진다. 계속해서 변화하고 있는 성질에 대응하려고 하고 있다.

어쩌면 블러핑의 한 종류일 거라고 생각했다. 처음은 마력, 두 번째는 연기, 세 번째는 소환 마법, 다음에는 어떤 게 올지 정확한 판단이 서지 않으니 긴장을 늦추지 못하고 있는 것 같았다.

계속해서 언데드들이 박덕구의 위로 올라타고 있는 것이 보인다. 키에에엑 소리와 함께 몰려든 놈들이 계속해서 녀석의 등을 두드린다.

종국에는 파묻혀 보이지 않을 지경이 된 와중에도 계속해서 새로운 놈들이 위로 올라타고 있었다. 한소라가 간혹 주문을 외우는지 몇 놈들이 튕겨 나가고 있지만 그 숫자가 워낙 많으니 티가 나지 않을 지경.

분명히 막아낼 수 있을 거라고 생각한 나 역시 불안감에 허벅지를 툭툭 두드리게 된다.

거대한 언데드 산더미들을 등에 지고 버티고 있는 박덕구는 물론이거니와 점점 표정이 변하고 있는 정하얀을 바라보고 있는 것도 어렵다. 순수한 질량으로 눌러 버린다는 발상은 원시적이지만 효과적이기도 하다.

'시바.'

-나는 더 잘할 수 있다. 끄응…….

-이야아아아아아아아아아아!!!

-나는 더 잘할 수 있다. 나는 더 잘할 수 있다!!

'돼지 새끼 근력이 높은 편은 아니잖아.'

---제법 쓸 만한 벌레가 함께 있는 모양이군.

'그 와중에 이 새끼는 참 재수 없네.'

하지만…….

"투자한 게 많아."

---당연히.

"투자한 게 많을 거야."

---그만큼 이쪽의 존재가 가짜 놈을 거슬리게 했나 보군.

놈이 지휘 본부에 직접 타격을 주고 싶다는 건 그만큼 우리가 녀석들을 짜증 나게 했다는 것과 진배없다. 주도권을 빼앗기기 싫은 표현이었을 것이고 전장을 확대시키려는 시도나 다름이 없게 비친다.

굳이 언급하지 않아도 놈이 얼마나 이 건에 공을 들였는지 알 수 있을 정도, 정하얀을 초조하게 할 정도의 비용을 투자하는 것으로 모자라 전선에 있던 유령들까지 끌어왔다는 걸 떠올려 보면…….

---더 이상 흔들리기 싫다고 생각했을 것이다. 만들어진 가짜 놈이라고는 해도 네놈과 조금은 닮은 구석이 있는 모양이

로군. 덩치를 부풀린 꼴이 우스워.

"단순히 덩치만 부풀린 건 아니라고 봐야죠. 실제로 이 건……."

---하지만 자기 약점을 드러낸 꼴이다.

'근데 이 새끼 진짜 배신 안 때린 거 맞아?'

키에에에에엑 소리와 함께 언데드 몇이 들이닥친 것은 바로 그때. 조혜진이 곧바로 창을 들어 몇 놈을 휩쓸고 있다.

조금 의외였던 것은 악마 소환 쓰레기가 당황하지 않았다는 것이었다. 오히려 슬쩍 몸을 뒤로 내뺀 뒤에는 손바닥으로 놈의 가슴을 밀어내는 모습이 시야에 비친다.

콰아아앙 하는 소리와 함께 벽을 뚫고 저 멀리 처박힌 언데드의 가슴에 손바닥 자국이 남아 있는 걸 보면…….

'그러고 보니 신체 능력도 괜찮았었나.'

근접 직군 못지않은 능력치를 보유하고 있었지. 대부분은 조혜진이 처리하고 있기는 했지만 조금씩 조금씩 보여주는 솜씨는 꽤나 수준급이다.

공격을 흘리기 좋아하는 타입인지 손등으로 공격을 흘리거나, 주제에 품위를 잃지 않겠다는 듯 망가지려고 하지 않으려는 것이 역겹게 보인다.

'지 같이 싸우네. 진짜. 비열하고 야비하게.'

-제법이시군요.

---그 정도 소리를 들을 정도는 아니다. 이 정도는 기본 소양이니…… 내가 보기에는 네가 더 놀랍군. 자신이 무인이라

외치는 이들을 많이 만나왔지만 그 모두가 그대만큼은 아니었다. 품성도…… 실력도 말이다.

"저 새끼 좀 닥치라고 해요."

-…….

---그러고 보니 괜찮은 건가.

"뭐가?"

---그 미친 마법사 쪽 말이다. 네놈이 아끼는 이들이라고 기억하고 있었는데…… 생각보다 걱정하는 듯한 얼굴이 아니로군.

뭐, 사실 걱정이 안 되는 것은 아니지. 돼지 새끼의 두 다리는 계속해서 떨리고 있었고, 한소라의 마력은 탈진되기 일보 직전이었으니까. 심지어 정하얀의 입과 눈에서 마력이 흘러나오는 것을 보면 이미 완전히 자신만의 세계로 들어간 것 같자너.

내가 있다면 조금은 달라졌을지도 모른다. 아마 지금보다는 상황이 더 나았겠지.

솔직히 그래, 걱정은 돼. 예전과 똑같은 모습이었지만 저 파티 안에 내가 없다는 사실이…… 어떻게 걱정이 안 될 수가 있겠어.

하지만 조금은 안심할 수 있다. 약간은 긍정적으로 변화한 부분도 있었으니까.

-이 더러운 언데드 놈들아!!

-감히 누구에게 손을 대는 것이냐! 이 추악한 악마의 피조물들아!

콰앙 소리와 함께 일행을 덮고 있는 언데드들이 사방으로 터져 나가는 것이 시야에 비쳤다.

'할배들 힘도 좋아.'

그걸로도 모자라 형형색색의 마법진들이 정하얀의 방벽에 힘을 보태주는 중. 마탑 할배 연합이 기다란 수염을 푸들푸들 거리며 고함을 내질렀다.

-정하얀 님을 지켜라!

분명히 몇몇은…… 눈이 돌아가 있었다.

to be continued

Wish Books
임제열 퓨전 판타지 장편소설
WISHBOOKS FUSION FANTASY STORY
뽑기 게임에서 살아남는 법
"빌어먹을 인생."
정말 쓰레기 같은 인생이었다.
친구도, 가족도, 연인도 없었다.
어차피 망해 버린 그런 인생.
"그냥 폰 게임이나 해야지."
뽑기 게임에서 살아남는 법
지랄맞은 현실이 되어버린 게임 속에서
다시 한번 최고가 되겠다.